Dieu le veut !

Du même auteur

Aux Éditions Albin Michel

GODEFROY DE BOUILLON, L'HÉRITIER MAUDIT
Prix littéraire du Quartier latin, Paris, 1992

SALOMON, LE ROI DES FEMMES

Claude Rappe

Dieu le veut !

ROMAN

Albin Michel

22, rue Huyghens, 75014 Paris

ISBN : 2-226-11001-1

A René Théwissen,
et pour que triomphe le Bien.

« Tout ce qui a été créé est irréel »

BOUDDHA

La lettre

Sire, cette manière de paix que vous m'offrez n'est pas d'essence à calmer ma colère.

J'ai, Sire, toute ambition et fougue pour fondre sur Constantinople. Mes pairs de Rome m'assurent de votre bienveillance et de votre fidélité à un pacte dont je ne suis ni l'instigateur ni le garant, laissant à mon auguste seigneur Adhémar de Monteil l'excellence de la divine mission légataire.

Je suis donc, par la grâce de Dieu et sous sa miséricorde, armes à la main, l'Envoyé d'Occident en Orient, parmi ses frères croisés, aux humeurs moins sombres, mais plus fantasques et querelleuses.

J'ignorais, Sire, que l'horreur de la perfide barbarie de l'Orient commençait sur les marches de votre trône ! Sachez, le Glorieux du Ciel et Souverain de l'Univers m'en soit juge et témoin, que je ne baisserai l'étendard devant aucun sectateur de Mahom, pas plus que devant l'apostat byzantin. Je suis chrétien d'âme et de cœur, sans doute par dépit, mais ô combien plus dangereux encore pour les infidèles !

Je vous exterminerai donc, vous et votre engeance, abattrai les murs de votre orgueilleuse cité et brûlerai vos bourgs jusqu'aux frontières de l'Empire si vous ne rendez pas, sans condition, la liberté à mon ami, cousin et compagnon, Hugues de Verman-

dois, frère du roi de France, que vous retenez prisonnier sur d'inqualifiables présomptions.

Pour les croisés, le sang des Grecs n'aura jamais la valeur que vous lui accordez. Ainsi que celui des musulmans fanatisés, il a la pestilence des eaux croupies de vos puits, empoisonnés par vos espions tout au long de notre route.

Sire, Godefroy de Bouillon est à vos portes !

Que la sagesse et la miséricorde de Notre Seigneur Jésus vous insuffle la sage décision : Délivrez le Vermandois ! Ou vous périrez sous mon coup de fer…

Godefroy de Bouillon
à Sa Très Gracieuse et Illustrissime Majesté Alexis,
Empereur de Byzance.
Ce saint jour de Noël mil quatre-vingt seize.
De par nous et fidèle à notre Sainte Mère l'Eglise.

Le Bosphore

Seul le clapotis de l'eau répondait au souffle haletant du rameur. Le vent, intermittent et léger, soulevait à peine les boucles blondes du chevalier assis face au Byzantin. L'embarcation, fragile et vermoulue, prenant l'eau de toutes parts, tenait par la grâce d'une colonie de tarets. Une écope bosselée émergeait du fond noyé de vase.

L'esquif atteindrait-il la rive orientale du Bosphore ? Le marin lorgnait depuis le départ une bourse obèse de lourdes pièces, ballottant à la ceinture de son passager.

— Tu n'es pas un simple soldat ! dit-il.

Le silence imposé, à peine troublé par le bruissement des vaguelettes, lui ôta l'envie de poursuivre la conversation. Il attendit longtemps avant de reprendre la parole.

— Le prix de la traversée ne comprend pas le retour ! Il faudra payer davantage si tu veux revenir à Constantinople...

Le croisé tira l'épée hors du fourreau. La lame effleura délicatement le cou du passeur qui sourit en grimaçant puis hocha la tête en signe de résignation. Un mince filet de sang soulignait l'éraflure. Le chevalier trempa la lame souillée dans l'eau de Marmara, avant de l'essuyer sur la cape noire qui le protégeait du froid. Le voile brunâtre du sang se dissipa dans l'eau claire.

La rive, proche, semblait s'éloigner. Le rameur n'avait pourtant pas ralenti ses efforts.

— Les courants ! Ils nous emportent ! cria-t-il.

— Laisse-les nous porter à l'est ! J'accosterai là où ils nous mèneront.

La barque dériva durant une bonne heure avant d'atteindre une plage de galets dissimulée par de longues gerbes de roseaux désséchés.

— Ici ! ordonna le guerrier.

— Il te faudra marcher !

— Je marche mieux que tu ne rames !

— Je n'en doute pas, seigneur.

Le regard du soldat jaugea le batelier. Se moquait-il en l'appelant « seigneur », ou savait-il ? Il lui jeta une infime partie du contenu de la bourse. L'homme se pencha pour ramasser les pièces qui déjà se perdaient dans le fond vaseux de l'embarcation.

— Attends-moi là le temps nécessaire ! Peut-être toute la nuit...

— A tes ordres, roumi !

Déjà loin de son pilote, l'homme d'armes se retourna.

— Roumi ? lui cria-t-il, étonné.

— C'est le nom que les gens d'ici vous donnent, à vous, les croisés...

— Ah ?

Sa hâte l'empêcha de lui demander la signification de ce nom. Mais il se jura de s'en enquérir à son retour.

Puis il s'enfonça dans la pénombre et les joncs.

Les oracles

L'eau montait encore. Le mors de son cheval baignait dans un torrent chargé de limon rouge, entraînant dans sa folle descente vers la mer les branches torturées d'oliviers déracinés.

L'animal peinait, il nageait, puis posait prudemment les sabots sur de dangereux rochers occultés par la crue. Elle l'encourageait, lui flattait l'encolure, promenant sa main ferme sur le chanfrein, puis introduisait la partie extérieure de la paume dans la bouche écumeuse. Le coursier en éprouvait un tel émoi qu'il hennissait de plaisir et repartait de plus belle vers les cascades mortelles. Maudits croisés qui les obligeaient à cette mascarade ! La transparence de ses vêtements était rendue plus impudique encore avec cette pluie qui moulait les tissus sur sa peau durcie par le froid.

Seuls les épais cuirs noirs de son attirail, cloutés d'or, le fouet et l'épée brillante à son ceinturon témoignaient d'une mission guerrière. Les longs cheveux noirs noués en une épaisse natte tressée de fils d'or, son front ceint d'une couronne ciselée, le port altier de la poitrine et du torse, la cotte de mailles cuivrées dissimulant mal les longues jambes chaussées de bottes à semelles de bois, les mains gantées serrées sur les rênes tendues sur le mors telles des cordes d'arc, tout donnait à cette femme l'allure d'une princesse de légende.

N'était-elle pas la fille du Basileus* Alexis Comnène, empereur de Byzance, Autocrator de l'Orient chrétien ? N'était-elle pas en droit d'être la gardienne des portes de Constantinople ?

Son regard sombre en disait long sur sa détermination à résister aux hommes de la Croix. Mais son sourire la rendait plus étrange encore. Un sourire dont on ne pouvait discerner si la haine ou le plaisir en était la prière.

Son corps, sculpté par un dieu byzantin, aurait damné les douze apôtres. C'était ce que disait son cousin Jean Comnène, l'homme fort de Byzance, neveu de l'Empereur et Gouverneur de Durazzo. Plutôt vouée aux missions diplomatiques, la belle Anne assistait son impérial père lors des cérémonies officielles. Sa plume d'historienne et son sens inné de la poésie imposaient le respect des princes et nourrissaient l'admiration des philosophes. Les plus hautes sphères intellectuelles la vénéraient. Bien des prétendants auraient souhaité lier leur destinée à ce joyau eurasien. Les rois et ambassadeurs qui avaient eu le privilège de l'approcher la vantaient en leurs pays comme la plus belle et la plus spirituelle des femmes au monde.

Mais voilà, loin de s'en satisfaire, telle une superbe fleur dans ce jardin de bassesses politiques, elle avait décidé de sauver sa ville et, peut-être, si Dieu le lui accordait, son pays, de la barbarie des fougueux hommes de la Croix.

Elle n'avait, pour ce faire, que son épée, son fouet, et

* Un lexique se trouve en fin de volume.

un corps sculptural qu'elle savait être le plus puissant des caparaçons contre la félonie des envoyés du pape romain. Sa première victime était toute désignée : l'orgueilleux chef de la toute-puissante armée lotharingienne campant devant les murs de la capitale. Godefroy de Bouillon.

Paradoxal défi : le plus puissant des soldats mais, sans nul doute, le plus faible des hommes. Elle le voulait ainsi. Peut-être aussi le subodorait-elle, depuis cette brève rencontre, des mois plus tôt, lors du concile de Plaisance. Ce jour-là, son cœur avait frémi. Car Godefroy de Bouillon avait, lui aussi, une arme redoutable : il était beau !

Un ciel bas, chargé de pluie, ouaté de nuages, masquait les contours de la côte ouest du Bosphore. La cavalière descendit de sa monture, puis la cacha soigneusement dans les taillis avoisinant le camp militaire. L'enceinte était déserte. Pas un vigile, pas un corps de garde. Le mauvais temps, sans doute ! Et puis, qu'avaient à craindre les croisés de leurs alliés byzantins ? La « guerre sainte » ne commencerait que là-bas, de l'autre côté de ce bras de mer qu'on appelait Saint-Georges, sur les terres seldjoukides. Ici, même si la paix avait un écœurant parfum d'encens, elle était impérative !

La mer grondait, léchant les rives de marbre des somptueux palais byzantins. Soufflant sa rage, le vent soulevait de grosses vagues écumant leur colère sur les galets rouges. Marmara sous l'ire de Dieu…

Et là-bas, mal abrités sous les lourdes toiles détrempées de leurs tentes usées, des hommes malades, affaiblis, désabusés, comptant les rafales pour distraire leur désespoir.

Un magma de boue et de sang faisait office d'allée. Il y avait eu un carnage ! Les croisés s'entretuaient-ils ? Ou bien les mots apaisants de son auguste père n'avaient-ils pu les convaincre d'une alliance ? Ce sang était-il celui de ses frères ou celui de ses ennemis ?

Anne, le corps ruisselant d'eau et le visage coloré par les rigueurs du vent, avança vers une tente centrale, plus richement décorée.

Entre deux bourrasques, on entendait, à peine audibles, un rire, une prière et, parfois, une phrase clamée : « Dieu le veut ! » Des lumières diffuses projetaient des ombres sur les tentes.

Elle s'approcha du pan de toile. Une mince fente lui fit croire qu'il s'agissait de l'entrée. Une voix jaillissait de l'interstice. Un peu du souffle chaud rayonnant d'un immense brasero lui caressa la joue.

— Il est devenu fou ! Complètement fou !

Grand, costaud, harnaché tel un soldat en campagne, l'homme venait de hurler sa haine, arpentant les tapis humides, contournant pour la dixième fois l'unique table de fer, jonchée de plans de villes et de cartes.

— Fais-lui confiance, Baudouin ! N'est-ce pas lui qui nous a conduits jusqu'ici ?

— Lui, lui, toujours lui !

Une buire de verre aux motifs délicatement peints livra ses dernières gouttes de vin aigre. Baudouin en avala le contenu d'un trait.

Un sourire, des yeux plissés, la grimace bien connue de son frère Eustache l'apaisèrent quelque peu. Trop d'amour, trop de compassion sur le visage de l'aîné... Plus qu'il ne pouvait en supporter sans en ressentir le blâme.

— Il y a dix mille hommes qui pataugent dans la boue ! Dix mille hommes qui meurent de faim et de froid ! Et il faut encore et toujours s'en référer à lui !

— Il est le chef !

— Non, il n'est pas le chef de toutes les armées ! C'est lui qui veut les diriger !

— Ce sont les hommes qui le veulent, Baudouin, tu le sais !

— Depuis quand les hommes choisissent-ils leurs chefs ?

— Depuis qu'on leur en demande plus qu'il n'est possible. Brandir son arme contre un ennemi visible, couvert d'une cotte bien sèche, le ventre plein, campé sur un destrier frais et vaillant est à la portée de tout soldat. Mais tuer avec ses mains, ses ongles, ses dents, des démons de païens surgissant de partout et de nulle part, sous des armures rouillées, le ventre vide depuis des jours, les jambes enfoncées dans la vase, les os et le sang, ça, ça, c'est inhumain ! C'est ça, plus qu'il n'est possible ! Reconnais-le Baudouin, sans lui, sans sa force, sans sa présence, la guerre sainte des croisés s'arrête ici !

— Alors, il faudra encore qu'il décide…

— Il veut épargner les troupes. Il a raison. Acceptons l'invitation d'Alexis !

Baudouin secoua la tête. Sa résignation était timide, mais les arguments de son frère probants. Peut-être que, là-bas, en Palestine, il trouverait écho à sa voix. Mais pour l'instant…

— Acceptons ! Mais je te le jure, Eustache, à Jérusalem, il fera ce qu'il veut, mais ce sera chacun pour soi !

— Tu es un enfant.

— Nous sommes tous trois fils de la même mère. Tous trois héritiers maudits d'un père dévoué corps et âme à la cause d'un roi d'Angleterre bouffi et prétentieux ! Boulogne n'est plus qu'un bastion de vieux soldats aux rides encrassées d'écailles de poissons et de sable poisseux, détruits par les ambitions démesurées de Guillaume le Conquérant ! Notre héritage est dévoré par l'Anglois comme nos falaises de craie le sont par les marées. Nous avons gagné notre nom dans un enfer d'injustice. Nos vies sont liées depuis notre prime enfance, mais je ne peux souffrir qu'il se prenne pour l'élu de Dieu !

La pluie avait redoublé de violence. Un silence plus cruel encore que les mots, dans l'étourdissant et paradoxal vacarme des toiles giflées par le vent fouettant les piliers de bois vermoulus, avait installé un malaise difficilement supportable. Au-dehors, plus une âme ne s'aventurait entre les installations de fortune. Au-dedans, plus un cœur ne battait à un rythme normal. La mort occultait chaque regard de son voile blafard. Le sang s'écoulait lentement dans les sillons de boue, nourrissant de puissants rus de limon rose. Ce soir, Marmara serait teintée du sang des croisés...

Les Byzantins avaient massacré beaucoup d'hommes de la Croix. Une courte sortie, une centaine de chevaux fringants, quelques archers, et le camp des Lotharingiens avait été transformé en abattoir. Demain, ce seraient la riposte, la vengeance, l'escalade ! Malgré les espoirs de pacte, les promesses de paix, il s'en lèverait toujours un d'entre eux pour rompre le silence des armes. Car c'était l'épine dans le pied de cette armée : ils n'étaient pas unis. Chaque chef défendait sa cause. Et Byzance en tirerait bientôt profit. Cette nuit, Constantinople allait se laver de ses humiliations. Alors, une fois de plus, Rome haranguerait d'autres victimes crédules, sous d'autres bannières, avec les mêmes cris de haine, scandant les mêmes discours nourris d'une même ferveur.

Ce soir, les Eglises avaient une nouvelle fois été les bouchères du diable. D'un côté les chrétiens byzantins, de l'autre les chrétiens romains et, en face, un Islam menaçant…

Anne décida d'attendre. Elle avait froid. Ses yeux pleuraient un mélange de larmes et d'embruns. Sa gorge aurait voulu hurler sa haine, mais elle se tut.

Rome vomira ses mensonges. Godefroy de Bouillon ploiera le genou devant elle, fille des Comnènes, maîtres de l'Orient ! Il renverra ses armées dans les forêts humides de son Ardenne lointaine, et Byzance retrouvera la gloire et l'honneur.

Il rentrera tôt. Et elle le verra seule. Elle le savait. Les oracles ne se trompent jamais. Même quand ils parlent d'amour… Ils ne se trompent jamais.

— Mon Dieu que cet homme est beau ! songea-t-elle en serrant la garde de son poignard de toutes ses forces.

Elle caressa le fil de la lame avec volupté et songea aux filles de Byzance auxquelles elle avait promis de ramener le cœur chaud et sanglant du chef des croisés. Elle assassinerait le seul homme qu'elle aimerait jamais plus que son âme.

Les oracles ne se trompent jamais.

L'objet de sa perte, jusqu'à la mort…

La lame effilée perça sa chair, à hauteur de l'auriculaire. Une goutte de sang s'étoila sur un pan de la tente ducale.

Ce soir, Godefroy de Bouillon mourra.

Les oracles ne se trompent jamais.

PREMIÈRE PARTIE

Segnor, oiez canson qui moult fait a loer.
Je ne vous vaurai mie mencoignes raconter,
Ne fabliaus ne paroles, pour vos deniers enbler;
Ainsi vous dirai canson où il n'a qu'amender...

Sainte-Sophie

L'odeur ambrée d'épices, de graines torréfiées et de feuilles séchées emplissait la galerie. Ici, c'étaient les tanins des peaux de bêtes teintées. Là, les poussières volatiles aux senteurs de Perse des tapis fraîchement tissés. Puis, les relents écœurants des suifs, cires et bougies sculptées, les parfums sucrés et capiteux d'essences de fleurs rappelant l'Orient si proche. Enfin, les fours rougeoyants crépitant sous le chant des fers et le martèlement des enclumes.

Dehors, la pluie. Et de nouveaux effluves. Le linge trempé, pleurant goutte à goutte, dégageait une presque imperceptible vapeur nourrie d'exhalaisons lointaines : sable, terre rouge des plateaux. Et, pour tuer le présent, souvenirs des robustes arômes de la terre d'Ardenne, encore imprégnés dans les cottes de mailles et les tuniques décolorées par le soleil...

Mille poissons aux reflets d'argent luisaient dans le fond des barges, étalés par les pêcheurs aux mains calleuses. Les pains blonds aux croûtes bronzées crépitaient, encore chauds, sous les fines gouttelettes de pluie.

Et puis, ces gâteaux étranges originaires d'Arabie, mélanges de farine et d'épices, de miel et de sucre de canne, que les soldats de l'Empire emportaient dans leur campagne. Ils sentaient bon la cannelle. Tranchés, ils scintillaient de fruits confits aux couleurs bigarrées.

Dieu avait créé Constantinople tel un bouquet aromatique d'Orient et d'Occident.

— C'est incroyable ! s'exclama le voyageur.

On identifiait son lignage à ses vêtements luxueux, au poids des étoffes, à leurs couleurs vives.

— Qu'y a-t-il d'incroyable, Sire Duc ?

L'autre — ils étaient deux étrangers dans ce dédale de marchandises et d'activités diverses — paraissait être son serviteur mais portait la cape avec élégance. Les armes fourbies pendaient à sa ceinture.

— Quel éventail de fumets... Cette ville n'est que couleurs et parfums...

— Elle n'est aussi que traîtrise et mensonge !

— Ce pourquoi elle me plaît ! fit le duc, souriant.

— Vous plaisantez ?

— Tout est tellement artificiel et tout n'est qu'apparence !

— Eh bien ?

— Il n'y a donc ici ni hypocrisie ni masque. C'est le pays de la haine et du mépris affichés ! Du poison et du poignard. Ce que j'aime chez ces Byzantins, c'est leur incapacité à bien mentir. Ici, les dagues ne sont pas surmontées de crucifix. Leurs croix servent encore à prier, pas à tuer !

— Ils vous tueront néanmoins si vous continuez à vous aventurer dans leurs ruelles...

— Non, ils attendront que j'achète. Et comme je n'ai encore rien acquis...

— Ils prendront votre bourse et la mienne...

— La tienne est bien mince et gonflée de pièces étrangères, inchangeables à Constantinople sans un édit de l'Empereur. Ils attendent que je rencontre leur dieu vivant pour nous tuer.

— Sire Duc, quittons ce lieu !

Ils atteignirent un débarcadère où s'alignaient de petites barques de pêcheurs et des canots pour traverser la mer.

— Le Bosphore ! Regarde, Josfride, là-bas c'est l'Orient !

— Cela ressemble à chez nous !

— Oui.

Le ressac des vagues furieuses, exaspérées d'être arrêtées là par l'amoncellement de pierres et de galets, venait y mourir, enfin apaisé par la pluie fine et tenace que faisaient danser les vents du soir...

— Sire...

Un sanglot, une voix hoquetante...

Josfride fixaient ses yeux brillants, gonflés de larmes, vers le haut d'une petite colline... Sous l'emprise d'un émoi maître de tout sentiment, à ne plus pouvoir parler...

Le duc leva les yeux vers la cime voisine, sorte de rocher noir surmonté d'un dôme gris... Eclairage d'un phare projetant des reflets dorés sur les murs roses d'un bel édifice...

Godefroy de Bouillon tomba à genoux.

Et pleura.

Il venait, pour la première fois, d'apercevoir la basilique de Sainte-Sophie.

Et il rendit grâces à Dieu d'avoir vécu jusque-là.

Constantinople

Joyau perdu entre les terres brûlées du sud-est et la mer, éperon d'or couvert de coupoles rose et argent, Constantinople défiait le ciel maquillé de bleu et de blanc. Elle était belle et plus encore. Un jardin d'Eden domestiqué par les hommes, une accumulation d'œuvres d'art et de trésors, une profusion d'édifices dessinés par des architectes de génie, aux couleurs contrastées, aux loggias et balcons fleuris et verdoyants, aux échoppes garnies d'épices et d'étoffes bariolées. Une gemme posée comme un défi sur le leurre des ambitions humaines !

De la porte Dorée à la porte d'Andrinople, s'étendait le forum Amastrianum, pavé de marbre blanc, gardé par mille églises dans lesquelles scintillaient, réfléchis sur la mosaïque rutilante, autant de cierges qu'il y avait d'âmes dans la ville.

Depuis la rive, éclaboussées par l'écume produite par les barges des pêcheurs, d'étincelantes marches blanches invitaient à la baignade dans l'azur marmaréen.

Constantinople n'était pas seulement grecque mais encore turque, arménienne, hongroise, bulgare, ukrainienne, scandinave, persane, juive, vénitienne, génoise…

La Corne d'Or était le seuil de l'univers.

Les Celtes, comme les appelaient Anne, pataugeaient dans la fange brune des quartiers de Kosmidion, sur un terrain qui s'étendait du pont jusqu'à Saint-Phocas, face au palais des Blachernes.

Dans ce même palais, le Basileus Alexis tremblait. Si de tacites connivences les liaient, Urbain II, le pape des romains, et lui, le maître de l'Orient, affirmant l'urgence et le bien-fondé de cette croisade, il savait que les armées de la Croix, indisciplinées, harassées par une déjà longue traversée des mers ou des pays de l'est, assoiffées de bien-être et de repos, convoiteraient à l'aube d'un rude hiver les richesses de la Cité d'Or, et jalouseraient le confort de ses habitants.

Certes, Alexis avait su redonner à Byzance un lustre évanoui sous le règne de ses prédécesseurs ! Il avait eu la subtile intelligence d'encourager Rome, pourtant en conflit avec les orthodoxes, à organiser cette sainte guerre contre l'islam mais, surtout, contre les Turcs seldjoukides qui avaient petit à petit rogné les frontières de l'Empire en Asie Mineure.

Mais il savait aussi que la diplomatie ne peut rien contre la bêtise. Et, selon les observations de ses conseillers, de sa fille Anne en particulier, selon l'avis même du pape, les croisés étaient bornés ! Ils aimaient particulièrement en découdre avec tout étranger qu'ils identifiaient déjà comme l'ennemi de la croisade. Byzance était de celle qui défiait leur arrogante ferveur ! Comment juguler l'agressivité de soldats qu'on envoyait à la boucherie sans espoir de survie ? Comment se rendre maître de ce flot d'hommes belliqueux et barbares ?

De sa fenêtre, Alexis voyait grelotter les tentes détrempées des armées lorraines. Il redoutait ce Godefroy IV de

Boulogne, dit de Bouillon, duc de Basse-Lotharingie, mais tout autant ceux qui devaient les rejoindre avant le printemps, les Normands d'Italie du Sud, menés par le redoutable Bohémond de Tarente, fils de Robert Guiscard qui, dix ans auparavant, avait failli faire crouler l'Empire sous les coups de son épée !

Et puis, il y avait ce fou de Dieu, Adhémar de Monteil, légat du pontife romain, accompagné de dizaines de milliers de guerriers sanguinaires menés par des chefs immensément orgueilleux venus du pays d'Oc, des régions provençales. A leur tête Raymond de Saint-Gilles, comte de Toulouse ! S'il avait été aisé de jeter sur la rive orientale les éclopés de la troupe de pèlerins de Pierre l'Ermite, ce le serait moins avec ces hommes-ci... Surtout ceux de la trempe de ce fier cavalier, là-bas, occupé à lancer des javelots dans la porte d'Andrinople, droit et altier sur son étalon noir.

— Qui est-ce ? demanda Anne à son père.

— Le frère de ton ennemi Godefroy. Il s'appelle Baudouin. Baudouin de Boulogne.

Alexis prit ce soir-là la décision d'approvisionner les croisés en vivres ou en fourrage pour leur bétail. Mais, en compensation de ces largesses, il fallait les éloigner. C'est ainsi que quatre jours après Noël, l'armée de Godefroy de Bouillon se retrouva dans les casernes des quartiers de Péra, de l'autre côté de la Corne d'Or, loin des murailles de Constantinople.

Le duc de Basse-Lotharingie, qui s'obstinait à ne pas vouloir rencontrer le maître de Byzance, camperait dans le somptueux palais de Galata, entouré de ses gardes.

Le duc Godefroy à l'Empereur, fidélité et soumission. Selon ton vœu, j'irais volontiers vers toi, j'admirerais les fastes et les richesses de ta maison.

Mais trop de bruits fâcheux répandus contre toi sont parvenus à mes oreilles et me remplissent de crainte. J'ignore cependant s'il faut les attribuer à l'envie ou à la haine.

Alexis relut la lettre une seconde fois. Les veines de son cou se gonflèrent sous la colère. Il jura sur la Croix et personne n'osa s'en offusquer.

— Qu'est ce gueux pour narguer ma puissance en m'écrivant des lettres insultantes ? Il s'agenouillera devant moi ou il mourra !

Anne s'avança vers son père et lui caressa l'épaule.

— Il mourra, je le jure, lui souffla-t-elle à l'oreille.

Inch Allah

Le sang jaillit d'un coup, comme l'eau d'une source quand on soulève la pierre qui la bouche. Il jaillit en saccades rythmées par un cœur épuisant ses vaisseaux. Berceau de toutes les émotions, des plus pures aux plus noires, aux plus indicibles, le cœur ne ressent-il rien lorsqu'il prive le corps de toute essence de vie ?

Pourquoi le sang des Arabes est-il aussi rouge que celui des Latins ?

Et ces yeux exorbités…

Et ce cri de souffrance…

Et ce râle…

Et ces muscles qui s'abandonnent, vaincus…

Et ces mots, tout aussi désespérés…

— Inch Allah…

Godefroy sentit l'haleine de sa victime. Une odeur de pomme verte. Un peu comme cette maladie, quand il était petit, qui dégageait le même parfum et que sa mère guérissait avec le suc de la belladone.

L'homme reposait dans ses bras, inerte. Il eut un curieux sentiment. Un moment d'arrêt. Le temps qui s'effiloche davantage qu'il ne passe…

— Ma... li... na..., prononcèrent encore les lèvres du moribond.

— Il évoque le Malin ! hurla Josfride, en lutte avec deux assaillants.

Les épées tournoyaient dans le ciel pourpre du crépuscule. Godefroy n'aperçut pas tout de suite ce Turcopole menaçant qui fonçait sur lui. Josfride n'eut pas le temps de lui barrer le chemin. Déjà l'arme s'abattait sur le chef des croisés.

— Ma... lina..., reprit le mourant.

Godefroy se pencha sur la poitrine de son adversaire. La voix, à peine audible, semblait venir du plexus solaire. L'épée s'abattit sur la tête du blessé. Elle roula sur le sol, éclaboussant de sang le visage du croisé, surpris d'être épargné par son mouvement spontané, et bien opportun ! Josfride, qui venait de repousser un autre agresseur, transperça de part en part le corps du « fils de Turc ».

— Merci, dit simplement Godefroy.

Il regardait la tête, immobilisée dans la boue rougie.

— Venez, Sire, il ne faut pas rester là.

— C'est... c'est un Arabe..., balbutia Godefroy.

— C'est votre premier, il y en aura d'autres ! Venez !

— Comment se fait-il ?

— Quoi ? hurla cette fois Josfride, impatient d'arracher son maître à cette rêverie.

— Qu'Alexis se fasse défendre par des Arabes ? Alors qu'il veut que nous allions les combattre ?

— Alexis se parjure sans cesse ! Hier, il voulait conclure un pacte avec vous, aujourd'hui il décoche ses flèches empoisonnées. Il n'a plus assez de soldats pour nous résister. Alors, il engage des mercenaires... Venez maintenant, d'autres arrivent...

— Il disait : Malina ! C'est un prénom ?

— Peut-être celui du diable…

— Non, non… Il y avait de l'amour dans ce nom…

— Sire !

L'écuyer l'agrippa par la manche et, au risque de s'arracher les ongles sur la cotte, le tira du fossé.

— Venez, la bataille n'est pas gagnée !

Sur le pont de Galata, surplombant le bras de mer qu'on appelle la Corne d'Or, à l'ouest du Bosphore, bien gardé par Baudouin et ses cinquante chevaliers, il n'y avait plus qu'un chariot à l'essieu brisé, abandonné par son conducteur.

Godefroy serra son frère dans ses bras et réprima un frisson d'horreur. Le sang avait rougi tout le chemin depuis la rive nord de Péra jusqu'ici.

— Nous sommes vainqueurs ! clama Baudouin.

— Nous avons vaincu les Grecs. Nous avons bien fait d'évacuer Péra. C'était une prison pour nous, avoua Godefroy.

— Alors, demanda Baudouin enthousiaste, quand attaquons-nous Constantinople ?

Godefroy hésitait.

— Godefroy… C'est pour cela que nous avons rejoint les remparts. Il faut aller jusqu'au bout… Alexis va vouloir venger l'affront. Il faut assiéger son palais ! Il faut attaquer Blachernes !

Le chef des Lorrains opina.

— D'accord ! Attaquons !

Baudouin n'avait pas attendu cet ordre pour préparer les archers et leurs flèches garnies de poix enflammée. Il leva le bras : cent projectiles s'abattirent çà et là, tantôt sur la porte de Gyrolyme, devant le palais, tantôt sur d'autres édifices, près du lac d'Argent. Un gigantesque incendie embrasa bientôt Constantinople.

Sur son trône, impassible, Alexis écoutait ses conseillers. Au dehors, les cris de terreur des Byzantins montaient à son oreille.

Soudain, à sa droite, un de ses ministres s'effondra, atteint en plein cœur par une flèche.

— Il faut en finir ! s'exclama alors l'Autocrator sans même s'être penché sur le corps de l'infortuné.

Quelques instants plus tard, Baudouin et Godefroy entendirent un tintamarre. Cinq cents cavaliers de la garde impériale surgirent alors, issus de la porte d'Andrinople, masquée à leur vue par la muraille d'enceinte. Ils n'eurent pas le temps de rassembler leurs compagnons épuisés par la bataille sur le pont de Gyrolyme, bâti à quelque distance du pont de Galata.

Godefroy refusa le combat et fit sonner la retraite.

— Godefroy, nous pouvons vaincre ! hurla Baudouin, contrarié par cet ordre.

— Laisse ton avidité de gloire sommeiller jusqu'à Jérusalem ! Nous avons davantage besoin d'hommes que d'honneurs !

— Et comment mangerons-nous si Alexis nous coupe les vivres une nouvelle fois ?

— Il va le faire !

— Alors ?

— Je vais lui prêter serment d'allégeance...

— Quoi ?

— Il le faut. Il est le plus fort.

— Si tu fais cela, je...

— Tu te tairas et tu m'obéiras !

Il se retourna vers le commandant de l'armée grecque. Ce dernier se tenait droit sur son cheval, jouissant du repli pitoyable de l'armée franque. Godefroy reconnut Nicéphore Bryenne, un soldat réputé qui siégeait parmi les instances intellectuelles de Byzance, car il était historien. Que pouvaient-ils avoir en commun, le Lorrain et lui, pour soutenir ce même regard incisif et apparemment complice ?

Sans doute ne le savaient-ils pas eux-mêmes...

— Comment se fait-il qu'ils ne nous poursuivent pas ? questionna Josfride.

— Nous avons un accord ! lui répondit Godefroy.

— Mais... vous ne vous êtes jamais rencontrés ?

— C'est comme ça !

— Comment, comme ça ? Regardez, ils ne nous attaquent pas...

— C'est écrit !

— Mais où ?

— Je ne sais pas ! hurla le duc, exaspéré de ne pas comprendre lui-même. Là-haut ! Dans la Bible ! Ou dans mes veines, mais c'est écrit !

Alors il poussa à s'en rompre les cordes vocales un cri de bête, inhumain, qui comportait néanmoins quelques syllabes compréhensibles. Josfride crut y reconnaître l'appel de la croisade : Dieu le veut ! Le visage tuméfié, les yeux rouges, Godefroy marchait vers le campement improvisé par les hommes de l'arrière-garde.

— C'est écrit ! répétait-il, la voix altérée par la colère.

— Sire...

Mais le chef des croisés n'écoutait pas. Son cheval devançait celui de son écuyer. Les soldats le regardaient avec inquiétude.

Se pourrait-il que lui aussi perde espoir ?

— Sire… Malina, c'est un prénom juif. Notre interprète grec vient de me l'apprendre.

— Juif ? Tiens ?

— Sire, ce n'était donc pas un Arabe !

— *Inch Allah* ? C'est de l'arabe, non ?

— Il était byzantin, un des mercenaires venus des steppes lointaines, derrière l'Oural.

— Quelle importance ?

— Aucune, sinon qu'ils sont musulmans…

Godefroy venait de pénétrer dans la tente que lui désignaient les soldats. Josfride le suivit.

— Pour eux comme pour nous, ajouta-t-il, Jérusalem est sainte.

Godefroy se signa.

— Et ils aiment, poursuivit l'écuyer, leurs femmes et leurs filles, comme nous…

— Les juifs peut-être, les Arabes, j'en doute ! Et s'ils sont musulmans…

Leurs regards se croisèrent.

— Quoi ? poursuivit le croisé. L'Islam humilie ses femmes ! Elles sont au rang d'esclaves !

— Tandis que chez nous ? fit Josfride, d'un ton faussement interrogatif.

Un soupir répondit à sa pertinence.

Le duc se coucha sur un lit drapé de fines peaux de chèvres. Il s'endormit presque aussitôt.

Vers minuit, Josfride lui offrit un repas frugal et une cruche de vin rouge. Comme il mangeait, l'écuyer osa une requête.

— Sire, une jeune femme prénommée Malina est venue me voir, peu après la bataille. Elle demande à vous rencontrer. C'est… sans doute la…

— Sans doute. Fais-la chercher et qu'elle se présente !

Malina

Elle avait de longs cheveux noirs et des yeux verts. Ses jambes longues et ses pieds nus étaient couverts de terre, de sang et de brindilles. Les vêtements pouilleux, ses lèvres et sa peau sèches témoignaient de son indigence.

Elle était belle pourtant et son visage reflétait la tristesse. Il lui proposa un peu de vin qu'elle refusa.

Elle se rua sur un quignon de pain noir abandonné sur la table. Elle avait les dents abîmées.

Il s'avança vers elle, pour la dévisager. Elle balbutia quelques mots en arabe.

Il fit appeler l'interprète.

— Elle dit que tu as tué son père ! dit le traducteur accouru, s'enquérant du message de la jeune femme.

— Je le regrette ! Mais dis-lui que c'était son père ou moi, que nous étions au combat et que…

Elle balança la tête de haut en bas. Elle avait compris la réponse du chef croisé. Alors elle lui cracha au visage. Un mélange de pain et de salive viciée de sang éclaboussa la joue du duc de Basse-Lotharingie.

L'interprète invectiva violemment la femme mais elle n'y prit garde. Le duc plongea la tête dans une bassine d'eau, puis, dégoulinant, s'essuyant le visage, il se tourna vers elle.

— Tes larmes, ta haine, ta vie, tout est à moi ! dit-il. J'ai vaincu ton père ! Que veux-tu que je fasse ?

Elle écouta la traduction, puis attendit un moment avant de reculer de quelques pas. Alors, sous le regard ahuri du traducteur, elle fit glisser sa tunique misérable sur le sol et apparut nue.

L'interprète s'enfuit, mais Godefroy le rappela. L'homme revint timidement sous la tente, se voilant pudiquement les yeux.

— Elle dit que tu dois la violer comme l'ont fait les croisés qu'elle a rencontrés avant toi.

— Quels croisés ?

— Tous ceux qui gardent ce camp ! insista l'homme qui venait de reposer la question.

— Qu'elle les désigne ! hurla cette fois Godefroy.

La jeune femme grelottait. Son ventre tremblait. Godefroy lui posa un manteau de laine sur les épaules, mais elle le laissa choir à ses pieds.

Elle lui tendit la main. Et parla longtemps, épuisée, sanglotant, toussant, d'une voix saccadée. Lorsque l'interprète traduisit, le duc faillit à son tour avoir un malaise.

— Elle te demande de déposer cette mèche de cheveux sur la roche d'Abraham et de Mahomet, sous la Coupole du Rocher à Jérusalem. Elle appartient à sa mère, morte sous les coups des violeurs de Pierre l'Ermite, qui ont précédé l'armée lotharingienne. Ils ont…

L'homme hésita, mais le regard de Godefroy le força à poursuivre :

— Ils ont déchiré le corps… le sexe de cette infortunée avec un crucifix. Son mari s'est engagé dans l'armée byzantine, espérant vous anéantir. Maintenant, elle sait qu'elle va, comme ses parents, mourir elle aussi, mais elle voudrait que cette mèche atteigne Jérusalem. Et elle n'a d'autre recours que de la remettre à celui qui vaincra les Seldjoukides et deviendra roi de Jérusalem...

Elle venait de porter ses mains à hauteur de son sexe. Un filet de sang s'en échappait.

— Je... je le ferai, jura-t-il, ému.

Elle devina à nouveau, sans traduction. Un court instant, il crut voir un peu d'apaisement dans son regard.

— Je... je suis loin d'être roi de Jérusalem, se sentit-il obligé d'ajouter. Il reste beaucoup de chemin à parcourir et je ne suis pas l'élu de Rome...

Elle laissa le traducteur donner la signification du début de phrase et lança en roman :

— Je sais qui tu es... qui tu seras...

Puis elle poursuivit en arabe :

— Allah m'accorde cette prescience avant de mourir.

Godefroy songea à sa mère qui, souvent, prévoyait l'avenir. Il voulut ramasser le manteau de laine aux pieds de la jeune femme et vit le filet de sang couler de ses mains jointes. Il n'eut pas le temps de la soutenir. Elle s'effondra sur le sol, dans son sang. Le sexe déchiré laissait entrevoir un crucifix de bois, enfoncé jusqu'au tau.

La colère étreignit le croisé.

— Je m'appelle Malina..., murmura-t-elle avant d'expirer.

L'interprète courait à toutes jambes vers les portes du campement.

Il hurlait dans la nuit :

— *Allah Akbar !*

La sagesse du fou

Il avait attendu la nuit.

Certains secrets ne se livrent que la nuit.

Lorsqu'il sortit, soulevant la double toile qui calfeutrait l'entrée de sa tente, il croisa le regard d'une femme. Elle avait les yeux et les cheveux couleur d'encre. Il reçut tout d'abord ce regard où la passion couvait comme la braise, assoiffé d'amour. Puis il crut apercevoir, sans en être sûr, un caillou sombre baguant l'un de ses doigts. Il ne se souviendrait pas précisément de la bague, sinon qu'elle lui avait paru étrange.

Mais il n'oublierait pas son regard.

Ce devait être elle. Ce n'était guère le moment.

Les étoiles ne sont pas toujours dans la conjonction de l'amour... Et ce sont elles qui, là-haut, dirigent nos destinées.

Il s'appelait Godefroy de Bouillon et, par un concours de circonstances compliquées et souvent fortuites, il était devenu le chef d'une grande guerre de religion. L'heure était au combat, sous ce ciel d'Orient veiné de rouge. Le fiel de la haine et l'absinthe des regrets dominaient sa vie, chassant l'espérance d'aimer ou d'être aimé.

Elle reviendrait.

Et lui aussi.

Il se surprit à dire « merci ». A qui, pourquoi ?

Merci...

Il franchit la porte Dorée comme par enchantement. Les vigiles s'étaient retirés pour jouer aux dés et la garde n'était plus aussi importante qu'aux jours de tension entre Alexis et le croisé. Un compromis avait enfin été trouvé et les courriers échangés apparaissaient plus courtois. Les termes en étaient la paix et les accords. Bientôt peut-être une rencontre, le dialogue ?

Le Croisé, le Celte, le Franc, le Latin, c'étaient les noms que lui donnaient les Byzantins. Parfois aussi on l'appelait « la Bête », « le Tueur », « le Fils de Satan », « l'Assassin de Rome ».

Une foule bigarrée où se mêlaient commerçants, badauds, mendiants, bergers et paysans rentrait dans la ville avant le coucher de soleil. Sous son manteau noir délavé, Godefroy passait inaperçu. Tant mieux ! Il devait la voir seul. Il devait lui dire qu'il avait, sans doute, accompli ce vœu et parcouru ce chemin aussi pour elle ! Même s'il n'atteignait jamais Jérusalem, il aurait au moins eu le bonheur de la voir, de lui parler, de l'admirer... jusqu'au lever du jour. Si le temps et la lune claire le lui permettaient, il la contemplerait longtemps, repu de souvenirs pour les siècles futurs, jusqu'au jour où il reviendrait, de nuit, peut-être avec la fille aux yeux d'encre...

Il priait pour ne pas être repéré.

Jouer avec la mort. Avoir peur, atteint d'un mal qui noue le ventre et fait battre le cœur à grands coups rapides.

Une phrase lui vint à l'esprit. Justinien, le constructeur

de Sainte-Sophie aurait orgueilleusement proclamé : « Voilà en quoi j'ai surpassé le grand Salomon ! »

Godefroy de Bouillon savait, car il avait lu et relu les livres sacrés et s'était imprégné d'histoire sainte en l'abbaye de Saint-Hubert et dans le palais princier de Liège, que les dimensions du Temple de Salomon à Jérusalem pouvaient être matériellement dépassées, mais pas sa grandeur spirituelle.

Il y a des grandeurs incommensurables qui s'égalent et ne se dépassent jamais, tant elles sont inaccessibles aux mesures et qualificatifs humains. Sainte-Sophie était, et en cela Justinien n'avait pas tout à fait tort, ce qui restait du Temple de Salomon sur la terre.

Comme il marchait sur l'immense esplanade bordée de jardins ouvrant les portes du regard sur l'extraordinaire maison de Dieu, il tomba, un genou à terre, puis les deux, et enfin la tête, les yeux noyés de larmes et le cœur battant très fort, empli d'un grand émoi.

Deux soldats grecs, sans doute des gardes impériaux, lui lancèrent un ordre incompréhensible. Comme il ne répondait pas, ils s'approchèrent, intrigués par ce personnage insolite, prosterné à même le sol, le visage congestionné, le corps secoué de sanglots.

Un des soldats tenait à la main une fiasque de vin qu'il lui versa sur les cheveux, persuadés que ce pauvre bougre avait abusé de liqueurs et qu'il était inutile de le malmener davantage.

Godefroy n'avait pas prêté attention au vin dégoulinant sur ses joues. Il faisait action de grâces.

Jérusalem accueillerait sa foi, sa force, sa raison d'être et peut-être sa mort.

Mais Sainte-Sophie...

Il remercia Dieu.

S'en étonnant.

Sainte-Sophie était un rocher. Un rocher couleur de sang qui narguait l'Orient.

Y aurait-il un christianisme par-delà les âges ?

Jésus était-il mort en vain ? Ou bien pour ces millions d'individus aveuglés par des dogmes réécrits ?

Les soldats avaient disparu.

Il offrit son silence aux étoiles, comme si tout se passait dans le firmament.

Tout était dans le firmament.

Puis se releva, fit face à l'imposante masse de pierres pétries de foi. Il l'observa de haut en bas. Il partit de la flèche d'or, caressant des yeux la coupole d'argent qui coiffait une série d'arceaux de pierres grises, s'arrêta sur les fenêtres, puis les deux tours qui, solidaires, supportaient l'arc de pierres ocres et roses. Ses yeux émerveillés glissèrent vers les annexes chapeautées de coupoles noires qui ponctuaient les murailles. Car il s'agissait bien plus que de simples murs. Cette église semblait construite en forteresse, consolidée de créneaux et de pans inclinés, capables d'assurer la protection de ses biens comme un château fort.

Et ses biens étaient bien plus qu'humains.

Elle dressait son orgueil vers le ciel comme garant de persévérance, de dévotion obstinée et d'opiniâtreté. Mais surtout, surtout, Sainte-Sophie était belle ! Belle comme la vie ! Comme l'absurdité du mensonge de l'amour ! Belle comme la vérité qui brûle les âmes ! Belle comme la mort qui libère ! Belle comme Dieu, cette insulte des hommes, qui les accable de doctrines. Belle comme tout ce qui défie le temps et les pouvoirs.

Belle et paradoxale.

A cet instant, il sut que si l'Islam conquérait l'Occident

Sainte-Sophie resterait debout, honorée par tous, car il est des églises de religions et des églises de Dieu !

Sainte-Sophie était l'Eglise de Dieu sur la terre. Sans doute la dernière avec le Saint-Sépulcre de Jérusalem !

La mémoire du christianisme. Vectrice d'espoir, de courage et de foi.

Les gardes revenaient, encouragés par une nuit claire et sans tapage. La pleine lune brillait de tous ses feux. Il les regarda, les yeux embués de larmes et un sourire vague au coin des lèvres. L'un d'eux lui fit un signe. Il les suivit, ne comprenant pas trop pourquoi. Ils burent ensemble une boisson étrange, faite d'eau bouillie avec des herbes et des plantes.

C'était bon.

C'était le bonheur.

Ces hommes parlaient une langue qu'il ne comprenait pas. Cela aussi c'était bon. Il ne l'oublierait pas ! Ne pas comprendre les autres, c'est déjà un grand pas vers la félicité.

D'ailleurs, s'il ne comprenait pas les mots, combien partageait-il spontanément leur sérénité, leur joie ! Quelle fraternité unit les êtres alors que les codes de communication sont absents… un peu comme avec son cheval, ou avec son chien mort à Bouillon.

Tant que les êtres n'ont pas la parole, la guerre est impossible. Demain, sans doute, il tuerait ces hommes.

Ce soir, ils étaient ses frères.

Il comprit un mot cependant : *sofia.* En grec, cela veut dire « sagesse ». Un des soldats le désigna d'un geste. Il riait et se gaussait de lui, prenant Godefroy pour un dément.

Il pensa que l'homme avait raison.

Sainte-Sophie et la folie meurtrière des hommes...

Sainte-Sophie et la sagesse de celui qui prie...

Ce fou de Dieu qui conduit l'armée de Dieu.

La folie du sage...

La sagesse du fou...

Il regarda les soldats s'éloigner vers la mer en riant de plus belle.

Une petite barque ondulait sur les flots agités de la berge. Il ne sut pas pour quelle raison il n'oublierait jamais cette petite barque. Elle portait un nom écrit sur ses flancs :

La-Sagesse-du-Fou.

Il fallait partir, avant les rondes. Il reviendrait. Plus tard. Avec la fille aux yeux noirs. On ne peut pas toujours tuer. Il faut parfois créer, vivre.

Un dernier regard vers les soldats, au loin.

Quand plus un humain ne fit de bruit, quand le silence ne se laissa plus montrer du doigt que par le vent léger de la nuit et son imperceptible trouble, quand l'absence ne se nourrit plus que du ressac lointain de la mer, il se sentit seul.

Sainte-Sophie souriait dans les mystères des ténèbres. Et il se dit que s'il se trouvait là, c'est parce que Dieu l'avait voulu.

Il crut deviner une ombre se glissant entre deux cyprès. Il ne la reconnut pas à cause de l'obscurité, mais il eut la conviction intime que c'était la fille aux yeux couleur d'encre.

Il cria dans la nuit :

— Je reviendrai !

Il se surprit à penser une fois de plus à Salomon. A ses

œuvres, à ses écrits : Le Cantique des cantiques… Puis sa foi et sa ferveur lui firent dire les mots de son temps :

— Dieu le veut !

Il se dit que les mots n'avaient d'éternité qu'écrits. Un jour, il écrirait ce qui lui était arrivé cette nuit-là, devant une église rose sur un bras de mer, alors qu'il priait, seul avec cette présence d'un futur incompréhensible.

Il ressentit une peur insolite. Le froid. La mort qui rôde… Mais ne porta pas la main au fourreau. D'ailleurs, il n'avait pas ceint son épée.

— Viens, dit-il à l'absence, rentrons, tu as froid !

Il marcha sans se retourner sur la basilique. Puis, ne s'inquiétant nullement de savoir où il allait dormir, il proclama face à la lune :

— Sainte-Sophie ! Nous reviendrons !

Il ne s'étonna pas de conjuguer sa promesse au pluriel, serrant très fort ce qu'il savait être l'illusion de longs doigts effilés, dont un portait une étrange bague.

Il n'y avait personne en ce monde.

Les deux battants du porche de la basilique s'ouvrirent.

Il entra. Avec le sentiment de quitter la nuit pour le jour.

Plus réel…

La prière

— Puisque ici s'arrête l'orgueil des frontières, puisque votre maison est la tour de garde des extrêmes, que votre dernière église est ce phare fouetté par les embruns, laissez-moi, ô Dieu, Glorieux du ciel, vous adresser une ultime prière en Occident !

Il s'était résigné à rester là, à genoux, seul au milieu de la basilique, toute la nuit. Un rayon de lune traversait les vitraux et venait frapper le sol, juste devant lui. Il fixait le point lumineux, comme s'il regardait Dieu.

— Votre église s'est nourrie de ma naïveté. Cette fois, elle la baptisa piété, sur l'autel même où elle m'excommunia pour avoir suivi ses enseignements. Maintenant, je me sens plus proche de vous dans cette ville aux mœurs étranges et à la foi orthodoxe. Ici, je sais enfin que Rome est païenne ! J'ai donc la délicate mission de réunir ces dizaines de milliers de victimes pour en faire une armée au service de votre vanité. Dieu, je cherche la mort depuis le pont-levis du château de Bouillon. Mais vous avez fait de moi le fossoyeur de vos braves !

« Arrêtez le massacre de cette guerre, avant qu'elle ne soit votre opprobre !

« Baillez-moi, je vous prie, votre pardon, car mes mots

sont ceux du désespoir : mais il n'y a pas, et il n'y aura jamais de nouvelle Jérusalem tant que l'épée tracera la route des chrétiens !

« Que je meure en cet instant sous votre main bienveillante et la grande marche s'arrête ici même, à Constantinople, dans cette étincelante église dédiée à la sagesse !

« Mais si, comme je le pressens, il faut que je marche encore, que j'entraîne à ma suite ces milliers d'âmes en quête de rédemption, alors que je boive jusqu'à la lie ce détestable poison nourri de ferveur et d'obéissance aux cris de haine ! Que leur sang retombe sur ma tête, que ma souffrance n'ait d'égale que ma tristesse !

« Vous n'êtes pas mon Dieu si vous me faites traverser ce bras de mer avec mes soldats !

« Vous êtes le Dieu des musulmans !

L'écho reprit deux fois le terrifiant cri du duc de Bouillon. Les muscles raidis de son cou, les veines de ses tempes gonflées ne se voyaient pas depuis le portique où Josfride attendait. Inquiet de la disparition de son maître, il avait à son tour bravé la garde pour pénétrer dans l'enceinte de la ville.

L'aube croissante dévoilait les contours de Sainte-Sophie et les arbres centenaires retrouvaient leurs couleurs. L'écuyer contenait à peine une foule de badauds et il allait crier lorsqu'une troupe d'hommes armés investit le lieu de prière.

Mais Godefroy couvrait le tumulte provoqué par les arrivants :

— Dieu enverrait-il à la boucherie les quelques derniers milliers de fous qui croyaient en lui, au point de sacrifier leur vie ? Qui êtes-Vous ? Allah ou Jéhovah ?

Comme si l'écho eût craint cette fois la répercussion des phrases assassines, il se tut.

— Je vais vous livrer combat, oui, Vous, Dieu des musulmans, des…

Il allait dire « des juifs », mais se retint, ne sachant trop pourquoi.

— Je vais vous combattre, afin que périssent avec Vous les idées de Rome et celles de Mahom ! Je vais vous combattre ! Et Vous vaincre !

La main posée sur son épaule lui était inconnue. Elle était fine, masculine. C'était celle d'un enfant, baguée de pierres rares, d'or et d'argent ciselé.

Il se retourna et vit une trentaine d'hommes en armes fléchir le genou. Devant eux et face à lui se tenait un jeune garçon de neuf ans à peine et d'allure princière.

— Je suis Jean Porphyrogénète, fils de l'empereur Alexis. Que fait le chef des armées occidentales dans la ville, sans escorte et sans que nous ayons pu le recevoir ?

— Je suis venu parler à Dieu, une dernière fois…

— Sainte-Sophie n'est pas la seule église où Dieu entend les prières d'un valeureux chrétien comme toi !

— Si.

— Que la Grâce de notre Seigneur soit sur toi et ton armée !

— Amen !

Godefroy se leva et marcha vers la sortie. L'enfant le suivit, escorté par Nicéphore Bryenne et les gardes impériaux.

Le duc de Lotharingie lança un dernier regard vers la voûte de l'édifice. Le dôme était large et haut. Il se retourna alors vers le petit homme.

— Je rejoins mes frères, sous les tentes. Demain, je rencontre ton père.

— Que la paix soit sur nos deux maisons !

Il s'étonna d'un vocabulaire si diplomate dans la bouche d'un enfant.

— On t'apprend à mentir en même temps que l'usage des mots ! dit Godefroy, scrutant avec insistance le visage énigmatique de Bryenne.

Il sortit, fendant la foule silencieuse.

— Préfères-tu les mots de haine de ma fiancée ? questionna le soldat.

— Anne Comnène ?

— Oui.

— Elle est ta promise ?

— Elle le sera.

— Il n'y a pas que de la haine dans son regard.

— Elle te hait !

— La haine et l'amour...

— Oui ? Que veux-tu insinuer ?

— Il te faut relire, ou découvrir, ce qui serait navrant, les auteurs grecs... Tu comprendrais plus rapidement. Oserais-je ? Plus subtilement...

L'air du large lui apporta des souvenirs de traversées, des espoirs d'horizons neufs, de rives proches.

— Elle te tuera si tu refuses la paix ! lança le militaire.

— Tu es historien, paraît-il.

— Oui.

— Alors, tu ne peux ignorer que ce qui fut sera et que ce qui est a été !

— Tu as le libre arbitre de la paix ou de la guerre !

— Non. J'ai la barre en main, mais pas les vents !

— Alors ?

— Alors, dit le croisé, solennel, ne me crains pas au-delà de l'épée ! L'amour n'est pas sur ma route ! Ici s'achève la paix, ici commence la guerre !

Anne Comnène

Il rentra dans la tente ducale après avoir souhaité une bonne nuit à Josfride.

Le regard de l'écuyer l'intrigua. Josfride avait l'acuité de perception d'un félin et sentait quand quelqu'un menaçait la vie de son maître. Il avait donc insisté pour demeurer à ses côtés. Cette attitude, fréquente ces derniers mois, se manifestait surtout depuis la traversée de la Hongrie où Godefroy avait dû user de diplomatie pour sauver ses troupes face à la vindicte du roi. Afin de traverser le pays sans heurts, et pour garantir en retour que les croisés ne violeraient pas leur pacte de paix, le duc de Basse-Lotharingie avait laissé au roi Coloman un otage, et non des moindres : son propre frère Baudouin. Ce dernier ne fut libéré que lorsque les armées lorraines eurent atteint les frontières sans incident. Baudouin en garderait longtemps rancune à Godefroy qui, selon lui, l'avait vendu pour une paix aléatoire. Depuis lors, Josfride, qui veillait aussi sur la sécurité de son maître, avait eu tout loisir d'aiguiser sa prescience du danger.

Il lui arrivait aussi de faire du zèle. Le duc ne fit donc pas grand cas de cette insistance et pria l'écuyer de le laisser seul. Il pénétra néanmoins sous la toile humide avec prudence. Il n'y avait rien d'autre que le silence de la nuit. La pluie avait cessé. Quelques rigoles d'eau boueuse traçaient des artères de limons sur les motifs des tapis tissés, qui se boursouflaient sous l'effet de l'humidité.

La table de bois avait les pieds noircis et couverts de moisissures et le seul siège de fer était rongé de rouille. Il renonça à laisser choir sa lourde cape humide sur le sol décidément trop détrempé. Il se dirigea vers le lit réchauffé par des bassinoires gorgées de braises. Au milieu de la tente, un brasero de charbon rouge dégageait, en même temps que sa suffocante chaleur, une petite fumée bleue parfumée de bruyère.

Il n'en restait presque plus. Les bouquets séchés apportés depuis Bouillon par les lingères s'épuisaient. Les femmes gardaient le peu qu'elles avaient pu épargner pour le duc. C'était le seul parfum qu'il aimât.

Un regard circulaire le rassura. Personne ne pouvait pénétrer sous la tente sans franchir le barrage de quatre gardes armés et sûrs. Tous les dix pas, et sur toute la circonférence de la maison de toile, un garde, torche à la main ! Neuf torches brillaient à hauteur des ceinturons. C'était un signal. Les gardes étaient bien là, vigilants. La toile laissait entrevoir le halo de chaque feu. Il s'assit sur le bord du lit et jura. La garde de son épée venait de lui rentrer dans les côtes. Il se releva et dégrafa la ceinture qui soutenait l'arme. Il jeta l'épée et la ceinture sur le lit, puis se dirigea vers les rouleaux de cartes où se dessinaient les contours des territoires limitrophes, éparpillés sur la table. Un hanap d'argent, à demi rempli de vin, était posé là. Il le vida d'un trait.

Il distingua alors une ombre délicate qui se profilait

derrière les soies isolant une étuve destinée aux bains, et dit sans émotion :

— Qui es-tu ?

Cela ne désarçonna guère l'inconnue car une voix féminine et suave, avec un léger accent grec, lui répondit :

— Je suis Anne, la fille de l'empereur Alexis Comnène de Byzance…

Il ne fit pas un geste. Il n'eut pas un regard. Il continuait de rouler les cartes pour les ranger.

— Je connaîtrai toute la famille avant le lever du soleil ! répondit-il.

Machinalement, il se reversa du vin. L'eau suintait de partout et aussi à l'endroit où reposait la buire. Un interminable filet d'eau de pluie perçait la toile du plafond. Le vin était dénaturé par cette eau. Cela lui donnait un goût fade de jus de raisin dilué.

Elle voulut parler. Elle avait les yeux embués de larmes. Elle sentait brûler en elle le désir de le tuer.

— Je…

Il l'interrompit :

— Chez les Grecs, seul le silence est supportable !

Elle sortit son poignard du fourreau. Alors seulement, il daigna la regarder, le cœur accélérant sa course, mais avec un sang-froid apparent.

— Tu serais la seule à avoir de la fierté ? ajouta-t-il, déterminé à la provoquer encore.

— Je suis l'envoyée de mon peuple auprès du chef des chrétiens occidentaux…

Elle venait de prononcer ces mots comme une enfant qui récite tout haut les ordres qu'elle vient de recevoir de son tuteur.

— C'est incohérent ! dit-il.

— Qu'est-ce qui est incohérent ?

Elle le scruta avec inquiétude. Aurait-elle compromis quelque accord entre le gouvernement byzantin et le chef des croisés lorrains ? Les hommes ne lui disaient pas grand-chose des affaires politiques du pays. Jean Comnène, son cousin, qui aspirait au pouvoir, y veillait personnellement.

— Les discours d'Alexis sont peu favorables à nos désirs, mais je ne peux concevoir qu'il ait envoyé sa fille pour me convaincre d'accepter ses propositions.

— Il n'a envoyé personne ! C'est moi seule qui ai pris la décision de venir te rejoindre !

— Pourquoi ton père a-t-il peur de nous ?

— Peur de vous ? As-tu entendu des mots de crainte ?

— Je n'ai rien entendu. Il ne me parle pas ! Il m'écrit. Tiens, lis cette lettre, elle est datée de ce matin...

Il lança négligemment la missive qui échoua sur le sol boueux, aux pieds de la princesse. Elle s'offusqua du peu de cas qu'il faisait de la lettre de l'empereur. Elle lut, attentivement, manipulant avec précaution le rouleau entaché de pluie et de limon. Puis elle soupira en se dirigeant vers la carafe de vin noyé d'eau et but une gorgée à même le pot, sans prendre la peine de se servir une coupe. Enfin elle parla sur un ton moins agressif :

— C'est parfois la raison qui dicte la crainte ! dit-elle presque à voix basse.

Elle ôta alors sa propre cape détrempée et la lança vers le lit. Dans le même élan, elle alla y déposer son épée. Il ne résista pas à le souligner.

— La fille aînée de l'Autocrator, souverain de l'Empire oriental, se présente sans armes devant le chef des croisés lotharingiens ?

— Je ne suis pas sans armes ! répondit-elle, montrant

son poignard d'or ciselé. Et puis, ajouta-t-elle presque dans un sourire : si duel il y a avec le valeureux chef des croisés, il aura lieu là, sur ce lit...

Elle jouit un court instant de l'effet produit et conclut :

— ... à portée de mon épée !

Il rougit, n'osa répondre.

— C'est donc ici que tu vis, prince d'Occident ? dit-elle en contemplant les rares décorations.

— Mon royaume est fait de roches, de bruyères et de forêts humides. Je ne suis ici que pour passer le Bosphore et poursuivre ma route vers Jérusalem. Après, si Dieu le veut, je retournerai dans mon royaume.

— Bouillon ?

— Oui.

— Où cela se situe-t-il ?

— Au cœur de l'Empire germanique, tout au nord...

— Nos sages vous disent barbares et cruels !

— Et que dis-tu, toi ?

— Je vous trouve peu raffinés et violents.

— C'est pour me dire cela que tu es ici ?

— Non.

— C'est donc ton père qui t'envoie ?

— Je te répète qu'il n'est pas au courant de ma présence à tes côtés.

— Ton frère, ton cousin, ton promis ?

— Mon frère est trop jeune. Mon cousin convoite notre héritage. Mon promis ne l'est que peu ! Ils veulent tous le pouvoir ! Le vrai. Celui que j'exerce auprès de notre père. Celui qu'une femme exerce toujours sur un homme...

— Tu exerces un pouvoir de femme sur ton propre père ? Lequel ?

— Le sexe !

— Mais c'est incestueux !

— Le pouvoir s'exerce dans l'interdit de l'acte ! La pensée est divine. L'acte ne serait qu'humain, donc diabolique, négatif !

— C'est l'histoire de Salomé...

— Tu n'es pas saint Jean-Baptiste et je ne demande rien à mon père.

— Tu es donc son conseil. Et tu veux obtenir de mon armée une soumission, voire un départ...

— Ce n'est pas la première fois que je brave la surveillance de tes gardes pour venir jusqu'ici. Je t'observe sans bruit presque chaque nuit, depuis des semaines. Maintenant, je te connais et je veux ton cœur !

— Il y a plusieurs façons de l'obtenir.

— Pour moi, il n'y en a que deux...

Cette fois, il la fixa dans les yeux. Et vit qu'elle était belle comme une apparition de légende. Ces yeux d'encre n'avaient rien de naturel, c'étaient les yeux d'une déesse grecque. Ses longs cheveux sombres tressés descendaient jusque sur une cuirasse bardée de fer et d'or et, dans la pénombre, il découvrit alors une fine silhouette déshabillée de la lourde cape qui séchait sur le lit. Un triangle d'or lui moulait le ventre et la cotte de mailles brillantes retombait comme une longue robe d'écailles sur des jambes effilées chaussées de bottes de cuir, elles aussi parées d'or et d'étincelantes ferrures.

— Ensanglanté, dans le creux de ma main, ou passionné, dans ma poitrine ! dit-elle alors.

Il eut la sensation de se réveiller d'un court sommeil.

— Que dis-tu ?

— Ton cœur... je le veux dans ma main, ou dans ma chair !

Il se força à feindre l'indifférence pour masquer son trouble.

— Je suis soldat, pas courtisan !

Il n'entendit pas le sifflement cingler l'air, ne vit pas la lanière fendre la pénombre et ressentit seulement une légère démangeaison à la joue droite : un filet de sang poisseux maculait son visage !

— Tu seras mien, esclave ou mort, dit-elle, rengainant le fouet dont la longue liane de cuir, serpentant sur le sol, revenait vers elle comme par magie.

Il porta la main à sa joue. Cela ne faisait pas mal. Sauf à son honneur...

— Je te tuerai, Anne Comnène...

— Je sais. De haine... ou d'amour.

Elle se tourna vers le brasero et plongea la main dans la braise rouge. Elle en sortit un charbon ardent qu'elle serra entre les doigts de sa main gauche. Un grésillement de chair consumée par le feu et une odeur âcre de peau brûlée emplirent l'atmosphère de la tente. Elle s'approcha de lui.

— Si tu crois en Dieu, serre-moi la main ! dit-elle sans que son regard ou la moindre ride sur son visage ne trahissent sa douleur.

Il tendit la paume et serra de toutes ses forces la braise rougeoyante, prisonnière de leurs mains jointes. Celles-ci restèrent ainsi peu de temps, mais assez cependant pour que n'importe quel être normal défaille. Ils relâchèrent enfin leur cruelle étreinte.

Elle sourit.

— Tu ne crois pas en Dieu, je ne t'ai pas tué, mais tu m'aimes ! dit-elle en quittant la tente ducale.

Le Roumi

Il parlait avec difficulté. A chaque inspiration, deux hommes le soulevaient du lit où il gisait pour l'aider à respirer. Sa tunique et ses armes étaient maculées de sang.

— Pourquoi es-tu passé en Asie ?

Godefroy tournait en rond, exaspéré.

— Je te l'ai dit ! Pour évaluer les forces des rebelles ! Et puis, avoue que c'était tentant ! Ce Bosphore, une barque et, à quelques coups de rame, un autre continent...

— Evidemment que c'est tentant, mais voilà où nous mène ton impatience.

— Ce n'est qu'une flèche, et l'hémorragie s'est arrêtée !

— Bon, si ton mal t'est supportable, tant mieux ! Mais admets que je me fasse du souci pour mon intrépide frère quand il reçoit une flèche dans le dos et perd plus de sang qu'un taureau à l'abattage !

— Godefroy, m'aurais-tu donné une escorte si je te l'avais demandée ?

— Non.

— Alors, comprends que je ne t'aie rien dit...

— Tu aurais pu prendre escorte dans ton ost !

— Je suis discret !

— Obéis, ce serait mieux pour nous tous ! Que vais-je raconter au Basileus ce soir : que ses soldats ont ramené le corps de mon frère Baudouin, plus mort que vif, parce que mon frère Baudouin voulait aller cueillir des baies de genévrier sur la rive est de Marmara ? Nous passerions pour des sots !

— Et toi, avec ta main brûlée, tu crois vraiment faire figure de conquérant ? D'ailleurs, ce n'est pas la première fois que je traverse ce bras de mer. Depuis des lunes, je me rends seul, soudoyant un matelot, de l'autre côté de ce pays de menteurs. J'en sais plus sur la côte est que vous tous. Et mes escapades maritimes nous seront bien utiles le jour où les armées passeront en Asie.

— Justement, Baudouin, je te connais suffisamment pour deviner que tu ne me dis pas tout. Qu'as-tu découvert de l'autre côté de la mer ?

— Rien... Mais je connais la côte de mémoire. J'y suis allé en barque, pour passer inaperçu. Les passeurs ne m'ont jamais reconnu ou, plutôt, ne m'ont pas identifié comme un chef d'armée. Un seul d'entre eux m'a pris pour un riche croisé. Il m'a appelé « roumi »...

— Roumi ?

— Oui, roumi, tu sais ce que ça veut dire ?

— C'est le surnom que nous donnent les Arabes ! En rapport à Rome...

— Mais nous ne sommes pas en présence d'Arabes, nous nous trouvons à Constantinople, ville chrétienne et capitale byzantine !

— Justement, cet homme n'était pas byzantin ! Ce qui explique la facilité avec laquelle tu as été agressé.

Il y eut un silence. Puis un toussotement. Baudouin

semblait apaisé. Sa douleur paraissait plus supportable. Tandis que les mires épongeaient le sang, une femme lui fit avaler une décoction de plantes dont elle prétendait connaître les vertus médicinales. Celles-ci firent rapidement leur effet. Baudouin s'endormit et son sang cessa de s'écouler de la plaie. Alors la femme donna l'ordre de le soulever, et couvrit la blessure d'une pâte qui avait chauffé dans une écuelle sur le brasero. On le pansa à l'aide de linge propre et Godefroy vit, non sans inquiétude, s'éloigner le brancard.

— Dans trois jours, il sera guéri ! dit la vieille en serrant les dents comme si elle répugnait à parler.

— Merci, fit simplement Godefroy.

Soudain seul, il se mit à penser, nostalgique, aux mois qu'ils venaient de passer ensemble, Baudouin et lui.

Que ce monde était pénible à traverser !

Que l'amour était loin !

Certes, Baudouin avait emmené son épouse Godvère de Toény. Mais le couple n'était guère heureux et la santé fragile de la jeune femme était davantage un sujet d'inquiétude qu'un baume sur les plaies morales et physiques causées par la longue marche. Eustache s'enfermait dans un rôle de diplomate, à chaque fois que ses deux jeunes frères s'opposaient — ce qui était courant...

Godefroy n'avait d'ami que Josfride, son fidèle écuyer qui, en prenant la croix, avait été adoubé chevalier mais préférait continuer de remplir ses fonctions de serviteur.

La solitude est un simple nuage qui masque la lumière et la chaleur du soleil, mais qu'il est bien difficile de dissiper. L'aiguière qu'il faisait remplir chaque jour de vin byzantin était souvent sa seule compagnie. Il en but une lampée généreuse et se retrouva à genoux.

Mais il ne put prier.

Dieu était vraiment trop imaginaire pour qu'on Lui donne cette importance. Il était peut-être à Jérusalem ? Le croisé se surprit à penser que Dieu pouvait être imparfait et que Ses limites étaient peut-être les siennes, celles d'un homme, et que lui, Godefroy de Bouillon, pouvait être Celui qu'il priait.

Il se jura une nouvelle fois d'aller jusqu'au bout de ce voyage. Jérusalem deviendrait chrétienne. Et l'Islam fléchirait le genou devant l'image du Christ.

— Je le veux ! murmura-t-il, les lèvres pincées et la gorge nouée d'émotions contradictoires.

Le Lion sacré

S'il lui fallait un jour se souvenir de cette escapade nocturne, il retiendrait inéluctablement les parfums du crépuscule. La terre aux effluves de plage, comme si la mer la recouvrait les jours d'équinoxe... La Méditerranée toute proche fraternisait avec Marmara et la mer Noire. Les marins du Sud ne connaissaient certes pas les grandes marées qui rythmaient la vie des Boulonnais. Alors, pourquoi cette senteur de vase si typique des abords d'océan ?

Pourquoi ce vent enivré d'eau salée et ces arbres dont les feuilles avaient une haleine d'algues ? Et ces roches réchauffées par le soleil d'hiver, exhalant des arômes marins... Et la délicate sueur perlant sur le dos de cette femme que même les dieux voulaient garder pour eux.

Godefroy regardait Anne qui feignait de ne pas le voir.

Godefroy crut qu'elle l'aimait.

Elle seule savait.

Ils escaladèrent encore quelques rochers qu'habituellement seuls les scorpions et les serpents honoraient de leur présence. A peine arrivée au sommet du dernier piton rocheux, elle se tint debout, fixant la baie. Marchant derrière la jeune princesse et comme elle se retournait, il la vit de profil. Un peu en contrebas, les yeux du chevalier se fixèrent sur sa poitrine érigée comme une arme fragile. Il la trouva belle. Et eut envie d'elle. Elle tendit le bras vers l'horizon. Un peu de transpiration glissa sous l'aisselle.

— Constantinople ! dit-elle, encore haletante et visiblement fière.

Il atteignit à son tour le haut de la colline. Sa tunique lui collait à la peau. Il s'en débarrassa. L'ascension, longue et difficile, sous un soleil couchant encore chaud, avait enfiévré les corps et les esprits.

— Le centre du monde ! s'exclama-t-elle encore, retrouvant son souffle.

Elle ôta sa chemise de soie et s'étendit dans les maigres touffes d'herbes desséchées du petit plateau. Son ventre se creusait comme une vallée aux courbes harmonieuses. Le velouté de sa peau et le duvet de son sexe à demi caché par un impudique voile livré aux caprices du vent le fit frissonner de désir. Elle sourit, puis tendit sa bouche vers lui, mais il devina que c'était pour boire et non pour l'embrasser.

— A boire…, fit-elle.

Il décrocha l'outre de peau emplie de vin et la pressant au-dessus de son visage fit gicler un jet fin vers la bouche entrouverte. Le vin n'était pas bien frais mais son goût acidulé la désaltéra.

— J'aime le vin…, dit-elle.

Il regarda vers la ville fortifiée. Au loin piaillaient des mouettes et quelques plus rares goélands.

Et si la paix existait…

Et si l'amour…

Elle avait fait glisser le voile qui ne cachait même plus son intimité et il la contempla avec tendresse.

— Maintenant ! ordonna-t-elle.

Mais c'était aussi une supplique.

— Ici ? demanda-t-il, un peu surpris.

— Ici et maintenant !

Le monde s'éloigna de leur esprit. Leurs tourments s'apaisèrent et leurs regrets se dissipèrent. Un ou plusieurs cris retentirent dans la solitude des monts et deux mains jointes, dont les brûlures racontaient les serments, se serrèrent tellement fort que les âmes devraient se réincarner des milliers de fois, vivre et revivre des années, peut-être des siècles de haine et d'amour pour en oublier la passion survivante.

Il ne proféra plus un mot. C'était, chez lui, signe de grand émoi.

Elle répétait tout bas, rien que pour elle, quelques chansons que lui avait apprises sa mère et dans lesquelles le mot amour revenait à chaque refrain. Mais il ne parlait pas le grec et elle le savait bien.

Le soleil était proche de l'horizon quand il se redressa sur son séant. Un bruit, là-bas, dans la plaine, avait plus que tout autre attiré son attention.

Mais ils étaient si loin de tout.

Elle le fixait avec compassion.

Il lui sourit.

— Nous serons la paix ! affirma-t-elle.

— Nous ne pouvons l'être tout seuls !

— Tes frères, tes amis des Flandres et de Normandie nous suivront !

Ils descendirent les rochers qu'ils avaient escaladés trois heures plus tôt. Elle riait comme une enfant, heureuse d'être aimée, de partager avec lui cet espoir de paix si incroyable.

Il la suivait de près, riant lui aussi, fou de joie à l'idée de réconcilier définitivement Byzance et ses croisés.

Dieu était avec lui. Et l'amour lui donnait des ailes.

Une atmosphère de fête régnait au campement. Ils n'eurent même pas à se présenter aux vigiles. Les gardes avaient déserté leurs postes et un grand feu illuminait toute la plaine.

Elle porta le regard vers la ville d'où arrivaient des cris de haine et des hurlements de chagrin.

Elle ne comprit pas tout de suite.

Autour du feu, s'agitaient quelques hommes. Dans un cercle plus large s'agglutinaient des milliers de croisés surexcités et bruyants.

C'est Baudouin qui s'avança le premier.

— Godefroy, je suis heureux de te voir ! Viens nous rejoindre !

Eustache s'approcha de Godefroy et tenta de l'arracher à l'étreinte de son frère cadet.

— Que se passe-t-il ici ? demanda le chef des croisés.

— Ils appellent cela un « méchoui », du moins du côté de ceux qui nous appellent les roumis, du côté des Arabes !

— Je vois très bien, mais pourquoi tant d'allégresse autour d'une viande rôtie ?

Dans ces moments étranges où les événements coïncident avec les pressentiments, il se tourna vers Anne, qui venait de tomber à genoux.

Il s'élança vers elle, mais elle le repoussa.

— Je maudis ta paix, ta croix et ton âme ! hurla-t-elle de toutes ses forces.

Puis elle s'effondra, le visage enfoui dans les mains,

inondé de larmes, le corps secoué de soubresauts nerveux.

— Vois, Godefroy, criait Baudouin, ivre de sa folie, nous avons capturé le Lion sacré de Constantinople, le dieu vivant des Byzantins, l'emblème du pouvoir du Basileus. Ce fut tâche facile, l'animal était apprivoisé. Mais maintenant, nous l'avons vraiment dompté, avec des herbes aromatiques et de l'huile...

Il éclata de rire.

A son tour, Godefroy tomba face contre terre.

— Ne t'inquiète pas, ce n'est qu'un animal rôti !

— Idolâtrer un animal n'est de toute façon pas en accord avec les Commandements ! ajouta un prêtre à demi-ivre.

— Et puis, nous allons le bouffer, ce bâtard de grec ! hurla de plus belle Baudouin.

Godefroy ne se releva pas. Il resta là une partie de la nuit, le nez dans la boue, à genoux.

Il n'osait plus regarder Anne.

A l'aube, quand le grésillement du feu se fut tu, il ne restait plus personne.

Anne avait disparu. Quelques ronflements sonores émanant des tentes témoignaient des libations de la veille.

Il se dit que même Dieu devait dormir.

Ou cuver lui aussi...

Bohémond de Tarente

Il jurait. Il jurait sans vergogne et sans pouvoir apaiser sa colère. Ecumant de rage, il crachait vers le ciel. Sa salive blanchâtre ne parvenait qu'à le rendre encore plus ridicule, le visage inondé d'embruns et fouetté par le vent chargé d'eau de pluie, tandis qu'autour de lui s'affairaient de courageux marins. Dépouillés de leurs armes et tuniques, les soldats de Bohémond de Tarente luttaient contre les éléments déchaînés.

— Dieu le veut ! Ha ! ha ! ha ! Dieu le veut ! hurlait Bohémond, riant faux et jurant de plus belle.

— Sire, la tempête forcit, il faut rallier un port !

— Jamais ! Jamais ! Nom de Dieu ! Jamais ! Dieu le veut !

Et il repartit d'un rire étrange.

Un bruit sourd le fit se retourner. L'homme de vigie venait de s'effondrer sur le pont du bateau. Une chute de quinze mètres.

— Remplacez cet oisillon ! lança-t-il à l'homme de barre qui, pourtant, avait d'autres préoccupations.

— Il veillait depuis plus de six heures là-haut, sire oncle, répondit Tancrède, son neveu de Hauteville.

C'étaient des hommes du large, nés sur les rives de la

mer du Nord, navigateurs confirmés dès leur plus jeune âge, pénétrés des récits colportés par les guerriers normands qui avaient participé à la conquête de Guillaume le Conquérant sur les côtes blanches de l'Angleterre ! Fils de Vikings, leurs pères avaient été les héros de la bataille d'Hastings. Mais la sédentarité était devenue le lot de ces vaillants marins. La conquête de la Sicile et de la pointe sud de l'Italie leur avait fait oublier la Normandie, ses crachins, ses tempêtes et ses brumes.

Bohémond haussa les épaules. Fixant un instant le timonier, il fonça vers lui et, d'un coup de poing, le jeta sur le pont avant d'empoigner la lourde barre de bois.

— Mon Dieu, que faites-vous ? hurla Tancrède.

— Je ne veux pas finir comme Hugues de Vermandois, naufragé sur une plage de Durazzo. Fais descendre les hommes dans les cales et rejoins-moi avec quatre soldats valides et courageux ! Vite !

C'était un massif navire méditerranéen, au franc-bord élevé, dressant haut ses flancs contre les assauts des vagues et des vents latéraux. La coque arquée pouvait accueillir près de mille personnes réparties sur quelque trente mètres en longueur et une dizaine en largeur. La grand-voile était ligotée sur un espar transversal qui pivotait sur le mât, au centre de la nef. La timonerie était constituée de deux barres parallèles reliées à deux gouvernails profondément immergés, assemblées sur le pont par un agrès qui les rendait solidaires. Il suffisait, par beau temps, de manœuvrer une seule barre. Mais sous le vent ou en cas de tempête, plusieurs hommes étaient nécessaires pour maîtriser l'appareillage.

Les deux couvertes, qu'on appelait les châteaux, se situaient aux extrémités avant et arrière du bateau. La poupe était réservée à Bohémond et à son neveu Tancrède. La proue, plus agitée par les vents et fouettée d'embruns, était le bastion des chevaliers et des clercs.

Un entrepont permettait de loger armes et soldats, femmes et vivres. Plus bas, en fond de cale, s'entassaient animaux et pèlerins qui s'étaient embarqués sans autre but que d'aller mourir à Jérusalem. Ils ne faisaient pas partie du contingent militaire mais, atteints par la fièvre du zèle déclenchée par la prédication du pape Urbain, ils avaient fait vœu d'entreprendre le long voyage. S'il le fallait, ils combattraient le païen aux côtés des hommes d'armes. D'autres finançaient leur pèlerinage par maints services. Ainsi naissaient des professions itinérantes bien utiles aux croisés : tailleurs, marins, porteurs, hommes à tout faire musclés et volontaires. Tous avaient le visage buriné, brûlé par le soleil et la vie au grand air. Parmi les lettrés tout droit sortis d'une école où souvent ils n'avaient pas pris le temps d'achever leurs études, se recrutaient ainsi guides, scribes et traducteurs.

Les cambusiers, souvent intégrés dans l'armée, apportaient les repas, presque toujours les mêmes : des viandes séchées, du poisson salé, des fromages piquants ainsi que des biscuits qui n'étaient que pain noir sec et recuit, pour leur enlever toute humidité, cause de moisissure.

Les chevaux souffraient plus que les hommes dans ce capharnaüm envahi d'odeurs nauséabondes, d'eau de mer précipitée par paquets à chaque déferlante. Les sacs de grain et les pailles noircies flottaient dans un immonde marais d'excréments, de poules noyées, de cochons crevés, de corps humains morts et décomposés par l'eau saline montant jusqu'au torse des rares audacieux qui tentaient de rejeter à la mer les malheureuses victimes.

Au fur et à mesure que la tempête envoyait de l'eau

dans les fonds de cale, on remontait les personnes valides. Mais pas les chevaux, qui devaient souvent tendre le cou pour maintenir leurs naseaux au-dessus de l'eau fétide. Bohémond avait fait sangler son cheval, à côté de celui de Tancrède, le long d'une bastague intérieure toute bardée de peaux de mouton pour éviter de blesser leurs flancs.

Un masque de tissu lui couvrant le visage, Tancrède remontait des cales, une outre pleine d'alcool tiède accrochée à la ceinture. Ce n'était pas un alcool à boire, ou alors il eût fallu le diluer dans du jus de fruit ou dans de l'eau sucrée. Il était destiné à désinfecter les plaies des blessés.

Tancrède en avait imbibé son écharpe de lin pour filtrer les vapeurs putrides et tuer les infections. Quatre hommes le suivaient.

Bohémond pestait, arc-bouté sur le timon. Il enjoignit à Tancrède de resserrer la traverse qui maintenait ensemble les barres de la nef et confia les commandes à deux de ces hommes musclés comme des héros antiques. Il ordonna aux deux autres de hisser la toile et tira, aidé de Tancrède, sur l'écoute de lin tressé.

Le choc fut violent. Ils crurent un moment que le bateau allait chavirer tant il gîtait. Mais, se souvenant probablement des leçons de son père, Robert Guiscard, Bohémond laissa glisser l'écoute jusqu'à ce que la coque roule sur sa quille. Il l'amarra à cette longueur et fonça vers les timoniers pour pousser les safrans dans le lit du vent. Il fixa un rappel afin qu'elle ne parte pas dans l'autre sens.

Portée par le vent, la nef se stabilisa, grimpant sur chaque vague ; l'écume des déferlantes ne la rattrapait plus. L'eau rentrait toujours par l'avant, mais il s'agissait davantage d'embruns que de vagues.

Fier de lui, Bohémond arracha la gourde d'alcool à son neveu et en ingurgita une bonne lampée. Cette fois, il jura plus fort encore !

— Dieu de Dieu ! Quel est ce breuvage ?

Sans écouter les explications de Tancrède, il courut vers la proue et, brandissant le poing vers le ciel, hurla contre rafales et bourrasques :

— Dieu le veut ! Vous entendez ? Dieu le veut !

Enfin calmé, il regagna le château d'arrière pour s'engouffrer dans la cabine détrempée et pleine de monde. Sans aucun égard, il se fraya un chemin pour se coucher sur un lit de femmes visiblement installées là à son intention.

Tancrède, qui le suivait, osa une question :

— Sire mon oncle, hormis cette malencontreuse tempête, dites-moi ce qui vous met d'aussi méchante humeur ?

Bohémond rota sec, tendit la main vers la gourde qu'hésitait à lui rendre le chevalier de Hauteville pour la lui arracher, et en avala une gorgée avec une certaine prudence.

— C'est Godefroy de Bouillon ! Il va se soumettre à Byzance, c'est sûr ! Il ne connaît pas la fourberie des Comnènes.

— Que comptez-vous faire ?

— Dès notre arrivée, je l'occirai !

L'enfant de la paix

— Assoyez-vous !

L'invitation fenait de fuser d'un trait, tel un ordre. Godefroy releva le genou qu'il venait de poser sur le tapis moelleux et coloré et, se redressant, attendit que son interlocuteur se retournât vers lui.

Alexis Comnène ne bougeait cependant pas. Il tendit la main et claqua du doigt. La salle d'audience se vida en moins de temps qu'il n'en avait fallu pour ce geste.

Ils restèrent seuls.

Godefroy était impatient d'apercevoir le visage de l'empereur. Il ne l'avait jamais vu de près.

Mais le Basileus Alexis, souverain suprême de la Mésopotamie, des Grecs et du Moyen-Orient convoité par les Seldjoukides, les Arabes et les Egyptiens, imposait son imparable comédie. Il ne se retournerait sur Godefroy que dans quelques instants, au détour d'une phrase incongrue de son visiteur ou sur la note haute d'une subtilité de langage.

Ainsi étaient les hommes et ainsi jouaient les potentats. Godefroy le savait et en savourait le ridicule. Pourtant, il ne pouvait s'empêcher d'être impressionné par l'auguste empereur d'Orient que craignaient même le pape, les califes et leurs centaines de milliers de musulmans endoctrinés.

Et puis il était, pour l'heure, le seul croisé invité à vivre une telle confrontation.

Enfin, cet homme était le père de la seule femme qu'il eût jamais passionnément aimée…

— Assoyez-vous, insista le monarque, le regard toujours tourné vers la plaine où s'alignaient les tentes de Bohémond qui venait d'arriver avec ses armées.

Godefroy s'avança vers la fenêtre. Sa main droite, posée comme toujours sur la garde de son épée portée à la ceinture et sur le devant, frôla incidemment le dos du maître de Constantinople.

— Il a mangé le Lion sacré ! fit ce dernier, fixant Bohémond qui descendait de cheval pour pénétrer sous sa luxueuse tente.

A cette distance, il semblait ridiculement petit.

— Non Sire, c'est mon frère Baudouin qui l'a mangé !

— Il mourra pour cet acte.

Godefroy se racla nerveusement la gorge. Il n'osa rétorquer quoi que ce fût malgré la violence des sentiments qu'il éprouvait.

— Et Bohémond avec lui ! lança presque immédiatement le Byzantin, se retournant vers le croisé.

Godefroy se souviendrait de ses yeux. Tant de haine, de mépris, de rage, de volonté, tant de violence n'avait jamais été concentrée en si petite circonférence. Les pupilles du Basileus foudroyaient l'Ardennais comme l'éclair un soir de canicule.

— Bohémond est l'instigateur, je le sais. Votre frère n'est qu'un niais. Il suit n'importe quel chien qui aboie contre moi ! Bohémond, lui, est un adversaire redoutable !

Godefroy faillit tirer l'épée du fourreau. Mais seule sa main serra le pommeau, si fort que saillirent les veines de son poignet.

— Sire, ce que vous venez de proférer à l'encontre de mon frère exige une riposte ! Mon épée serait digne d'un bâtard grec qu'elle vous découperait comme un vulgaire *kebab !* C'est ainsi, je crois, que vos mercenaires dénomment les viandes grillées. Elle le ferait avec le plaisir d'un prédateur et la conscience de faire taire un malfaisant !

— Alors, faites plutôt taire votre fierté déplacée et entendez ce que j'ai à vous conseiller. Sinon à genoux comme vous devriez le faire, au moins assis, car je ne tolère pas que mes sujets me répondent debout !

— Je ne suis pas et ne serai jamais votre sujet !

— Vous le serez en devenant mon ambassadeur auprès des croisés !

— Ce n'est pas dans mes intentions !

— Nous verrons cela quand les mires auront fini d'examiner ma fille, Anne...

— Anne ! Que lui est-il arrivé ?

— J'attends une confirmation. Il y a quinze jours, vous avez abusé d'elle et elle est revenue ici, le soir même de cet inqualifiable banquet organisé par votre frère. Elle m'a tout raconté.

— Elle...

— Elle est plus que probablement enceinte !

— Mon Dieu !

— Votre Dieu, Godefroy de Bouillon ! Vous osez invoquer votre Dieu ! Invoquez plutôt la clémence du mien !

Il y eut un court silence.

— C'est, paraît-il, le même ! osa Godefroy, malgré son émoi.

— Mais il ne règne pas sur les mêmes créatures, visiblement.

— Sire, j'aime votre fille !

— C'est pourquoi vous allez m'écouter et par votre exemple tenter d'infléchir les décisions de cet impudent et grossier Bohémond, de ce vicieux Adhémar de Monteil et de votre ami du Sud, Raymond de Toulouse !

— Je ne peux maîtriser de telles personnalités.

— Vous allez le faire. Lorsque vous m'avez écrit de Selymbria, au sujet de votre cousin, Hugues de Vermandois, je lui ai fait crédit des audaces dont il avait accablé notre auguste personne. Depuis lors, il vit, décemment, dans l'enceinte de la ville impériale, sous ma protection. Ses serviteurs sont comme lui, entretenus par Byzance.

— Je vous en sais gré, mais comment apaiser le fils de Robert Guiscard, votre ennemi de toujours ?

— Bohémond ? Il vous admire et vous déteste. Mais il vous suivra. Vous allez accepter mon alliance et le pacte de paix que je vous offre !

— Mais pour prix de ce pacte, vous exigez de nous l'allégeance à votre empire et la cession de tout territoire d'ici à Jérusalem…

L'empereur sourit et s'assit enfin sur un trône d'ivoire et d'or qui semblait être là pour décorer la pièce.

Il hocha la tête.

— C'est impossible ! fit Godefroy.

— Croyez-vous ?

— C'est impossible ! On ne peut rien imposer à ces hommes-là !

— Vous, si !

— Non !

— Si. Vous êtes et vous serez le chef suprême de cette croisade…

— Par quelle volonté ?

— La mienne, celle du ravitaillement : des vivres, de l'eau, des bateaux, des chameaux, des chevaux, des armes, des troupes de renfort, des négociations avec les Turcs, des accords secrets ! Vous serez mon médiateur, mon auxiliaire !

— Et Rome ?

— Rome vous connaît, elle vous fera confiance !

— Cela m'étonnerait !

— Votre excommunication ? Elle fait sourire l'orthodoxe que je suis.

— Elle ne fait pas sourire mon pape !

— Il se taira. Du moins jusqu'à Jérusalem !

Un silence emplit la salle d'audience impériale. Les murs répercutaient les pas lents de Godefroy sur les dalles de marbre. Il ne s'était pas agenouillé, ni assis. Le plafond renvoyait le bruit sourd et feutré des sabots dorés de l'empereur caressant les tapis.

Le regard de Godefroy se tourna vers le soleil couchant. Un disque rouge, large et puissant, sombrait sur la ligne d'horizon. La mer paressait dans le demi-sommeil du crépuscule et, déjà, les feux s'animaient de cris presque joyeux, là-bas, dans les camps des armées alliées d'Occident.

— Je vais faire taire mon déshonneur. Car ma fille m'a demandé de vous épargner. Je détesterais tuer le fruit de vos entrailles, si grossesse il y a, seigneur de Bouillon. J'aime déjà la mère. Pourquoi pas l'enfant ? Et s'il n'est pas confirmé, je n'en suis pas moins le père de la femme que vous aimez. Je ne demande donc qu'à vous aimer, vous.

Godefroy baissa la tête.

— Je... Qu'aurais-je... je veux dire, après...

— Rien !

— Même pas…

— Même pas !

— Et sur la route ?

— Rien.

— Et à Jérusalem ?

— Rien. Mais ne vous leurrez pas, Godefroy de Bouillon, Rome n'a pas l'intention de vous léguer quoi que ce soit non plus. Elle spécule sur votre mort d'ici Jérusalem ! Sinon, elle s'arrangera pour que, la conquête terminée, vous mourriez !

Godefroy de Bouillon s'en vint fixer, yeux dans les yeux, le maître de l'Orient.

— C'est vous qui êtes déjà morts ! lança le croisé.

Ecœuré, il pressa le pas vers l'issue principale du palais.

Deus lo volt !

Depuis leur enfance, c'était un jeu ! Tout petits, ils s'amusaient à se déguiser, à fureter dans des univers interdits.

C'était tantôt vêtus en serfs qu'ils allaient prêter main-forte aux gamins du village de Genappe en Brabant, portant de lourdes bailles d'eau et des fagots de bois sur les tombereaux des bûcherons ; tantôt dans les tabliers poisseux des marins de Boulogne. Là, braillant parmi les tapées de gosses aux mains noires et aux yeux rougis par l'eau de mer, ils feignaient être des leurs pour découvrir les secrets d'une vie simple. Les secrets d'un monde qui leur était fermé, à eux, fils du comte de Boulogne.

A cette époque, Baudouin et Godefroy n'avaient aucune notion de la misère ou de la richesse. Insouciants, ventre repu, ils ne pouvaient deviner, avec leurs yeux d'enfants, le drame de leurs compagnons qui, lorsqu'ils fouillaient dans quelque tas de détritus en quête d'une pitance, ne jouaient pas !

Un jour, Godefroy, qui venait d'avoir six ans, ramassa par terre un quignon de pain souillé et moisi. Dégoûté, il le laissa tomber. Un jeune serf du village s'en saisit et l'engloutit en deux ou trois bouchées tellement goulues que Godefroy crut qu'il s'en étoufferait.

Le futur seigneur de Bouillon comprit que, malgré ses déguisements et l'anonymat qu'il préservait alors, il ne pourrait jamais entrer dans la peau d'un pauvre. Et que, même si un jour l'indigence le frappait, il ne penserait jamais avec la tête d'un pauvre !

Aujourd'hui, avec son frère cadet, déguisé en simple soldat, une tunique grise, lourde et détrempée sur le dos, chaussé de sabots de bois, son jeu d'enfant était devenu réalité d'adulte !

Ils avaient eu une importante discussion, Baudouin et lui. Le cadet n'avait toujours pas admis qu'en Hongrie, deux mois auparavant, Godefroy, chef des armées lorraines, l'eût remis en otage au roi Coloman. « C'était mettre ma vie sur le plateau d'une balance truquée, avec, en contrepoids sur l'autre plateau, l'impondérable et l'instabilité des revirements d'une armée sans scrupules ! » répétait Baudouin, à chaque fois qu'une dispute réveillait les mauvais souvenirs.

Godefroy opinait lorsque son frère lui reprochait cette décision audacieuse. Parfois il baissait le front, osant cette remarque qui mettait Baudouin encore plus en colère : « Dieu était avec nous, avec toi ! »

Enfin, la lamentable affaire du Lion sacré de Constantinople dépecé et rôti comme un vulgaire gibier causait entre eux une gêne réciproque. Sur ce terrain de fraternité fragilisé ou renforcé de tendresse, de rivalité et de fierté, ils s'étaient entendus pour poursuivre en commun la route vers Jérusalem. L'un avait partiellement pardonné à l'autre et, enfin, l'adversité constante rencontrée, tant du côté des Byzantins que chez les chefs des armées alliées, les obligeait à conserver un minimum de solidarité.

Ce matin-là, donc, Godefroy ne s'étonna pas de l'invitation de son frère à se lever à l'aube, avant le soleil, pour sillonner les campements des différentes armées amies. Baudouin avait-il quelque chose à lui montrer ? Cela lui parut évident. Aussi, quand son frère lui mit la main sur la bouche, il se résigna à ne poser aucune question et à le suivre.

Sans cet artifice, le confort de leur anonymat valait bien l'inconfort de l'appareil de soldat. Godefroy de Bouillon et son frère n'auraient pu traverser la moindre parcelle du campement sans que ne fussent alertés les autres chefs militaires ou leurs lieutenants. Et là, miracle du déguisement, ils circulaient en toute impunité.

Tout d'abord, ils dessinèrent une diagonale dans leur propre camp. Tout y semblait calme. Les vigiles baissaient leurs arcs et leurs lances sur le signe de croix de Baudouin et, lorsqu'un garde plus zélé insistait, le Boulonnais soufflait tout bas le mot de passe en roman : « Deus lo volt ! » Godefroy remarqua qu'à l'entrée de chaque tente militaire flottait un lambeau de tissu rouge, de même facture que son habituelle tunique de velours rouge et blanche, aux couleurs de Bouillon.

Mais il ne jugea pas utile de demander la raison de la présence de cette étoffe emblématique. Baudouin n'en savait peut-être rien. Sans doute s'agissait-il d'un hommage des croisés au drapeau lotharingien. Les quelques exemplaires emportés avaient depuis longtemps été déchiquetés par les intempéries. Il songea qu'il faudrait les remplacer car il est bon qu'une armée voie ses étendards se déployer en campagne.

La pluie se mit à tomber, drue et glacée. Depuis toujours, il s'était représenté Constantinople chaude et ensoleillée. Quelle déception ! Il pleuvait depuis leur arrivée et, hier, quelques flocons de neige fondante étaient tombés à l'heure de midi.

Ils parvinrent à l'orée d'un campement étranger. L'ombre inquiétante des tentes d'un autre ost n'avait rien d'accueillant. Baudouin, toujours le premier, négocia leur entrée avec des vigiles peu méfiants... Un petit signe de la main, sans avoir relevé la tête. La pluie aide dans ces cas-là.

Ils s'avançèrent encore et Godefroy comprit alors à quel point les conseils du Basileus avaient été judicieux.

En effet, avant son arrivée à Constantinople, le croisé avait été interpellé par des émissaires de l'empereur. Ceux-ci lui avaient désigné les emplacements où les armées lorraines devaient camper. Contrarié par cette invitation péremptoire qui excluait d'emblée une installation dans les murs de la cité impériale, Godefroy avait néanmoins accepté car il ne connaissait pas les lieux. Prudent, il avait délégué quatre éclaireurs pour s'assurer que l'endroit semblait bon et à l'abri de crues ou de traquenards.

Ce matin il réalisait que les autres chefs des armées alliées n'avaient pas bénéficié de cette prévenance du maître de Byzance. Il eut presque envie de l'en remercier à l'occasion...

Mais Baudouin le rappela à une toute autre évidence.

— Quand une femme aime un homme, elle peut tout pour lui ! fit-il, souriant.

C'était vrai. Sans nul doute Anne était-elle l'inspiratrice de cette proposition. Aimait-elle donc Godefroy bien avant qu'il n'arrive à Byzance ? Comment ? Pourquoi ? Ce miracle de rejoindre des êtres qu'on a l'impression de connaître depuis toujours...

Il pensa avec nostalgie à cet après-midi d'amour sur la colline. Mais Baudouin lui fit signe de marcher à sa suite. L'eau ruisselait tout autour des installations. La boue, accumulée sur les toiles, formait barrage avant de fondre, s'écoulant en cascades de limon.

Le vent du large, qui avait fraîchi, soulevait avec furie les lourdes toiles et s'engouffrait à l'intérieur des habitations.

— Ils n'attendront pas le chant du coq pour être réveillés ! dit Baudouin, presque amusé d'entendre le tintamarre des soldats tirés du sommeil par la pluie et le vent.

— Baudouin !

Le cadet se retourna, les yeux embués et le nez bleui par le froid.

— Elle m'aime !

Baudouin le regarda un instant, puis reprit sa route contre le vent.

— Marche au milieu, sinon tu auras les pieds trempés ! cria-t-il.

Godefroy le suivit. Une série de craquements sinistres répondait à sa mélancolie. Il prit conscience qu'il marchait sur des ossements.

— Ils ont amoncelé leurs morts sur le passage, pour permettre d'avancer au sec : l'eau monte vite ici ! cria Baudouin.

Les ruisseaux boueux se gonflaient tandis que se creusaient des fossés dont la profondeur dépassait la taille d'un homme. Des tentes flottaient, emportées par les courants et le vent. Les amas informes d'os humains et de corps en décomposition seraient bientôt les derniers ilôts praticables.

— Tu as entendu ? hurla Godefroy. Elle m'aime, n'est-ce pas ?

— Oui, elle t'aime ! Sans quoi, tu serais déjà mort !

Ce que remarqua Godefroy lui hérissa l'échine : ses yeux venaient d'accrocher un macabre détail ! Afin de s'assurer qu'il ne s'agissait pas d'une vision cauchemardesque, il scruta plus attentivement le faîte d'une tente, où était amarrée une paire de mains ainsi qu'une paire de pieds ballottées par les vents, accrochées comme de vulgaires jambonneaux.

— Ils leur tranchent les mains et les pieds quand ils les capturent ! cria Baudouin, la voix étouffée par le hurlement du vent.

— Qui ?

— Les croisés de cet ost ! Ils coupent les membres de leurs prisonniers byzantins.

— Et là ?

Godefroy désignait un lambeau de chair déchiqueté, sans doute dévoré par les mouettes.

— Ils leur arrachent la langue quand ils parlent.

Godefroy déglutit.

— Et là ? demanda-t-il, arrivé près d'une tente qui arborait un autre butin.

— Ça, c'est quand ils en attrapent un occupé à violer une de nos femmes !

— Mensonge ! Les Byzantins ne touchent pas à nos femmes !

— Oui, mais c'est amusant de les accuser ! Et de les condamner…

— Dans quel camp sommes-nous ?

— Tu ne vas pas tarder à le reconnaître, regarde !

Baudouin désigna une tente, plus grande, plus lourde, installée sur un monticule de terre consolidé de grosses pierres et fortifié de rondins. Un escalier de bois branlant, envasé de coulées boueuses, conduisait à l'entrée, défendue par six hommes à la haute stature, armés puissamment d'épées, de lances, de haches et de chaînes. Le chambranle était surmonté d'une tête de taureau aux cornes gigantesques. Un large bouclier, frappé aux armes de Tarente et un gonfanon détrempé, déchiré, aux couleurs de Normandie, sommaient le bucrane.

— Bohémond de Tarente ! cria Godefroy. Tu es fou de m'amener ici.

— Tu n'es pour tous, ici, qu'un simple soldat normand ! Et puis, tu vas voir, tout ceci est intéressant.

Ils contournèrent la tente bien gardée et gagnèrent un plateau que les eaux avaient épargné.

Un millier de croix s'élevaient vers le ciel. Sur plusieurs centaines d'entre elles s'empalaient des corps de Byzantins. Les autres, encore nues, attendaient de nouvelles victimes.

Godefroy en eut le souffle coupé.

— Attends d'avoir tout vu ! lui signifia Baudouin.

Ils traversèrent le champ de croix et atteignirent un petit chantier éclairé par de grands feux. Des charpentiers s'affairaient autour d'un immense panneau qu'ils clouaient sur deux grands poteaux de bois destinés à le soutenir et à l'élever verticalement.

Baudouin intima à Godefroy l'ordre de le suivre et ils se postèrent à un angle, comme s'ils étaient là pour garder cette partie du camp.

— Nous arrivons à temps, regarde ce qu'ils font...

Les hommes de Bohémond soulevèrent le panneau fixé aux deux longs poteaux et le firent pivoter vers le sud, vers le palais des Blachernes où résidait le Basileus, à Constantinople. L'infrastructure se planta alors dans des orifices creusés tout spécialement dans le sol.

— Viens ! lui enjoignit Baudouin, alors que les ouvriers coulaient un ciment romain dans les trous d'où s'élevaient les poteaux.

Ils contournèrent le champ de croix en sens inverse et se placèrent dos à la ville. Sur le tableau, bien haut au-dessus des croix, on pouvait lire en latin et en grec : « BIENVENUE AUX PAÏENS DE BYZANCE ! »

Godefroy eut envie de vomir. Il faillit hurler. Mais Baudouin l'en empêcha, lui collant la main sur la bouche.

— Tu n'as pas tout vu, Godefroy ! lui dit-il fermement.

Ils entendirent alors une voix forte derrière eux.

— Deus lo volt !

Ils se retournèrent, consternés. Bohémond était là, devant eux, presque souriant.

— Les deux frères de Boulogne dans mon camp ? Godefroy de Bouillon espionnant son allié ! Il n'y a plus d'honneur décidément !

— Comment...

— Deus lo volt !... votre accent du nord vous a trahi.

Godefroy foudroya Baudouin du regard.

— Bohémond, que signifie tout cela ? interrogea-t-il, désignant le panneau et le champ de croix de supplice.

— Cela ? Ça veut dire que dès l'aube, nous allons conquérir Constantinople et la détruire. Au Nom du Christ !

Devant l'air consterné de Godefroy, il sourit puis lança entre deux éclats de rire bruyants :

— Deus lo volt !

Les adieux

Les cloches de Constantinople sonnaient à toute volée. Elles retentissaient aux quatre coins de la belle cité. Chaque église donnait de la voix, chaque battant tentait d'imposer sa tessiture parmi toutes les autres, graves ou hautes. Le ciel s'emplissait de ce chant d'appel à la foi et à l'allégresse.

Les rues étaient parées d'oriflammes aux couleurs des régions lointaines d'où arrivaient les croisés. Mais c'étaient les couleurs de Bouillon qui primaient. Les étendards byzantins jouaient d'astuce pour éteindre la flambée du rouge et du blanc lotharingiens. Triomphant dans cette symphonie polychrome, le rouge ressortait davantage.

Cela faisait plaisir à Josfride, conscient cependant de la vanité d'un tel sentiment. Il regardait son maître avec fierté. Le duc de Basse-Lotharingie était vêtu de blanc, ainsi qu'il aimait paraître aux jours de cérémonie. Une longue cape rouge qu'il rejetait sur l'épaule, à la romaine, donnait encore plus de relief à son costume. Il portait à même le corps une cotte de mailles tressée de fils d'or. Ses bottes de cuir noir étaient cloutées d'or et armées d'éperons d'argent. Une large ceinture, son épée, la Grande Hauteclaire du Chevalier au Cygne, et les gantelets de cuir noir cloutés d'or achevaient la parure. Le duc s'était fait couper les cheveux au ras des épaules et raser la barbe. Son visage portait le hâle des rudes journées ensoleillées dans les steppes bulgares. Le teint bruni mettait en valeur les grands yeux bleus surmontés d'épais sourcils blond-roux. Les cheveux avaient pris le ton des blés en fin d'été.

Il était beau.

Josfride lui souffla ce compliment à l'oreille. Godefroy sourit car il savait que cet atout-là, souvent négligé par ses pairs, aidait à remporter bien des batailles diplomatiques, surtout avec les épouses ou les filles des adversaires !

Il avançait, accompagné de ses deux frères. A sa droite venait Eustache, comte de Boulogne et commandant les armées anglo-normandes. Depuis que leur père, Eustache aux Grenons, avait combattu aux côtés de Guillaume le Conquérant, une bonne partie des terres anglaises étaient passées sous le commandement des Boulogne. Baudouin, vicomte de Boulogne, commandant les osts brabançon, hainuyer et flamand, les suivait.

L'éternel conflit qui divisait Baudouin et Godefroy restait ouvert : Baudouin ne démordait pas de ses projets belliqueux envers le « perfide Alexis », et Godefroy affirmait toujours fermement sa volonté d'apaisement. En effet, les précédents assauts contre Constantinople avaient tous été voués à l'échec. Particulièrement ceux menés par Bohémond !

Godefroy espérait une nouvelle entrevue avec Anne, mais les gardes impériaux veillaient à ce que celle-ci n'ait pas lieu.

Tous les chefs croisés, hormis Raymond de Saint-Gilles

qui s'obstinait à malmener le pacte du Bosphore et son impérial auteur, avaient fini par contresigner l'engagement de soumettre toutes les terres reconquises en Asie Mineure à l'autorité byzantine. Ils remettraient leurs conquêtes à Alexis et poursuivraient leur route, en échange de vivres et de secours militaires ponctuels. Bohémond, après quelques attaques infructueuses contre la citadelle, avait finalement pondéré ses ambitions de l'assiéger, contre un accord secret avec le Basileus. Concernait-il des terres ou une ville à recevoir en franc-alleu ? Nul n'en connaissait la teneur. Baudouin, lui, était pour l'instant sous la tutelle de son frère Godefroy.

Le chef des Lotharingiens venait de lui affirmer son autorité, entendant être obéi comme doit l'être un commandant d'armée. N'était-il pas le chef des armées du Nord ? Et c'est sur l'insistance d'Eustache que Baudouin, si dépité qu'il fût, avait consenti à les suivre à cette cérémonie de soumission, comme il l'appelait, pour marquer la solidarité des Francs, mais sans la moindre déférence pour ce Grec hypocrite et sa cour de damnés ! Boudeur, paradant dans un accoutrement boueux et loqueteux, Baudouin marchait derrière ses frères, entouré d'une centaine de combattants armés jusqu'aux dents.

Eustache avait réussi à exclure les trente chevaux caparaçonnés que son plus jeune frère avait voulu imposer en tête du cortège. Par pure bravade, Baudouin avait tout de même fait en sorte que les cavaliers et leurs montures suivent derrière les seigneurs.

Godefroy lui avait juré que si les chevaux les précédaient, il les ferait manger comme l'avait été le Lion sacré. Ceci était contraire à ses principes, mais il savait qu'avec son frère il ne fallait pas prendre de gants !

La réunion solennelle, destinée à officialiser le départ des Francs pour l'Asie, aurait lieu dans le somptueux palais des Blachernes. Cela aussi, Godefroy l'avait obtenu de Jean Comnène, le neveu de l'empereur, gouverneur de Durazzo et ordonnateur de la cérémonie. Le Basileus y aurait volontiers consenti, préférant que tous ces « pieds crottés », selon son expression, ne souillent point les précieux tapis de Sainte-Sophie.

A l'instant de pénétrer dans l'enceinte du palais, Baudouin se précipita sur une assemblée de curieux parmi lesquels il avait remarqué quelques jeunes et jolies Byzantines. Sous les regards stupéfaits des croisés, il entreprit de lutiner les jeunes femmes qui s'échappèrent en criant et semèrent un certain désordre parmi les badauds. Baudouin riait de son forfait et toisait Godefroy avec un mélange d'amusement et de mépris.

L'heure était aux hymnes et aux trompettes.

Au protocole.

Godefroy et Eustache furent les premiers à s'avancer vers le trône de l'Autocrator.

Godefroy se demanda pourquoi Arnoul, évêque de Marturano, proche d'Urbain II, se trouvait à la droite d'Alexis. La réponse lui fut donnée après un tour d'horizon des notables présents : à gauche de l'empereur et assis tout comme lui, se tenait Arnoul Malecorne, chapelain de Robert de Normandie, aux côtés de Hugues de Vermandois, frère du roi Philippe Ier de France, l'otage du Basileus pour qui Godefroy était intervenu. A la droite de l'empereur encore, son fils Jean et le légat pontifical, Adhémar de Monteil.

Ainsi donc, Rome déléguait ses plus hauts dignitaires présents en terre byzantine pour veiller sur les accords conclus entre les croisés et le Basileus.

— Pourquoi pas le pape ? osa Baudouin à voix basse.

— Pour ne pas que tu lui réserves le sort du Lion ! répondit Eustache.

Ils continrent à grand-peine un rire outrecuidant. Mais Godefroy fixait à présent la jeune princesse, qui siégeait à la gauche du Basileus.

Anne, à la silhouette mince et longue, ne semblait pas attendre d'enfant. Elle était vêtue d'une sobre robe blanche, et ses cheveux tressés retombaient sur sa poitrine. Un large collier ornait son cou et chacun de ses doigts effilés portait une bague. Elle avait le visage triste et ne regardait qu'une seule personne dans l'assistance. Le duc faillit fondre en larmes alors que ses frères retenaient toujours leur fou rire.

Les ambassadeurs de nombreux pays vassaux de l'Empire se tenaient là, debout sur les marches de marbre noir, soigneusement couvertes de tapis aux mille motifs et aux couleurs chatoyantes.

Ce qui étonna le plus le chef des Lorrains fut l'abondance de prêtres aux robes sombres et aux barbes longues taillées au carré. D'autres religieux balançaient des vases d'encens au son de chants liturgiques inconnus.

— Des orthodoxes ! souffla Eustache.

Au centre de la grande salle d'audience, devant l'escalier et le trône impérial, un autel était couvert de nappes colorées. Sur celui-ci, était posée une châsse dans laquelle, en s'approchant, les trois Occidentaux virent des ossements blanchis étalés sur un linceul. Un instant, ils crurent découvrir là quelque relique d'un saint. L'empereur les détrompa rapidement.

— Voilà tout ce qui reste du Lion sacré de Constantinople, messires ! La signature de votre barbarie et l'objet de votre honte !

Ainsi donc Alexis avait toutes les audaces. Non content de réunir tout Byzance et les autorités romaines pour constater la soumission des croisés, il voulait une nouvelle fois les humilier par ce rappel de leur méfait. Godefroy ne baissa pas le front. Il crut voir ses frères piquer du nez, ne s'y arrêta pas, mais réfuta :

— Si un sceau devait être frappé, Sire, en souvenir de la croisade, ce serait la *cruce signatus*, qui marquerait la chair des croisés ! Quelle main baguée, ici présente, se lèvera contre le grand Yaghi Siyan à Antioche ? Qui, après mille jours de faim, de froid, de peste et de guerres franchira les murailles de la cité de David ? Qui, mains en sang et cœur exsangue délivrera le Tombeau du Christ ? Cinq cents livres de viandaille sacralisée ne représentent rien quand on contemple ces milliers d'hommes qui vont mourir pour l'ambition de ces grasses icônes du christianisme que vous êtes, Sire et Messires ! Je n'ai pas participé à cet acte que vous qualifiez de barbare et qui n'est qu'acte de représailles dans une guerre que vous avez déclenchée, Sire, affamant mes soldats et crachant votre haine à la tête de mes frères ! Mais je sais qu'à partir de ce jour, et pour des siècles, ce ne sont plus les croisés qui s'inclineront devant vos trônes, mais les rois et les empereurs qui s'agenouilleront devant les soldats du Christ que nous sommes !

Un éclat de rire tonitruant explosa dans l'édifice. Bohémond, une outre de vin plus vide que pleine à la main, venait à son tour de pénétrer dans l'enceinte, soutenu par son neveu Tancrède.

— Bien dit, Bouillon ! Ces porcs n'ont le droit de nous parler qu'à genoux ! Alors, ou bien ils se soumettent ici et maintenant, ou bien je mets le feu à toute la ville et je mange rôtie cette charmante demoiselle qui te regarde avec tendresse !

Adhémar de Monteil se tourna vers l'empereur.

— Veuillez excuser, Sire, cette attitude indigne, mais le sieur de Tarente est ivre et...

— Laissez ! Laissez ! Je n'attache aucune importance à ces menaces incohérentes ! Et je suis plutôt satisfait de constater que, dans l'ivresse et la vulgarité, se révèle la connivence entre Godefroy de Bouillon et ce Tarente.

— Tu as peur, surtout ! Tu te laisses aller dans tes chausses, vil Byzantin ! lança Bohémond.

Le Basileus fit mine de ne pas entendre, et cette fois la situation fut sauvée par Godefroy qui, depuis quelques instants, s'était agenouillé au pied du trône, l'épée au clair.

— Je jure devant Dieu, le Glorieux du Ciel, allégeance et soumission à l'empereur de Byzance, Alexis Comnène, et ce, tant qu'il nous accordera sa protection et sa suzeraineté, jusqu'à Jérusalem !

Les croisés regardaient Godefroy qui, d'un trait, front courbé vers le sol, venait de proférer ces paroles à l'encontre de son discours précédent.

Personne ne comprit.

Baudouin, le premier, s'avança, le fixant longuement avant de hurler :

— Godefroy ! Tu n'es le chef de personne ! Tu n'es rien ! Tout juste un courtisan sans fierté ! Je... je ne suis plus ton frère ! Je te maudis... au nom de notre mère et de notre père ! Je te maudis !

Eustache le suivit de près, les lèvres pincées et le regard livide.

— Godefroy, si c'est une mascarade, pourquoi ?

— C'est une comédie ! Il faut endiguer cette hémorragie d'insultes. Le but est Jérusalem.

— Mais, tu as juré allégeance devant Dieu ! Et devant tous...

— C'est pour cela que nous sommes venus, non ?

— Oui, mais pas dans ces conditions, pas en nous faisant insulter...

Godefroy se releva. Il planta ses yeux clairs dans ceux de son aîné.

— L'humiliation est sur notre route autant que Dieu en est absent !

— Blasphème !

— Oui, tu as raison. Dieu est avec nous ! Il est là ! Tu l'as devant toi !

— Tu deviens fou, Godefroy..., dit Eustache.

Le chef des croisés du Nord gravit les marches du trône et remit, en symbole de vassalité, son épée au Basileus.

— Je t'ai déjà reconnu comme mon fils. Je te sais être le garant de la paix entre nos armées et du respect de nos pactes. Sois béni ! dit l'empereur.

Puis il se leva, regarda sa fille, mais renonça à lui sourire.

En bas, à quelques pas, Bohémond pissait contre une statue de la Vierge sous les yeux ahuris des soldats et de Tancrède qui, épée au poing, ne savait s'il fallait tuer son oncle ou décapiter la statue.

Alors les autres chefs de la croisade s'avancèrent : Etienne, comte de Blois et de Chartres ; Pierre l'Ermite, qui avait perdu sa troupe de ribauds de l'autre côté de la mer ; Raymond de Saint-Gilles, comte de Toulouse et marquis de Provence, qui avait, bon gré mal gré, accepté de rejoindre l'assemblée des commandants d'armées sur le conseil de l'évêque du Puy, légat du pape, son ami Adhémar de Monteil ; Robert Courteheuse, duc de Normandie et Robert, comte de Flandre. Tous se regroupèrent autour et derrière Godefroy, Eustache et Baudouin de Boulogne. Bohémond, maîtrisé par Tancrède, retrouvait un semblant de maintien.

Dans le ciel de l'assemblée, un rayon du soleil couchant teintait de rose les vitraux illuminés. Le chant des moines s'éleva. Le regard de Godefroy croisa celui d'Anne une nouvelle fois, et il crut y lire tout l'amour qu'une femme peut porter en elle.

Il balbutia les paroles de circonstance, en latin puis en grec, répétant ce que lui dictait un officiant. Puis, discrètement, échappant aux regards inquisiteurs des assistants, ses lèvres s'animèrent sans que le moindre son ne s'en échappât.

Dans le trouble de ses larmes, Anne ne le distinguait plus. Mais elle comprit le mouvement des lèvres. Et hocha la tête pour répondre : « Moi aussi… »

Le rivage

La traversée du Bosphore leur parut moins longue qu'ils ne l'avaient imaginé. Combien d'épreuves n'avaient-ils pas subies durant cette longue marche, lors de ces combats, au cours de cette lutte incessante contre la faim, le froid et la soif… Ensuite il avait fallu supporter ce carrousel infernal de représentations outrées, le ronronnement des discours rituels et des compliments excessifs, le défilé des soumis, voués corps et âme à la bassesse pour maintenir leurs positions dans l'Empire.

Creux tous ces mots qui ne valaient pas leur poids de lettres !

Inutiles, grotesques et dérisoires, toutes ces têtes décapitées !

Diaboliques, ces maladies inconnues qui rongeaient les intestins et la peau !

Insupportables, ces nuits d'angoisse et d'attente, accablant ce long cortège de pèlerins qu'il fallait protéger mais aussi soumettre aux pires tourments que sont la pénurie, voire l'absence de nourriture et d'abri !

Inexpiable, la mort de ces enfants qu'il fallait enterrer sous les yeux éteints par le malheur de leur mère, de leur père !

Le bétail était si malade que personne n'eût osé en manger. Et là-haut, dans le céleste empyrée, s'abritait derrière d'insondables mystères ce Dieu qui leur mentait depuis des lunes, bien secondé sur terre par des prêtres s'obstinant à le soutenir !

Ces larmes de sang, ces mains et pieds en sang, ces lèvres desséchées, ces yeux délavés, ces corps mutilés traduisaient-ils ce que ces fantômes avaient dû endurer ? Qu'espéraient-ils trouver en traversant ce bras de mer vers une nouvelle Terre promise ? A Bouillon, quand ils en parlaient, c'était comme d'une délivrance.

Là résidait une vérité, sans doute. La traversée du Bosphore les délivrerait de ce fourbe Alexis et de ses marchandages odieux différés de jour en jour.

C'était aussi la certitude que, de l'autre côté, il y aurait la guerre, une guerre à découvert contre de vrais adversaires, cruels peut-être, nombreux sans nul doute, mais apparents. Des ennemis, et non plus de faux amis comme l'avaient été l'empereur de Byzance et ses notables.

Godefroy songeait à Anne. Il ne pouvait dire avec certitude si leur escapade d'un soir avait été pareille à une fuite, si leurs mots, leur engagement, leur passion charnelle étaient de l'amour…

Les vagues s'écrasaient contre les flancs de la nef. Et la rive opposée se rapprochait. Là-bas, rochers, taillis, caprices du sol dissimulaient, embusqués, les premiers guerriers de l'Islam. Autant de flèches, autant d'épées… certitude de morts prochaines.

— Soyez prêts ! cria Godefroy.

Chaque homme armé sortit épée, arc ou fléau. Sur le bateau commandé par Baudouin retentit le même ordre. Sur celui d'Eustache, on se hâta à la même préparation. Sur ceux de Conon de Montaigu, de Baudouin de

Bourcq et de Geoffroy d'Esch, la même prudence s'imposait.

Ces nefs effectueraient plusieurs fois le voyage entre Constantinople et l'Asie, embarquant et débarquant à chaque fois plus d'un millier de soldats et de civils. Elles portaient un tiers d'hommes armés et deux tiers de pèlerins. Godefroy l'avait voulu ainsi. Il faudrait plusieurs passages pour que chaque corps de l'armée lotharingienne soit placé en sécurité sur la rive orientale.

Les chefs resteraient à bord tant que tout le contingent n'aurait pas été transféré en Asie. Ensuite viendrait le tour des Normands, des Flamands, des Provençaux et, enfin, des Siciliens.

— Anne, m'entends-tu ? pria Godefroy tout bas. Si tu m'entends, au fond de ton cœur, sache que je ne serai pas un lâche. Que je reviendrai avant que tu ne sois mère, car je sais, au fond de moi, que tu portes notre enfant. Malgré tes silences et le secret entretenu par ton père, je suis sûr que cet enfant viendra. J'ai fait acte d'allégeance, mais j'irai plus loin encore. J'aimerai ton peuple. Je laisserai Jérusalem à ton père ou la prendrai avant que Bohémond, Raymond, Robert et leurs armées ne l'aient atteinte. Il m'est parfois pénible d'affronter tous les serments, surtout si l'un outrepasse le droit de l'autre. Mais je respecterai avant tout ma parole envers toi. Pourvu que toi aussi tu me conserves ta confiance et que tu aies foi en notre étoile.

La rive était toute proche. A présent, une animation fébrile régnait sur les bateaux.

Lumineuse, Constantinople brillait dans le lointain. Alexis avait fait allumer des feux le long des remparts, sans doute pour saluer une dernière fois les croisés. Eustache et Godefroy, admirant la vieille cité éclairée, se dirent que ce pouvait être une manière de signaler aux Seldjoukides le débarquement des croisés en Asie.

Oseraient-ils les attaquer de nuit et si vite ?

Baudouin pensa aussi qu'il s'agissait d'un signe du Byzantin à leurs ennemis.

Quelques Turcopoles et davantage de Petchenègues les accompagnaient. C'étaient de redoutables guerriers, prêts à en découdre s'il le fallait au dam de leur vie. Les premiers dormaient sur leur monture, le sabre à la main et les seconds buvaient le sang de leur victime. Alexis avait voulu manifester sa bonne foi en finançant cette armée de mercenaires. Ils devaient suivre et donner main-forte aux croisés. Mais cela aussi ravivait la crainte de Baudouin.

— Que veut donc encore nous prouver ce semblant d'allié ? cria-t-il à Godefroy dont le bateau talonnait le sien.

Mais le chef lorrain n'entendit pas. Il crut à un banal salut. La mer et le vent couvraient la valeur des mots. La mer couvre d'ailleurs toujours la valeur des choses. Le ressac se fit plus important. Tous trois savaient, et Eustache en particulier, car il était marin chevronné, que les fonds, moins importants qu'au centre du bras de mer, provoquaient des turbulences à l'approche des côtes. Une barre de courant força même les rameurs à accélérer leur rythme.

Ils passèrent après une vigoureuse attaque des déferlantes. Secoués, les voyageurs firent grand bruit et Godefroy dut, à l'instar de ses frères sur les autres bateaux, ordonner le silence.

Encore une curieuse omission d'Alexis : peu de renseignements précis leur avaient été donnés malgré l'insistance de Godefroy. Et que penser de ce général Tatikios, chef du contingent byzantin, mutilé de guerre ayant perdu son nez lors d'un combat, qui n'ouvrait la bouche que pour remettre son faux nez en place !

Ce premier débarquement pourrait bien être un massacre. Les croisés ne savaient presque rien des défenses byzantines encore opérationnelles sur le sol asiatique. Combien d'anciens mercenaires de l'Empire, pour la plupart seldjoukides, avaient rejoint les troupes rebelles conquérantes et épousé la cause de l'islam ?

En principe, l'Empire était toujours souverain sur la côte est du Bosphore mais les invasions seldjoukides et les milliers de fanatisés par l'islam y avaient constitué, au long des années, des noyaux de résistance mobiles et discrets.

Ils atteignirent le débarcadère peu avant minuit. L'air était lourd et poisseux, mais le vent soufflait suffisamment pour envisager d'autres voyages cette nuit encore.

Il fallait désigner un ou deux responsables de la sécurité des troupes avant l'arrivée de nouveaux transferts. Godefroy confia tout d'abord cette mission à Tatikios. Puis il hésita un instant : Eustache ou Baudouin devait rester ! Le duc avait, à plus d'une reprise, fait appel au savoir-faire guerrier inégalé de Baudouin. Les tensions et leurs oppositions ces jours derniers justifiaient son hésitation.

Il n'eut pas le loisir de réfléchir davantage. A peine eut-il mis le pied sur le sol d'Asie que surgirent, se déployant, des ombres inquiétantes. Ils n'étaient pas seuls ! Sans prêter le moindre crédit pacifique à ces inconnus, Godefroy donna l'ordre de fondre sur eux.

— Sus ! Sus à l'ennemi ! Dieu le veut !

Mais l'ennemi s'évanouit dans l'ombre aussi vite qu'il était apparu et les quelques croisés qui avaient eu le temps de dégainer leur épée ne taillèrent que buissons et joncs desséchés.

Les torches des soldats éclairèrent tant bien que mal les alentours tandis que les pèlerins demeuraient à l'intérieur des nefs, craignant une attaque.

Baudouin ordonna de mettre le feu aux taillis. Une clarté importante s'en dégagea, mais on ne distinguait pas d'assaillants.

Mis en garde par ce premier accueil, Baudouin et Godefroy recommandèrent à leurs troupes de parer à toute éventualité.

Godefroy eut une idée : sachant les armées d'Alexis encore très présentes en cet endroit, il haussa la voix et cria à l'intention des assaillants :

— Je suis Godefroy de Bouillon, chef de l'armée lotharingienne des croisés, vassal du Basileus Alexis de Byzance. Mon armée, mes pèlerins et moi-même nous rendons à Jérusalem. Nous pouvons vous combattre et certainement vous battre. Mais nos intentions sont pacifiques. Dites-nous ce que vous souhaitez et nous vous répondrons par les mots et non par les armes, si telle est votre volonté. Sinon, nous mettrons ce rivage à feu et à sang et nous anéantirons toute vie d'ici aux montagnes du Liban !

Il attendit un instant. Ce qu'il avait envisagé se produisit.

— Nous voulons la paix si tu déposes à boire et à manger ! hurla une voix rauque.

— Ils parlent roman, dit Eustache, comme si c'était déjà une victoire.

Godefroy s'empressa de faire déposer un tonneau de

vin, quelques énormes morceaux de viande salée et plusieurs gros pains ronds sur les planches vermoulues de l'embarcadère.

Puis ils attendirent. Assez longtemps.

Enfin, la voix s'éleva à nouveau dans la nuit. Godefroy connaissait cette voix. Il dut certes chercher dans les recoins éloignés de sa mémoire, mais il se souvint. Et, à défaut cette fois de pouvoir remercier Dieu, il remercia le destin.

— Salut à toi, Bouillon ! fit la voix.

La carrure imposante, lourde et massive de Hork se profila dans la lumière des feux allumés par Baudouin. Godefroy sentit les larmes lui monter aux yeux. Son ami de toujours était donc indestructible. Hork était parti pour cette croisade avec l'armée des gueux de Gauthier-sans-Avoir et de Pierre l'Ermite, peu avant les armées de Bouillon. Ce dernier n'avait plus reçu de nouvelles de cette troupe de pauvres hères que certains voulaient croire morte depuis les pays bulgares.

Autrefois Hork lui avait sauvé la vie lors de l'assaut final du palais des papes à Rome. Godefroy l'avait cru mort. Mais le démon habitait ce sorcier qui, tantôt au service du mal ou des ennemis du duc de Basse-Lotharingie, tantôt fidèle à ses sentiments, ne servait qu'un seul maître : lui-même !

— Hork, mon ami ! Quel bonheur !

— Ton ami ? Je suis donc toujours ton ami, Bouillon ?

— Bien évidemment !

— Après les persécutions juives auxquelles ont participé mes troupes, après nos exactions en Hongrie, et les trahisons d'Alexis, le fruit de nos abus…

— Tu es mon ami ! Je réglerai avec toi les souvenirs des persécutions contre les juifs, peu me chaut de la

Hongrie et je voue au diable Alexis et ses amendements...

Leurs yeux s'affrontèrent dans le reflet des flammes.

— Tu es mon ami ! s'exclama une nouvelle fois Godefroy, très ému. Qu'on lui fournisse ainsi qu'à son ost de quoi ripailler toute la nuit !

Puis, se tournant vers les pauvres bougres qui, rassurés par le ton amical des deux hommes, surgissaient des taillis :

— Hork, y a-t-il du danger ici ?

— Ici, non ! Là, oui !

Il venait de désigner une masse noire qui apparaissait, dans la pénombre, comme une colline cachant l'horizon.

— Qui est l'ennemi ?

Hork désigna Constantinople, ses remparts illuminés et le palais de l'Autocrator.

— Lui, là-bas ! C'est un fourbe ! Il a comploté avec les Seldjoukides.

Ensuite, il pointa le doigt vers le ciel.

— Et lui !

Godefroy serra son ami dans ses bras.

— Où est Pierre ? demanda-t-il alors pour ne pas se laisser vaincre par l'émotion.

— L'Ermite ? Je croyais qu'il était avec toi.

— Il est venu à Constantinople mais je ne l'ai plus revu depuis nos adieux à l'empereur.

— Alors, il y est encore. Il doit attendre Bohémond.

— Pourquoi ?

Hork le regarda comme un père contemple son enfant.

— Viens, Bouillon ! J'ai trop d'amour à rattraper. C'est toi qui m'as appris ce mot, « amour », non ?

Hork prit Godefroy par l'épaule. Baudouin fit signe aux soldats de faire débarquer les voyageurs et les bagages.

— Ce n'est pas qu'un mot, Hork.

— Je sais, Bouillon. Maintenant, je sais…

— Je vais devoir repartir. Il y a des milliers d'hommes à faire passer.

— Va ! Je veillerai sur ceux qui arrivent ! Occupe-toi de ton armée, Godefroy.

Le croisé marqua un temps d'arrêt.

— C'est la première fois que tu m'appelles Godefroy.

— Ma foi oui, comment veux-tu que je t'appelle maintenant que tu as vendu Bouillon ?

Il lui sourit. Godefroy éclata de rire. Puis le silence les obligea à se souvenir. Mais trop de mémoire creuse les rides et recouvre les visages de tristesse. Alors à nouveau ils sourirent puis partirent ensemble d'un grand rire…

— Tu préfères que je t'appelle Jérusalem ? lança Hork.

La Fourmi

Sans doute les femmes sont-elles nées pour aimer. Peut-être aussi sont-elles faites pour vivre sans espoir…

Anne contemplait la baie illuminée par des centaines de feux. C'était inhabituel. Les chalands et les pêcheurs n'éclairaient jamais le Bosphore de cette façon. Elle pressentait — mais il lui importait peu de savoir — que son amour, le père de cet enfant qu'elle espérait, partait pour accomplir un lointain et hypothétique destin et puis reviendrait.

Tous les palabres, paroles, discours n'entameraient pas les sentiments qu'elle éprouvait pour l'homme de Rome. Chaque point lumineux pouvait être le bateau de son amour. Aussi fixait-elle le moindre fanal, priant pour qu'il revînt, et cependant résignée à ne pas le revoir avant longtemps.

Elle le reverrait pourtant.

Les oracles se trompent, parfois…

N'avait-il pas été adopté par son père ? N'était-il pas un fils spirituel du Basileus ? A ce titre, ne pouvait-il pas diriger cette croisade depuis Constantinople ? Et quand bien même il mènerait quelques batailles contre les Seldjoukides, le Grand Ordonnateur, là-haut, n'épargnerait-il pas leur amour ?

Anne fit ranimer le feu. Des servantes s'activèrent autour de la grande cheminée. L'une d'entre elles s'avança vers sa maîtresse.

— Votre Altesse souhaite-t-elle que je lui prépare un bain aux huiles parfumées ?

— Ce serait le troisième que je prendrais aujourd'hui Tsilla ! Laissez-moi plutôt !

— Que Votre Altesse excuse mon audace, mais on dit que le cœur de Votre Altesse est triste.

— Oui, et alors...

— A cause de ce croisé.

— Oui, te dis-je, que veux-tu ?

— Il y a dans la ville basse, une femme, qui consulte les astres et...

— Je n'ai point besoin d'une astrologue ! Je consulte les oracles moi-même ! Voilà un ragot à rapporter aux lavandières ! Cela les occupera !

— Ce n'est pas cela, Princesse... Cette femme, parfois, à ce qu'on dit, fait revenir les amants perdus.

— Rien ne fera revenir les croisés ! Rien...

Anne jeta un bouquet de fleurs fanées dans le foyer ravivé. Le crépitement des tiges défraîchies et des pétales secs l'énervait. La servante emmena le vase d'où émanait une odeur d'eau croupie.

— Il faudrait que Jérusalem soit implantée en Occident pour qu'il revienne, ajouta-t-elle.

— J'ai lu autrefois l'histoire d'un roi qui dut choisir entre la capitale de son royaume et une femme. Elle était sa femme, mais étrangère à son peuple, dit la servante.

— Comment était-elle sa femme si elle était étrangère ?

— Il l'avait épousée lors de la conquête d'un pays ennemi. Il l'aimait. Mais elle, fille de roi et prêtresse consacrée, ne pouvait quitter son pays.

— Ce croisé n'est pas mon ennemi ! Il n'est pas non plus l'ennemi du Basileus, ni celui de mon peuple.

— Le roi choisit de retourner dans son pays et dans sa ville. Il préféra sa mission à son amour.

— C'est ce que vient de faire mon croisé.

— Et la légende dit que son esprit continua d'errer des milliers d'années après sa mort afin d'aider à rendre heureuses des milliers de femmes, pour tenter de racheter sa faute d'en avoir abandonné une.

— Il n'eut qu'une seule femme de son vivant ?

— Non, il en eut mille. Mais elles ne furent chacune qu'un millième de son amour et il ne reçut de chacune qu'un millième de la tendresse perdue !

— Le compte y est. Il a dû, finalement, être comblé ?

— Non, car la légende dit : un millième d'amour, c'est comme si tu donnais une miette de pain par jour à un affamé. Il ne faudrait pas attendre mille jours, mais quelques-uns seulement pour qu'il devienne faible au point de ne plus pouvoir avaler cette miette et mourir de faim.

— C'est une bien belle et triste histoire.

— Il faut que brûle l'amour, comme le feu consume la braise, avec force et quantité. Il ne faut jamais se contenter de miettes.

Les autres femmes étaient parties. Anne observa Tsilla et lui enjoignit de s'asseoir auprès d'elle, à même le sol couvert de tapis.

— Comment as-tu appris à lire, Tsilla ?

— Il y a une médersa, en Palestine.

— A Jérusalem ?

— Non, mais tout près, dans une oasis près de la mer Salée, à Engaddi.

— Tu es juive ?

— Arabe.

— Chrétienne ?

— Musulmane.

D'un bond, Anne se leva. Elle tourna autour de la table basse couverte de fioles remplies d'essences diverses, pour la plupart apportées des terres lointaines, yéménites, arabes du Sud et éthiopiennes. D'autres, plus rares encore, venaient d'Inde par les grandes routes maritimes de l'océan Indien, du golfe d'Aden, de la mer Rouge ou encore d'Asie lointaine, par la route de la Soie.

Elle prit délicatement une bouteille de verre soufflé avec art. A l'intérieur vivait un parfum doux et sucré qu'elle affectionnait particulièrement.

— Tiens, dit-elle à Tsilla en lui tendant la fiole, c'est un parfum de Marancada, une senteur de violette et de fleur d'oranger musquée. Il t'ira très bien.

— Mais, Altesse, je ne puis…

— Je ne peux, siérait davantage à ta condition de servante… Prends cependant ! Mais tu parles le grec comme un docteur.

— Merci, fit Tsilla, rouge de confusion.

— Dis-moi, que fais-tu à mon service ?

— Je nettoie, je plie et parfume les étoffes, je m'occupe des intérieurs…

— Non ! Ce n'est pas ce que je te demande. Tu es musulmane, arabe, tu as suivi des cours en Palestine, tu parles grec comme mon père, tu lis les légendes et tu les racontes comme un ménestrel.

Il y eut un court silence.

— Puis-je répondre ?

— Je t'y invite.

— Je suis née à Jaffa, d'un père arabe et d'une mère juive...

— Alors, tu es juive !

— Ce sont les juifs qui prétendent cela. Je suis arabe et je suis musulmane. La Palestine appartient depuis des siècles aux Arabes ! C'est ainsi depuis Ismaël...

— Et Isaac, je sais. Continue plutôt, quelle est cette école de Engaddi ?

— J'étudie... mon père a voulu que j'apprenne à lire et à étudier les textes anciens. Comme il n'y avait pas d'écoles près de Jaffa, il m'a envoyée dans une *Alma Mater* près de la mer Morte. Mais l'idée ne lui plaisait pas vraiment. Il avait eu, dans son enfance, le désir d'apprendre. Comme je n'avais pas de frères, il eut un temps l'envie que je réalise ce à quoi il n'avait pu accéder. Mais cela coûtait cher et ses ambitions à mon égard s'estompèrent bien vite. Moi, je cultivais un désir de savoir qui dépassait ce qu'il entrevoyait pour moi, c'est-à-dire un rapide mariage à un généreux propriétaire de troupeaux. Après une année passée là-bas, il m'a vendue à un riche caravanier qui lui avait promis de me faire étudier dans une communauté coranique, à Nicée.

— Nicée, mais c'est...

— Le bastion de l'Islam, oui... mais il ne s'y trouve pas plus d'école coranique accessible aux jeunes filles qu'il n'y a de statut convenable pour les femmes ! Après avoir été violée, violentée plusieurs fois par jour, d'abord par mon maître, ensuite par ses fils et puis par ses amis, j'ai renoncé à demander du secours chez les autres femmes, toutes résignées à pleurer et à geindre dans leurs harems. Je me suis donc enfuie et, dans l'attente de rejoindre ma famille à Jaffa, je gagne à votre service de quoi me payer le voyage.

Anne se demanda s'il fallait prêter foi à cette histoire. Cependant, l'air de sincérité et les traits volontaires de la jeune femme lui donnèrent envie de lui accorder son crédit.

— N'y va pas !

— Je ne dois pas aller où, Princesse ?

— Ne retourne pas chez ton père !

— Pourquoi ?

— Tu es assez avisée pour t'en douter ! N'y retourne pas ! Que gagnes-tu ?

— Un demi-besant d'argent.

— Pour combien de semaines de travail ?

— Pour un mois.

— C'est énorme.

— C'est... que...

— Qui te les donne ?

— Que ma maîtresse ne se courrouce pas !

— Parle ! Qui te donne cet argent ?

— Des hommes !

— Du palais ?

— Du palais.

— Bon ! Tu recevras désormais deux besants d'or de la main de ta maîtresse si tu refuses de te donner à ces hommes.

— Je ne devrai pas les dénoncer ?

— Non.

— Et je pourrai...

— Quoi donc ?

— En garder... un...

— Amoureuse ?

— Oui.

— Il te payait aussi ?

— Non…

— Alors, garde-le !

— Et vis-à-vis de votre foi ?

— Arrange-toi avec ton dieu, ce n'est pas mon affaire !

Anne soupira. D'un geste de la main, elle indiqua à sa servante que la conversation s'arrêtait là et qu'elle devait la laisser seule.

— C'est le même ! lança Tsilla en partant.

— Le même ?

— Le même dieu !

Anne hocha la tête pour marquer son approbation puis, se tournant vers le Christ en mosaïque qui ornait le mur oriental de la salle à manger, elle se signa, s'amendant pour cette affirmation.

— Merci ! dit encore Tsilla en souriant.

Elle courut en sautillant vers la porte d'étain et de cuivre recouverte de filigranes d'or finement ciselés. C'était une œuvre détaillée et façonnée avec art, représentant le baptême de Jésus.

Anne suivit Tsilla du regard. La servante était on ne peut plus heureuse. Elle fit un signe peu protocolaire de la main avant de lancer une dernière phrase qui cloua Anne sur place :

— Mon histoire… c'est celle du roi Salomon, ainsi que la rapporte une légende arabe. Une seule femme l'avait compris : c'est la Fourmi, Balkis, la reine de Saba, notre mère à tous…

L'homme au nez d'or

Marchant, droit et hautain, vers la porte dite « de Constantinople », Tatikios narguait les archers de Nicée. Son nez d'or lui conférait un air étrange et inhumain, comme venu d'ailleurs, d'un monde mycénien.

Hork en était un peu jaloux.

Jusque-là, et depuis la mort de Gauthier-sans-Avoir, le chef de la croisade des gueux, c'était lui, Hork le gaucher. Son bras droit avait été tranché par les Seldjoukides lors d'une mission grecque contre les rebelles turcs, quelques années avant le départ de la croisade.

Mais ici, ce Grec prétendument invincible, à qui obéissait aveuglément l'armée byzantine, faisait de l'ombre à Hork. Tatikios inspirait une telle confiance à l'empereur que ce dernier, assuré de sa protection, avait passé le Bosphore pour s'installer à Pélékan, à quelque distance de Nicée. Alexis avait deux bonnes raisons pour cela : il ne se fiait guère aux serments d'allégeance des barons croisés, et il avait donné des instructions, à Godefroy et à Bohémond en particulier, pour s'emparer de cette première ville fortifiée occupée depuis quinze ans par les Turcs seldjoukides. Surveiller ces deux têtes brûlées n'était pas superflu !

Godefroy, las des rivalités incessantes qui les opposaient, son frère Baudouin et lui, et peu enclin à y impliquer son aîné Eustache, s'était fait un allié et un ami en la personne de Tancrède. Le neveu de Bohémond était plus proche de l'Ardennais que de son oncle.

Sans doute un franc tempérament et un objectif commun d'atteindre Jérusalem, sans convoiter toutes les places conquises, allaient-ils encore davantage les réunir par la suite. En quelques entrevues déjà, les deux hommes étaient devenus complices.

Sentinelle avancée de l'Islam, Nicée défiait l'Empire byzantin et l'Occident !

Il fallait qu'elle tombe !

Elle était un symbole pour les croisés : huit siècles auparavant, Constantin y avait proclamé un *Credo* qui était toujours, avec le concile du 19 juin 325, un résumé de la foi chrétienne.

Ceinturée de murailles romaines, Nicée était une forteresse gardée par deux cent quarante tours. Elle fut très vite assiégée par une partie des croisés et des Byzantins qui, pour cette première bataille, étaient encore organisés. Quand Raymond de Saint-Gilles, Robert Courteheuse et Etienne de Blois atteignirent les remparts méridionaux et la porte de Yenishehir, la ville fut cernée. Cette brèche permettait encore aux Turcs de se faire approvisionner par un lac qui donnait accès à la porte de la Mer.

Qilij Arslan, sultan de Roum, en était le maître. Absent de sa capitale au moment de l'assaut, il y avait laissé sa femme, ses enfants et se cloîtrait à Mélitène, à des centaines de lieues de là. Mais les courriers envoyés aux assiégés se voulaient rassurants : Nicée ne tomberait pas aux mains des croisés ! Un énorme contingent turc fondrait incessamment sur les Francs.

C'était vrai. Et Godefroy le savait.

Les croisés devaient donc rapidement s'assurer la maîtrise des remparts.

Dans la vallée, en contrebas des murailles, passait la route de Nicomédie. C'était un chemin creux et serpentin, balisé de croix, que Godefroy avait fait ériger avant que ne s'y s'engouffrent les armées croisées. Cette précaution avait évité aux fantassins et cavaliers s'avançant de front dans cet étroit défilé de tomber dans une embuscade, sans possibilité réelle de défense. La voie élargie, taillée par Godefroy et ses éclaireurs, offrait bien plus de sécurité. Grâce à ces travaux du génie, l'ensemble de l'armée croisée put, saine et sauve, atteindre la cité musulmane.

Enfin arriva de Constantinople, après s'être fait attendre (il négociait un mystérieux pacte concernant Antioche), le prince Bohémond de Tarente. Vinrent encore Eustache et Baudouin de Boulogne, Pierre l'Ermite, dont la petite troupe rescapée des massacres et dirigée maintenant par le seul Hork s'était jointe à celle des Lorrains. Et puis les Grecs commandés par Tatikios. Dès le début du mois de juin, ils furent rejoints par Etienne de Blois, gendre de Guillaume le Conquérant, par Robert Courteheuse, le duc de Normandie, par Robert de Flandre et par les Provençaux de Raymond de Saint-Gilles, ce dernier accompagné du légat pontifical Adhémar de Monteil.

Les chefs de la croisade étaient tous réunis !

Tatikios avait beau fanfaronner avec sa petite armée devant les murs de Nicée, les assiégeants étaient bien les Francs, les Latins et les Normands ! Les forces grecques ne représentaient pas le centième de la puissance militaire occidentale.

Sur ces entrefaites, Alexis sirotait le vin frais des cépages de Nicomédie, attendant la fin du siège et la victoire des croisés.

A Nicée, le pain était devenu tellement cher que les soldats ne pouvaient plus s'en offrir et l'eau, de plus en plus rare, prenait des couleurs brunâtres et avait un goût d'algue. Alexis n'avait cure de la condition des croisés. Ils n'étaient plus, pour lui, que des mercenaires à sa solde ! Il attendait qu'ils remplissent leur mission, conformément aux serments qui avaient été prononcés ! Après quoi, et suivant le pacte d'allégeance établi entre les chefs des armées alliées et lui-même, les clés de la ville devraient lui être remises.

Hork galopait à bride abattue vers Godefroy. Il tira violemment sur les rênes du cheval pour l'arrêter, à deux pas du Lotharingien, contrarié.

— Godefroy, autour de toi, il y a cinq armées ! Qui va donner l'ordre d'assaut, qui va commander cette foule hétéroclite ? Vous ne comprenez pas la même langue !

— Moi ! répondit Godefroy. Je parle toutes leurs langues. Je peux commander.

— Mais l'orgueilleux Bohémond n'acceptera jamais ! Raymond s'y opposera tout autant !

Godefroy se tourna vers Tancrède.

Un regard complice et un petit signe d'apaisement de la main lui firent comprendre que les mots seraient superflus, que le pouvoir était bien au-dessus des volontés humaines, que leur amitié allait déjouer les haines et apaiser les rivalités.

Hork s'insurgea.

— Que se passe-t-il ? Des manœuvres ?

— Calme-toi, Hork ! Tu es mon ami. Et Tancrède aussi. Lui et moi savons que Nicée n'intéresse guère Bohémond. Quant à Raymond, s'il la prenait — mais il ne la prendra pas —, il devrait la rendre au Basileus, ce qu'il ne peut concevoir. Il a toujours refusé le serment d'allégeance à Alexis, je te le rappelle.

— Et si, malgré tes certitudes, il prenait Nicée ?

— Personne ne prendra Nicée !

— Comment ?

— Nous obtiendrons la reddition de sa garde et de son sultan avant la nuit.

— Détrompe-toi ! Des milliers de païens veulent ta mort et celle de tes croisés. Et ils sont là, autour de nous, cachés derrière ces collines et dans ces taillis !

— Ils sont des milliers à obéir à Qilij Arslan ! Et Qilij Arslan vient de terminer un copieux repas en compagnie d'Alexis Comnène. Les Turcs et les Arabes ont ceci en commun, Hork, ils ont un honneur malin, un honneur qui ne tache pas, qui ne fait pas de bruit, un honneur que même nos chiens récusent. Nous sommes les bouffons des Orientaux, ils sont tellement fourbes que rien ne peut les amener à affronter un ennemi en face.

— Ils confondent honneur et orgueil !

— Ils ne confondent rien. Tels que nous les entendons, ils n'ont pas d'honneur et beaucoup de stupide orgueil !

— Tu penses que Nicée va se rendre ?

— Oui.

— Pourquoi alors ce déploiement de nos forces ?

— C'est une belle preuve de notre cohésion non ? Depuis que l'homme est devenu assassin de ses pairs, combien d'armées ne se connaissant pas, ne parlant pas les mêmes langues, ayant pour chefs de présomptueux et indépendants rivaux ont-elles réussi à se réunir, comme venues d'une seule patrie devant un bien qu'elles savent ne jamais pouvoir posséder ?

— C'est vrai...

— Ce n'est pas un homme qui dirigera cette croisade, Hork ! Nous allons leur montrer ce qu'est le monde chrétien ! Leur montrer que nous sommes les soldats du Christ ! Maintenant, donnez-moi une arbalète éprouvée, aux cordes tendues et au carreau aiguisé.

Josfride, à deux pas de son maître, courut vers le premier archer pour lui arracher son arme.

— Que vas-tu faire ? demanda Hork.

— Maintenant qu'ils voient que nous sommes unis, je vais leur montrer que Dieu est avec nous.

— M'expliqueras-tu ?

— Tu connais l'histoire de David et Goliath ?

— Oui.

— Regarde le colosse là-bas, sur la face est du mur le plus bas, à côté de la porte de Lefke.

— Oui, je le connais. Il brave nos archers. Les flèches se plantent dans son torse et ne lui font aucun mal. Nous avons tout tenté pour le détruire. Il semble immortel. Il doit être bardé de fer ou de cuir épais !

Godefroy sourit, avant de prier avec ferveur, ce qui lui était devenu rare. Il fallait frapper un grand coup. Afin de redonner du courage à ses troupes pour longtemps. Pour leur réinventer une foi. Celle qu'on leur avait enseignée ne suffirait pas jusqu'à Jérusalem. Pourtant, il n'avait pas le choix, la foi qu'il leur insufflerait devait être la même que la foi semée dans leur cœur dès l'enfance : la foi chrétienne.

Alors, il revêtit la lourde cotte, faite de maillons solides et coiffa le heaume. Il s'empara de l'arbalète et s'avança sur l'espace séparant les murailles de Nicée du camp des assiégeants. Le sol était jonché de cadavres de croisés et quelques têtes décapitées avaient roulé, volontairement lancées du haut de la muraille. Godefroy reconnut, malgré le sang, certains visages de ceux qui, depuis le départ de Bouillon, l'avaient accompagné, et l'avaient parfois encouragé d'un seul sourire ou d'un signe qui en disait long sur l'espoir qu'ils plaçaient en lui.

Trop hardis, grimpant sur les échelles fragiles que les Turcs repoussaient, ils avaient payé de leur vie leur ferveur. Godefroy eut honte de son impuissance pour ceux qui en demandent trop à Dieu.

Sous peu, ce serait eux qui, par-dessus les murs conquis, rejetteraient les têtes des Seldjoukides. Et lorsqu'il y en aurait beaucoup, ils les enverraient à Alexis, dans de gros sacs de toile cousus, pour lui prouver les victoires remportées sur leurs ennemis.

Godefroy s'avançait sur l'aire découverte.

— Mon Dieu, implora-t-il, si tu m'abandonnes ici, ce sera bien, très bien pour moi. La vie m'a déjà donné suffisamment de mal pour que je ne trouve pas une grande consolation à accepter qu'elle s'achève d'un trait de flèche turque plantée dans mon cœur. De grâce, Seigneur, dans le cœur ! Pas dans le ventre, ni dans la tête, dans le cœur ! Si, par contre, tu as décidé — ce que je devine insensiblement — que je dois mener cette croisade jusqu'à Jérusalem, que je devienne leur David et, lui là-bas, notre Goliath ! Et que nos enfants nous pardonnent !

Il marchait toujours, lentement. Le colosse s'était arrêté de lancer imprécations et boulets de pierre sur les soldats qui tentaient d'escalader la muraille.

Il regardait Godefroy, surpris de son audace. Mais peut-être aussi avait-il reconnu le déjà célèbre chef des croisés du Nord. Il semblait flatté de voir l'attention que lui réservaient, ainsi qu'à Godefroy, les milliers d'assaillants immobilisés. Les commissures de ses lèvres esquissèrent un sourire.

Les yeux du chef croisé firent un tour d'horizon. Tous les regardaient. Au loin, on percevait les cris de l'armée de Raymond et le carnage sur les abords du lac Ascanien. Bohémond, lui, venait de faire lever le siège, mais ne rappelait pas ses troupes, comme figées par cet ordre surprenant. Les armées du prince épiaient tantôt la muraille, à l'endroit où se trouvait le colosse, tantôt la plaine où, vu de loin, gros comme un insecte, Godefroy avançait, les bras le long du corps, l'arbalète fixée dans le dos.

Soudain, un détachement de trente archers turcs se dressa de chaque côté du colosse.

— Seigneur, pria alors le Lorrain, cette fois, ne commettez pas d'erreur !

Deux hommes accoururent pour protéger Godefroy. Il leva la main pour arrêter les dizaines de fantassins qui voulaient le rejoindre. Tous s'arrêtèrent, derrière leurs boucliers, le genou à terre.

Godefroy reconnut le souffle haché de Hork.

— Toujours prêt à mourir, Bouillon ?

— Regarde son poitrail, répondit Godefroy.

— Il est hérissé de flèches !

— Il s'est cuirassé de peaux épaisses...

— Mais pourquoi ?

— Pour se protéger de nos archers, mais aussi pour qu'on le croie invincible.

— Démon !

— Tu vois, Hork, c'est ainsi que l'on gagne les guerres, en créant un mythe.

— Et… c'est ce que tu vas faire ?

— Cela ne se fera pas en une fois, malheureusement, car chaque tentative est périlleuse mais, à la longue, ils me suivront comme un dieu.

— Tu es plus bavard que l'autre, c'est déjà ça !

Gérard d'Avesnes, un chevalier que Godefroy aimait particulièrement pour sa noblesse, son ardeur au combat et son érudition, se tenait derrière son bouclier, à sa droite.

— Merci d'être là, lui dit-il simplement.

Puis, sans détourner le regard du colosse il interpella Hork :

— Tout à l'heure, quand tu as parlé des Turcs, tu les as appelés « païens »…

— Oui, et alors ?

— Dans ta bouche ?

— Oui, païens…

— Tu m'as donné du courage ! Si toi, sans foi ni loi, tu peux appeler païen un musulman…

— Dis-moi, Bouillon, c'est quoi, la foi ?

— C'est ça !

Godefroy se dressa, pointa l'arbalète vers le colosse et tira.

La riposte fut immédiate. Une volée de traits plut sur ses flancs et se planta dans les deux boucliers. Pas une flèche ne l'atteignit. Il s'inquiéta pour ses amis. Ils étaient indemnes.

Godefroy fixa de nouveau le haut de la muraille. Un gigantesque corps basculait dans le vide : le carreau de l'arbalète s'était fiché en plein front, entre les yeux.

Un silence s'installa, de part et d'autre, bientôt rompu par un cri :

— DIEU...

Les larmes noyaient les yeux de l'Ardennais.

— ... LE...

L'écho rebondit sur les remparts de Nicée.

Godefroy chancela, assourdit par un bourdonnement. Il crut perdre conscience tant son cœur battait fort, mais hurla le troisième mot, par-delà les collines :

— ... VEUT !

Des milliers de voix reprirent le cri de guerre et une retentissante salve d'applaudissements salua l'exploit du chef des Lotharingiens.

Bohémond, l'air renfrogné, applaudit, frappant ses gantelets.

Raymond haussa les épaules.

Mais les soldats répondaient déjà à cet acte de bravoure, fonçant vers les murs qu'ils attaquaient avec une fougue redoublée.

Une agitation particulière régnait à l'intérieur de la ville, mais les croisés ne pouvaient s'en rendre compte, tout affairés qu'ils étaient à assiéger les remparts. Du côté de la mer où, depuis le 17 juin, les Byzantins de Tatikios bloquaient la route aux fuyards et autres approvisionneurs des Turcs, régnait une belle confusion. Le Grec, au lieu d'empêcher les déserteurs de fuir, canalisait une troupe insolite de guerriers et les aidait à pénétrer dans la ville.

De l'autre côté de la cité, la porte de Constantinople et la porte de Lefke allaient céder.

Godefroy, Gérard d'Avesnes à droite, Tancrède et Hork à gauche avancèrent vers elles pour soutenir le corps lorrain et les Normands de Sicile. Les portes massives arrachées à leurs gonds allaient basculer.

Des centaines de soldats s'enhardirent sous la pluie de flèches, tout heureux qu'ils étaient d'en découdre, voire de mourir aux côtés de leur nouveau dieu vivant : Godefroy de Bouillon.

Il en mourut beaucoup. Beaucoup trop pour que Dieu fût impartial. C'est ce que pensa Godefroy.

Alors une porte céda.

Au moment où il allait pénétrer dans la cité, Gérard d'Avesnes arrêta les croisés d'un geste.

Devant eux, les soldats d'Alexis avaient déjà investi Nicée ! Godefroy entendit le ban réprobateur des milliers de ses croisés.

Les étendards de Byzance flottaient déjà sur la ville. Alexis avait conclu un pacte avec les musulmans et obtenu la reddition des troupes de Qilij Arslan. Les croisés étaient trahis, humiliés par le maître de Byzance.

Sur l'heure, ils n'eurent même pas envie de réclamer justice. La fatigue, les morts à enterrer, les plaies à panser, la duperie et le mépris des Byzantins les accablaient. Ils n'avaient plus qu'à pleurer sur le sort que Dieu leur réservait et maudire Allah ainsi que ce Yahvé des orthodoxes !

— Bouillon ! lança Hork.

Godefroy n'avait aucune envie de parler.

— C'est toi qui dois commander la croisade ! poursuivit le gaucher.

— Je la commande.

— Mais...

— Je la commande.

— Bien.

Tête basse, ils marchèrent vers les campements. Les

Seldjoukides gardaient les passages et personne, parmi les croisés, ne put visiter Nicée. Ordre de l'empereur.

Bohémond jurait.

Raymond maudissait le Lotharingien et exigeait la mort d'Alexis.

Déjà allongé sur sa couche, Godefroy se consacrait au dernier flacon de vin mosellan, un peu trop tiède à son goût.

— Qu'allons-nous faire ? s'enquit Baudouin, affalé sur les coussins.

— Jérusalem ! répondit Godefroy.

Dorylée

Bohémond était taillé dans le roc, épaules larges, muscles du cou saillants, biceps gonflés. Son épais bassin était supporté par des cuisses massives et, en dépit de jambes trapues, sa stature était imposante. Buriné par les vents de Normandie, son visage tout autant brûlé par le soleil de Sicile ne trahissait que fort peu ses émotions. Il avait encore toutes ses dents et son sourire rare pouvait séduire. Ses yeux étaient d'un bleu très pâle. Il avait le cheveu coupé court, à la romaine, et se rasait chaque semaine. Ses cottes, déchirées et qu'il n'abandonnait que lorsque le sang les avait rendues poisseuses, laissaient entrevoir une robuste carrure d'athlète sous une peau quelque peu flétrie par les outrages du temps.

Rien ne pouvait ébranler cet homme averti, confiant dans son armée et dans ses projets. Plutôt que de convoiter une hypothétique charge de défenseur de Jérusalem, il choisirait, sur la route, un fief à assujettir. Il avait déjà jeté son dévolu sur Antioche ! La ville et la région constitueraient sa principauté. C'était l'accord secrètement conclu avec Alexis. C'était surtout la condition avancée pour accepter de traverser le Bosphore sans porter le fer contre Byzance. Faute de quoi, Bohémond aurait assiégé

Constantinople sans trêve pour la conquérir et l'occuper !

Deux pensées tourmentaient cependant le croisé : d'une part son amour, peut-être confondu avec un simple désir, pour la petite Anne Comnène, lié au souvenir de sa beauté et des doux regards qu'elle lui avait adressés quelques jours avant son départ de Constantinople et, d'autre part, différemment mais tout aussi certainement, son intérêt pour les stratégies curieuses de ce Godefroy de Bouillon qu'il ne connaissait que par les récits de son père qui l'avait rencontré lors du sac de Rome, aux côtés de l'empereur Henri IV de Germanie, et qui provoqua la fuite du pape Grégoire VII à Salerne.

Godefroy y avait été d'une telle fougue que bien des légendes s'écrivaient autour de cette épopée.

C'est à cela que pensait Bohémond de Tarente au moment de mourir... Dans le vacarme du massacre, il regrettait de ne pas avoir eu plus de temps et de volonté pour aimer Anne et de ne pas avoir eu la perspicacité de comprendre ce Godefroy.

Le sang s'écoulait de sa plaie et sa vue se brouillait petit à petit. Formes et couleurs s'éloignaient... Autour de lui, un nuage de sable, des montagnes de corps entaillés par les sabres tranchants des redoutables Turcs. Le temps d'un éclair, ils avaient fondu sur l'armée de Bohémond. Mille, dix mille, cent mille ! Combien étaient-ils ? Contre vingt mille croisés, dont les pèlerins sans armes, femmes, enfants et vieillards constituaient l'essentiel. Trois mille hommes à peine étaient des soldats ! L'armée alliée s'était scindée deux jours plus tôt, à la suite du siège de Nicée. Sur le chemin vers la Palestine, herbe, eau, fourrage deviendraient rares pour les bêtes. Les pâturages seraient si peu abondants que les croisés avaient décidé de se séparer, pour avancer sur des routes parallèles mais espacées de manière à ne pas se disputer les trop rares points d'approvisionnement.

Bohémond, ainsi isolé, surpris par les Turcs, ne pouvait compter que sur quelques cavaliers rapides pour quérir de l'aide. Il avait bien dépêché un messager ! Etait-il arrivé vivant devant le Lorrain ou le Toulousain ? Les avait-il retrouvés ? Quelle distance les séparait réellement ? Autant de questions auxquelles Bohémond n'avait plus la force de fournir de réponses, d'ailleurs hypothétiques. Le miracle se produisit vers midi, alors que le soleil dardait ses rayons sur le sol brûlant du « champ des fleurs », ainsi baptisé par les chroniqueurs qui accompagnaient les croisés, mais également appelé Dorylée.

Une main souleva la nuque de Bohémond. Il entrouvrit les yeux, certain d'être déjà accueilli par quelque séraphin du ciel chrétien. Il eut la force de souffler avant de perdre connaissance :

— Attention… ils reviennent !

Godefroy regardait autour de lui : seulement des cadavres… Plus loin, regroupés autour d'une colline basse, une centaine de cavaliers et, sur une autre colline, quelques milliers d'hommes et de femmes enfermés dans un cercle d'archers et de soldats, arme au poing. Tous semblaient attendre l'arrivée subite de l'ennemi.

Godefroy s'adressa à d'Avesnes et à Josfride pour faire avancer les cinquante cavaliers de son escorte. On lui jeta une gourde d'eau qu'il répandit sur le visage de Bohémond, lui humectant généreusement les lèvres, rendant vie à la langue déshydratée.

D'Avesnes mit pied à terre pour s'accroupir auprès de Bohémond.

— A-t-il perdu beaucoup de sang ? Peux-tu le sauver ?

— Oui, mais pas en plein soleil !

Un nouveau signe à Josfride. Tout se passait en silence. Deux hommes montèrent un brancard de toiles tendues sur des traverses et l'arrimèrent à un cheval. On transporta Bohémond à l'ombre d'un rocher.

Godefroy remonta sur son cheval et avança vers Tancrède. Le neveu de Bohémond dominait la colline peuplée de croisés normands et siciliens en attente d'être secourus. Il fallut un certain temps à Godefroy pour le rejoindre.

— Qu'attendez-vous ? lui demanda-t-il dès qu'il fut à portée de voix.

— Ils vont revenir ! cria Tancrède, figé sur place.

Godefroy se rapprocha encore. Leurs coursiers étaient maintenant flanc contre flanc.

— C'est leur technique, poursuivit tout bas Tancrède, comme s'il craignait d'être entendu par les Turcs. Ils assaillent, tuent, se sauvent et envoient immédiatement une autre colonne d'attaque, à cheval ! Des chevaux rapides et nerveux ! Ils lancent flèches, javelots et taillent à coups de sabre, avant de s'égailler comme par magie pour être remplacés par une nouvelle vague de tueurs. Après une dizaine d'assauts, tous pareils, ils sonnent la retraite et s'évanouissent dans la montagne. Ce n'est que stratégie : au moment où l'attention se relâche chez nous, ils reviennent sur nos arrières et recommencent leur train infernal. Ils ont exterminé plusieurs des nôtres ainsi...

Tancrède était de ces hommes courageux qui ne ferment pas les yeux devant un spectacle horrible de corps mutilés et ne renonçent jamais à défendre la vie des leurs. Il semblait pourtant paralysé à l'idée de voir resurgir les Turcs. Il respira profondément et fixa Godefroy dans les yeux.

— Comment va mon oncle ? osa-t-il, craignant la réponse.

— Il est d'airain, il vivra.

— Si nous en revenons vivants…

— Qui nous en empêcherait ?

— Godefroy, ils sont des dizaines de milliers ! Ils nous épient, là, pour l'instant, ils attendent je ne sais quel moment propice pour nous pourfendre ! Vous n'êtes que cinquante, nous sommes nombreux, mais peu de soldats sont encore armés et, de toute façon, tous sont épuisés. Comment allons-nous faire pour les vaincre ?

— Nous sommes invincibles et nous vaincrons ! Qui les commande ?

— Qilij Arslan, le sultan de Roum et de Nicée.

— Eh bien, je vois que le pacte d'Alexis n'aura pas tenu longtemps !

Godefroy redescendit le cours de la vallée, pour se diriger vers ses cinquante cavaliers.

— Allons-y ! fit-il.

— Où vas-tu ? questionna Tancrède, inquiet.

— Les prendre par surprise et les tailler en pièces !

— Sais-tu seulement où ils sont ?

— Je vais donner l'impression que notre attention se relâche : alors ils se montreront.

Arrivé à la hauteur de ses hommes, il leur donna l'ordre de mettre pied à terre, de former un cercle au centre duquel ils poseraient leurs épées, et de laisser croire qu'ils voulaient se rafraîchir, levant haut leurs outres, têtes renversées ! Mais ils devaient se tenir prêts, l'œil sur l'épée afin de la saisir, vifs comme l'éclair, prêts à bondir en selle, à rompre le cercle de façon à tresser un lacet qui, s'élargissant, désarçonnerait les Turcs surpris par cette contre-offensive inopinée.

Tel était le plan de Godefroy et la cause de son angoisse. Sans doute était-ce leur seul espoir de tenir, de vivre assez longtemps pour voir le soleil sombrer derrière la colline.

Godefroy savait : toute stratégie n'a pour but que d'occuper l'esprit des soldats. Le destin, lui, est entre les mains de Dieu. Et là...

Ses espoirs furent comblés.

Dans un fracas de tonnerre, une armée de plusieurs centaines d'hommes à cheval dévala dans la plaine pour s'abattre sur le groupe des cavaliers lorrains. Mais, bien avant d'avoir été rejoints, ceux-ci avaient fait volte-face. Leurs agresseurs hébétés les virent galoper vers les collines où ils débusquèrent une deuxième légion de Turcs qui, dissimulée derrière les rochers, attendait son tour pour attaquer.

La surprise joua en faveur des croisés qui égorgèrent de nombreux cavaliers au cours de ce seul assaut. Dans la vallée, Tancrède, qui n'avait rien perdu de la scène, broyait l'unité turque avec ses armées ranimées par l'exemple lorrain.

Godefroy fit comme les Turcs : il disparut avec ses cavaliers après cette première offensive. Utilisant le parcours du soleil pour aveugler ses ennemis, il mit à profit l'extraordinaire mobilité de son groupe restreint pour les prendre à revers. L'idée de voir fondre sur eux un nouveau tourbillon de « centaures » fit peur aux Turcs. Alors Godefroy partagea ses effectifs en deux groupes : d'Avesnes fonça, soutenu par les archers de Tancrède, décollant les têtes avant de disparaître derrière les rochers pour laisser la place aux hommes de Godefroy surgis de front ou par l'arrière.

Qilij Arslan, au bout d'un moment, rassembla le gros de ses troupes dans la vallée, dans le but de confondre cette résistance misérable en comparaison de la multitude qui l'accompagnait. Le raz de marée de l'armée ennemie terrifia les croisés. Godefroy sentit une sueur froide lui parcourir le dos. Il n'eut pas le temps de définir une tactique.

C'est alors qu'un hurlement inhumain retentit derrière la colline ! Un nuage de poussière attira tous les regards vers le camp normand.

Vociférant un « Dieu le veut ! » qui ressemblait plus à un cri de bête qu'à un cri de guerre, Bohémond, au galop, faisait tournoyer une lourde épée au-dessus de sa tête.

La première surprise passée, il fut bientôt suivi par tout son ost, puis par Godefroy lui-même qui ne pouvait se résoudre à laisser cet homme blessé mourir à la tête de son armée. Le Lorrain arriva très vite à hauteur du cheval au galop de Bohémond. Il vit le visage crispé par la douleur, les larmes coulant sur les joues ensablées et le rictus grimaçant d'un homme torturé par ses blessures.

Mais la haine était la plus forte ! Elle lui insufflait la volonté de rester en selle, de combattre et, peut-être même, de vaincre.

Godefroy imprima à jamais dans sa mémoire cette image de courage et de hardiesse.

— Dieu le veut ! s'écria-t-il à son tour.

Bohémond rapprocha son coursier de celui de Godefroy. Au risque d'être désarçonné, il lui toucha l'épaule en signe de reconnaissance, puis éperonna son cheval avec force.

Qilij Arslan n'attendit pas le choc. Voyant les croisés foncer sur lui en si grand nombre, il se replia, ordonnant à ses soldats de garder la plaine pour entraver le passage des Francs.

Les Turcs firent mouvement, effrayés par la rapidité et la vigueur de la charge croisée.

Ce fut, des heures durant, le carnage sur les arrières des armées turques.

La si jolie campagne de Dorylée était jonchée de cadavres...

Lorsque Bohémond et Godefroy eurent le sentiment qu'il ne restait plus un seul musulman ici-bas, ils mirent pied à terre pour s'embrasser, étroitement serrés l'un contre l'autre.

Les Amazones

Baudouin n'en croyait pas ses yeux. Il riait et enrageait à la fois d'avoir été dupé à ce point.

Une centaine d'hommes de son ost était là, à ses côtés, l'élite des chevaliers de Boulogne piégée comme du gibier dans cet étroit défilé où ces étranges cavalières les avaient contraints à s'engouffrer.

— Capturés par des femmes ! s'écria-t-il entre rire et dépit.

— Des guerrières, Sire Comte ! affirma son écuyer.

Au-dessus d'eux, trois cents arcs pointaient leurs flèches. Au fond du goulot qui gardait l'issue de ce défilé, une autre centaine de cavalières, prêtes à l'attaque.

Baudouin décida de négocier. Il laissa choir son épée sur le sol. Après une courte hésitation, ses chevaliers firent de même.

— Que voulez-vous ? cria-t-il.

Le sifflement du vent entre les rochers fut la seule réponse.

— Il faudrait appeler l'interprète ! suggéra un des hommes.

— Il faudrait d'abord qu'elles comprennent que nous souhaitons leur parler ! dit Baudouin.

Il éclata de rire. Les cordes des arcs se tendirent d'un seul mouvement.

— Qui a voulu pénétrer dans ce défilé ? lança-t-il à ses hommes.

— Mais... vous, Sire Comte, affirmèrent-ils.

Il baissa la tête, qu'il emprisonna de ses mains. Là-haut, aucune femme ne bougeait, arcs tendus, flèches ajustées. En bas, devant l'unique sortie du défilé, elles menaçaient de même, les sabres pointés dans la direction des chevaliers.

— Qu'attendent-elles ? demanda-t-il, de plus en plus inquiet.

— Les hommes. Les Seldjoukides... Pour qu'ils viennent achever leur travail.

— Achever leur travail ?

— Oui, reprit son écuyer, nous assassiner comme de vulgaires rats pris au piège dans une impasse rocheuse.

Baudouin hocha la tête. Il n'avait pas le choix. Ils ne pouvaient plus ramasser leurs épées, jetées sur le sol aux pieds des chevaux. Mais il leur restait les poignards à la ceinture et les épées d'assaut, sanglés sur la monture, à côté de la selle...

Arcs et arbalètes ? Trop longs à mettre en condition de tir sous la menace de l'adversaire qui les dominait.

Il ne restait qu'une solution : tenter une sortie rapide en essayant d'éviter le plus possible la grêle de flèches, puis se tailler une voie à travers les sabres et les chevaux ennemis.

— Que fait-on, Sire ? s'impatienta un des chevaliers.

— Nous sommes cent. Cinquante d'entre nous remettent leur âme à Dieu. Ils mourront en couvrant la fuite des cinquante autres qui passeront à travers ce filet et vivront.

— Qui ?

— Qui ? Dieu en décidera ! Que chacun confie sa vie au Seigneur Jésus ! Cela nous apprendra à nous défier des femmes.

Il éperonna violemment les flancs de son étalon et clama :

— Dieu le veut !

Quand ils arrivèrent au campement des Lorrains, Godefroy, qu'on venait d'avertir du carnage, accourut au-devant de Baudouin avant même que ce dernier eût mis pied à terre.

— Que s'est-il passé, Baudouin ? Des femmes, m'a-t-on dit !

— Oui, par centaines !

— Armées ?

Baudouin toisa son frère. Se pouvait-il qu'il croie cent chevaliers flamands, brabançons et hainuyers incapables de se défendre contre des femmes désarmées ?

— Jusqu'aux dents !

— Agiles ?

— Comme des diablesses !

— Vous avez perdu combien d'hommes ?

— Quatre-vingt-un !

— Mais ?

— Quatre-vingt-un morts sur cent chevaliers, Godefroy ! Des chevaliers ! Pas de simples soldats ! Tous de valeureux chevaliers ! Que Dieu maudisse ce pays !

— Vous avez été leurrés ?

— Un défilé...

— Pourquoi y êtes-vous entrés, sans éclaireur ?

— Nous sommes tous entrés en éclaireurs !

— Mais pourquoi ?

— Elles nous attendaient, devant, à l'intérieur, sur les rochers...

— Et vous ne vous êtes pas méfiés ?

— Non.

— Mais pourquoi au nom de Dieu ?

— Elles étaient nues !

— Nues ?

— Nues ! Elles sont toutes apparues sans armes, complètement dévêtues, nous faisant des signes évocateurs de leur désir, de leur admiration pour nous, nous tendant les bras...

Il descendit de son cheval, abattu.

— Nues, Godefroy, nues...

Godefroy regarda vers les dix-neuf chevaliers survivants. Ils n'avaient même pas eu le temps d'emporter les cadavres de leurs frères tombés au combat.

— Va te reposer ! Ce soir, avant le coucher du soleil, rejoins-moi sous ma tente ! Nous aviserons.

Anéanti, Baudouin se dirigea vers ses quartiers.

Lorsqu'il revint vers la tente de Godefroy, après plusieurs heures, il aperçut, dressées devant lui, quatre-vingt-une croix orientées vers le sud, en direction des camps turcs. Chaque croix exposait le corps dénudé d'une femme turque avec, plantée dans le sexe, l'une des épées abandonnées dans le défilé maudit.

D'abord, Baudouin n'en crut pas ses yeux, écœuré par le spectacle.

Godefroy l'attendait devant sa tente, à peine éclairée par une petite lampe à huile.

— Qu'as-tu fait ? demanda Baudouin, horrifié.

— Ce que je hais le plus au monde ! Mais si je ne l'avais pas fait, ils auraient recommencé !

— Comment as-tu pu ?
— Les retrouver ?
— Non, les tuer ainsi.
Godefroy tourna le dos à son frère et pénétra sous sa tente. Baudouin le suivit.
— Vous les avez...
— Violées ? Demande aux hommes...
— Quoi, même cela tu peux l'accepter maintenant ?
— Je n'ai plus d'autre choix, Baudouin. Si nous voulons arriver vivants à Jérusalem, il nous faudra recourir aux mêmes usages que nos ennemis. Et, si nous le pouvons, leur rendre au centuple ce qu'ils nous feront. Nous devons devenir une légende pour eux, un mythe de terreur épouvantable ! Sans quoi, ce sont eux qui nous empaleront sur nos crucifix !
Baudouin se laissa choir sur le seul siège de la maison de toile.
— Godefroy, je crois que je n'irai pas jusqu'à Jérusalem.
— Si, tu viendras.
— Non. Ecoute-moi. Je suis un homme de guerre. Plus que toi, j'aime le sang et les carnages des champs de bataille. Tu as toujours éprouvé plus de scrupules que moi en matière de combat, tu as toujours préféré la diplomatie à l'affrontement, mais je n'aime pas l'homme que tu deviens...
— Depuis que nous sommes en Asie Mineure, nous ne pouvons plus nous battre avec les armes du code de chevalerie ! Regarde-les ! Ces Turcs ne respectent aucune règle de combat ! Ils nous envoient leurs femmes à présent ! Jusqu'ici, je croyais que les narrations des Grecs sur les Amazones étaient balivernes... Nous ne pouvons pas nous battre contre notre ignorance des armes ennemies !

— Tu changes trop, et trop rapidement !

— Je dois aller vite, sinon, nous péririons tous !

— Je veux m'arrêter, Godefroy.

— Tu t'arrêteras, quand je te le dirai !

— Je m'arrêterai quand je le voudrai !

— Tu t'arrêteras avec mon accord, et pour l'instant tu ne l'as pas ! Je savais que tu me tiendrais ce discours après nos représailles contre ces femmes guerrières. Je savais aussi qu'un détail t'échapperait. Regarde à nouveau les croix, là, au-dehors !

Baudouin se leva et alla, à contrecœur, examiner le champ de croix. Chacune était éclairée par un grand feu pour qu'on les voie de très loin. Il y en avait une quatre-vingt-deuxième, vierge de tout corps. Baudouin reconnut son épée pendue à cette croix. Godefroy l'avait rejoint.

— Qu'est-ce que cela veut dire ? lui demanda-t-il.

— Cela signifie qu'il y aura toujours une croix pour celui qui préférerait déserter de l'armée du Christ à persévérer jusqu'à Jérusalem !

— Tu... tu tuerais ton propre frère ?

— Je n'aurai de « frères » que parmi ceux qui seront à mes côtés jusqu'au Tombeau du Christ !

Baudouin partit en courant vers son campement. Il n'avait plus la force de résister, ni même de répondre à un tel outrage. Il courait, marchait, puis courait à nouveau et pleurait.

Rentré dans sa tente, Godefroy pleura lui aussi.

— Pardonne-moi, Baudouin ! dit-il si bas que personne ne dut l'entendre. J'y suis contraint..., poursuivit-il, plongeant la tête dans les draps parfumés de bruyère qu'on venait de déployer sur son lit.

— Ce sont les derniers ! dit alors une petite voix.

— Les derniers ?

Il venait de se retourner sur la servante qui terminait son service de nuit. Il ne l'avait pas vue en entrant.

— Les derniers brins de bruyère ! Après cette nuit, il ne nous restera plus rien de Bouillon ! Bonsoir, Sire Duc !

Elle sortit en ajustant la toile pour empêcher les moustiques, attirés par la lumière, d'entrer.

— Plus rien de Bouillon... Tu dois avoir raison..., soupira-t-il.

La trahison

— Je ne le trahirai pas !

— Hork ! Godefroy est mon frère ! Je l'aime ! Je n'ai aucune intention de le trahir. Je veux le protéger contre lui-même !

— J'ai pleine confiance en lui.

— Moi aussi. Mais il s'imagine qu'il va conquérir l'Orient en recourant à mille subterfuges. On ne peut tromper les hommes bien longtemps.

— Ça marche !

— Ça marche… tant que ça marche !

— Ça marchera toujours !

Hork découpa une généreuse tranche de jambon fumé. Un mets auquel il n'avait pas goûté depuis plus d'un an. Il mâchonna voracement le morceau de viande, plus gros que ce que pouvait engloutir sa large bouche édentée et puis déglutit, lui-même effrayé de la quantité ainsi ingurgitée.

— Baudouin de Boulogne, dit-il, en essuyant du revers de sa main gauche un jus rose poissant sa barbe, ton frère Godefroy est mon ami. Je sais qu'il perd le contrôle de cette croisade à certains moments. Mais, dans l'ensemble, c'est un bon stratège et pas seulement un magicien réalisant des tours pour ébahir les hommes. Tous les croisés, même les Normands de Tancrède, voire ceux de Bohémond, le respectent. Les soldats de Raymond et de Hugues le citent en exemple. Quant aux Lorrains, ils ne jurent que par lui. Et toi, tu voudrais aller contre sa volonté et mener ta propre guerre ?

— Non. Je veux qu'on se sépare. Que chacun suive sa route.

Les deux hommes se trouvaient dans une chambre haute du palais de Tarse. Hork se releva d'un sofa aux formes curieuses. Butin de guerre. Il alla se pencher à une fenêtre et demeura pensif.

— C'est ce que tu as fait, finit-il pas répondre, et voilà le résultat : Tancrède à qui tu as repris cette ville qu'il avait conquise seul quelques heures avant toi est furieux ! Avec raison…

— C'est moi qui ai conquis Tarse !

— Tancrède prétend le contraire ! Il est allé demander à Bohémond un corps supplémentaire de cavaliers pour te la reprendre. Tout cela finira dans un bain de sang entre croisés tandis que des milliers de Turcs rôdent autour de nous, brûlant steppes et villages, détruisant les greniers de victuailles, empoisonnant les points d'eau pour que nous périssions tous de soif et de faim.

Le dos tourné à la fenêtre, Hork venait d'achever l'énorme jambon. Baudouin s'inquiéta de la disparition de l'os ! L'aurait-il avalé ? Il l'observait, stupéfait, lorsqu'il le vit descendre d'une traite une quarte de vin blanc.

— Hork, reprit Baudouin, d'où vient ce jambon ?

— Je n'en sais rien, mais je peux te dire où il va !

Il éclata de son rire gras désormais connu de tous.

— Et ce vin perlant ?

— C'est du pipi d'ange !

— Sois sérieux un instant ! Ce jambon est un authentique jambon d'Ardenne, fumé au bois, et ce vin provient des cépages de Moselle ! Des produits de notre Lorraine, ici, à Tarse ! Et tu ne te poses aucune question ?

— Tu m'as invité à manger, pas à me poser des questions !

— Eh bien, je vais t'en poser une, moi, qui résumera les nombreuses questions qui me taraudent la conscience depuis des mois et pour lesquelles je t'ai demandé de quitter les armées de Godefroy postées dans le désert afin de me rejoindre sur la côte méditerranéenne : Comment ces produits sont-ils arrivés dans ta bouche ?

— Je les ai saisis de ma main gauche... je suis gaucher, suite à un coup de hache des Seldjoukides, il y a vingt ans.

— Bougre de malhonnête ! Ils sont ici parce que des navires, venus de Boulogne-sur-Mer, m'apportent et m'apporteront de quoi poursuivre cette croisade. Alors que Godefroy crève de faim et de soif avec son armée dans le désert d'Anatolie. Pour qui ? Pour quoi ? Pour satisfaire les augustes volontés byzantines ? Pour se ménager les faveurs des Comnènes ? Ou d'une Comnène en particulier ?

— Ta femme aussi crève...

— Ma femme ! Tu oses parler de ma femme ?

Hork s'avança vers Baudouin. Il avait deux têtes de plus que lui. Le corps trapu de Baudouin était, certes, celui d'un athlète mais, face à lui, Hork avait l'air d'un géant.

— Attends, Boulogne ! Je l'ai dit à ton frère. Il le sait,

lui. Toi, apprends-le et n'oublie pas : j'ose tout ! Et je m'en moque si cela te donne des humeurs !

Baudouin s'empourpra. Il maîtrisa cependant sa colère. Il avait trop besoin de Hork.

— Godefroy couche avec ma femme ! cria-t-il, pour conjurer une pulsion de haine.

Hork haussa les épaules.

— C'est fait pour ça, les femmes !

— Pas ma femme !

— Si tu es si pointilleux, tu n'avais qu'à l'emmener avec toi sur la côte, ta femme !

— Elle est malade !

Hork pouffa, crachant des particules de viande mâchée qui maculèrent le visage de Baudouin.

— Malade d'amour ! explosa le colosse, sans plus retenir son rire.

— Ferme ta grande gueule assoiffée de ribaudes et écoute-moi, Hork le gaucher ! Je vais conquérir, avec la complicité de Guenersez, un pirate de Boulogne venu me rejoindre sur les rives méditerranéennes, toutes les cités côtières, tandis que Godefroy s'obstine à écouter ce Tatikios dont l'âme a été vendue aux démons des Byzantins et qui lui conseille une route plus terrienne. Ensuite, je répudierai cette femelle qui n'a d'autre maladie que d'aimer le lit de mon frère.

— Et puis..., fit Hork qui commençait visiblement à s'amuser de cette colère.

— Et puis, je conquerrai villes et fiefs !

— Tandis que ton frère prendra Jérusalem ?

— Oui, tandis que mon frère prendra Jérusalem ! Et quand il l'aura prise, je viendrai lui expliquer comment la garder ! Pauvre fils de bâtard ! Conquérir c'est prendre et garder !

Hork s'était réinstallé à l'orientale, allongé sur le sofa matelassé de tapis épais et de coussins.

— Je me demande comment tu vas conserver Tarse, dit-il peu concaincu. Car, avant l'aube, les armées de Bohémond seront sur toi.

— Je ne crains pas Bohémond.

— Tu ne crains pas Godefroy non plus ?

— Non.

— Tu ne crains donc personne ?

— Non.

Hork laissa au silence le temps de s'insinuer dans le doute qu'il venait de semer.

— Bien ! Je vais t'apprendre autre chose, Baudouin de Boulogne. Je t'ai dit, tout à l'heure, que j'osais tout. C'est vrai. Mais j'ai omis de te dire que je crains tout : le moindre souffle du vent, la pluie, le soleil, la pénombre, la nuit, l'abandon de l'amour, le parfum d'une femme, la beauté d'un coucher de soleil, le nom d'un ennemi, celui de Dieu, celui du dieu des païens, la prière du pauvre, celle du musulman, la lame du simple soldat, la flèche de l'archer. Je crains l'eau et le sel, la haine, les mots et le silence. Je crains Baudouin de Boulogne et Godefroy de Bouillon, je crains même les jambons fumés et les vins de Moselle. Je crains aussi Hork le gaucher, d'ailleurs c'est lui que je crains le plus car il est vieux, capricieux, sans scrupules et sans dieu. Mais, de toute façon, je crains…

Il venait de se lever et fit mine de s'en aller.

— Et sais-tu pourquoi je crains, Baudouin de Boulogne ?

L'autre secoua la tête.

— Parce que la crainte est le commencement de la

sagesse ! Je ne sais plus, d'ailleurs je ne l'ai jamais su, qui a dit cela mais c'est vrai.

Il marcha vers la porte de la chambre. Et constata que le verrou avait été fermé de l'intérieur.

— Toi, tu as peur ! dit-il à Baudouin.

Baudouin hocha la tête.

— Eh bien, tu as tort, poursuivit-il, car la peur est plus contraignante que la crainte. Elle paralyse la raison. Ce n'est pas un jeu de mots, c'est une nuance d'émotion. L'une se maîtrise, l'autre te domine !

Hork fixa le verrou du regard, en silence. Sans qu'il l'eût touché, ce dernier glissa dans la gorge de fer. Il restait pourtant à distance de l'huis.

— Et de cela, cria-t-il à Baudouin et désignant la ferrure, as-tu peur ?

Baudouin ne dit mot. Il avait trop vu sa mère pratiquer la magie pour s'émouvoir d'un tel pouvoir.

— Donc, Baudouin de Boulogne, poursuivit Hork en le dévisageant, mange tes jambons voyageurs, bois ton vin aigri par le roulis des cales, ne crains rien et fais ta croisade seul !

Cette fois, c'est la porte tout entière qui s'ouvrit sans l'intervention de personne.

— Hork ! lança Baudouin dans un dernier sursaut d'espoir. Tu m'aideras ?

— Non.

— Il te paie bien ?

— Il ne m'a jamais payé.

— Alors, pourquoi lui ?

— Parce que Dieu est avec lui.

— Il ne croit plus.

— Justement ! Dieu n'aime que les apatrides et les

rebelles ! Relis les Evangiles ! Jésus et les apôtres en étaient.

— Jésus est Dieu. Il avait, Il a tous les droits.

— Godefroy aussi.

— Il a tous les droits ?

— Oui. Tu comprendras. Quand tu seras mort...

— Aide-moi !

— Je vais t'aider en ceci : crains, mais garde courage !

— C'est cela ton aide : des conseils, des mots...

— Pour une fois, oui.

— Tu vas rejoindre Godefroy ?

— Oui.

— Jusqu'où le suivras-tu ?

— Jusqu'au bout !

— Toi, le mercenaire ?

— Oui.

Hork baissa le front vers le sol pour ne pas montrer son émoi. Il semblait sombrer dans une mélancolie surprenante. Comme si ces derniers mots l'avaient atteint plus que les autres.

— Qui est-il pour toi, Hork ?

— Un dieu.

— Tu blasphèmes ?

— Ça, je peux. Mais le trahir, voilà ce que je crains...

— Mais cette crainte, tu peux aussi la surmonter ?

— Non.

— Pourquoi ?

— Il est l'élu de Dieu. On ne peut rien contre ça ! Il sera roi de Jérusalem.

Hork ramassa ses effets, son épée, son arc et s'enveloppa d'une lourde cape râpée, faite de peaux de chamois cousues.

— C'est certain ! dit-il, franchissant la porte.

Quand il n'entendit plus ses pas dans le couloir, Baudouin hurla à s'en rompre la gorge :

— Je serai roi de Jérusalem !

Mais Hork n'entendit pas ce que son cœur avait compris depuis longtemps.

Et la porte de la chambre se referma toute seule.

DEUXIÈME PARTIE

Li bons dus de Buillon i est premiers entrés
Et tot si compaignon et li autres barnés,
. X. Mil en ot dedans quant solaus fu levés...
Le cité d'Anthioce conquierent li baron.

La croisade sans Dieu

La croisade poursuivit sa route sans Baudouin.

Une indéfectible haine s'enracinait dans les cœurs des deux plus jeunes frères de Boulogne. Eustache, leur aîné, avait bien tenté de les réconcilier à plusieurs reprises mais sans succès.

Godefroy s'obstinait à concentrer ses efforts sur la seule conquête de Jérusalem, alors que Baudouin insistait pour s'emparer des villes et pays qui jalonnaient le chemin vers la Palestine.

L'opinion de Bohémond semblait incertaine, mais penchait plutôt en faveur du cadet des Boulonnais. Seuls Raymond et, bien évidemment, son inséparable ami Adhémar soutenaient encore cette croisade perdue qui semblait s'enliser dans les terres d'Anatolie.

Alexis, après avoir conseillé à Tatikios de guider Godefroy par la voie des plaines centrales, donnait maintenant raison à Baudouin. Mais qu'importait encore l'avis de ce bouffon grec ! Depuis plusieurs lunes, les ravitaillements n'atteignaient plus l'armée franque, et les traîtrises des Byzantins avaient contrarié plus d'une fois les croisés. Bien plus que les attaques turques !

Secrètement ou ouvertement, les barons commençaient à envisager une retraite vers d'autres conquêtes que celle de Jérusalem. Raymond ne soutenait d'ailleurs plus Godefroy que par convoitise. Le Toulousain n'avait conquis aucun fief encore et Adhémar le suivait pas à pas, lui rappelant sans cesse la volonté du pape.

Il était devenu évident que Bohémond ambitionnait une terre seldjoukide et que Baudouin, qui d'ailleurs n'en avait pas réellement pris conscience, édifiait un royaume chrétien en Orient sans plus se soucier du sort des pèlerins. Au risque de faire échouer la croisade, Adhémar n'osait s'opposer à la vindicte des soldats contre les musulmans. Les représailles étaient poussées jusqu'en terre syrienne au mépris du danger de s'y faire surprendre par des hordes turques bien armées.

Godefroy s'isolait de plus en plus dans ce que la plupart des chefs qualifiaient de folle obstination. Dans son for intérieur, il s'avouait parfois devenir fou... Un événement allait favoriser le destin de cet homme. Etait-ce une femme, une âme venue d'un autre monde, ou au contraire l'absence de tout amour, génératrice de solitude et d'amertume, qui fit de lui ce que personne ne pouvait pénétrer mais que chacun dut admettre ?

Cela arriva alors que les croisés, abandonnés par les Byzantins, croyaient leur dernière heure venue. Godefroy de Bouillon s'imposa comme l'unique conducteur de la croisade, substituant à l'espoir l'opiniâtreté. Alors que la mort badinait avec les âmes, à des centaines de lieues de là, la chair de sa chair tétait le sein de la femme qu'il aimait, sous les fresques et les draperies du palais des Blachernes.

La vie ne serait-elle que dérision ?

L'ours

Personne ne sait trop pourquoi mais on a parfois l'âme en errance. Tout alors exprime la magie de l'instant : une brume presque immatérielle, émergence du sol, une aube naissante caressant de sa lumière rose les ombres floues d'une nuit qui meurt encore noyée d'images imprécises. La tête engourdie d'un sommeil nourri de rêves, de visions irréelles et fugaces, autant de mirages qu'exhale un univers qu'on ne fait qu'effleurer lors du repos entre le corps et l'âme.

Le cheval flâne et divague comme erre l'esprit de son maître. De-ci, de-là, des hommes, dos courbé sous la charge, ramassent branches et herbes sèches pour rallumer les feux. Un parfum de terre humide embaume, émis par l'humus, si persistant dans ses narines qu'il se croit un instant transporté dans la forêt bouillonnaise. Dans le même temps, cette sensation de revenir à la vie au moment même où la mort vient voir si elle peut l'emporter…

Tout alors se précipite !

Un cri qu'arrache la douleur à un homme pourtant bâti comme les troncs de ces arbres serrés les uns contre les autres.

Et tous ceux-là, effrayés, qui se sauvent vers l'orée de cette immense forêt d'Héraclée.

Le cheval qui se cabre dans un dernier soubresaut, avec le hennissement terrible qu'il ne pousse que les jours de combat.

Et ce monstre, issu de la pénombre... Ce monstre, amalgame de rage et de muscles, qui déchire et déracine les arbres sans effort.

Godefroy n'en avait jamais rencontré d'aussi gigantesque ! L'ours le dépassait de quatre têtes et devait peser le poids de plusieurs hommes.

Négligeant le corps lacéré de sa victime, un pauvre serf qui ramassait du bois, la bête se retournait maintenant vers Godefroy. Le chevalier, désarçonné par les ruades de sa monture, réussit à empoigner son épée.

Le temps d'être aveuglé par un nuage de sang, d'entrevoir des soldats courant vers les taillis, de réaliser sa solitude, délaissé par les siens, résigné à une mort quasi certaine... Il eut même l'impression, mais c'était peut-être une sinistre dérive de son esprit, que d'aucuns ricanaient en le voyant sous les griffes du colossal plantigrade.

Une ombre se profila au côté du chevalier : une vieille femme vêtue de noir, aux yeux rouges et aux cheveux d'argent. Elle tenait un bâton à la main. Il sentit son cœur battre à se rompre, à s'arracher de son corps, son souffle le quitter, ses veines se vider !

— NON ! hurla-t-il dans un suprême effort.

Le cri décupla ses forces. Godefroy se releva d'une mare de sang déjà aspiré par la terre. Il se redressa, levant son épée, bien serrée entre ses mains. Il fonça tête baissée vers la montagne de muscles hérissée de griffes meurtrières qui brassaient l'air.

Son corps pénétra dans cet espace de mort. Les griffes de l'animal lacérèrent sa chair. Des lambeaux vinrent choir sur les herbes du sous-bois. Le peu de sang qui lui restait encore gicla de plaies ouvertes. Une salive au goût salé s'échappa de ses lèvres.

— Je meurs..., soupira-t-il dans un dernier râle.

Le silence couvrit son désespoir comme un linceul invisible. Puis il vit, dans un dernier éclair de lucidité, la masse trempée de sang chaud s'abattre sur lui ! Son épée avait transpercé le cœur du mastodonte.

Alors que la vie le quittait, le duc de Bouillon distinguait des voix, sentait des mains le toucher. Il comprit alors que les autres étaient revenus auprès de lui... enfin ! Mais il était trop tard.

S'il survivait, ce qu'il ne désirait pas, ce serait de toute façon trop tard pour se fier désormais à ces compagnons qui s'étaient enfuis à la vue de l'ours, abandonnant leur chef face à la mort...

L'amour et la haine

Baudouin avait déserté la croisade de Godefroy depuis plusieurs semaines déjà. Le conflit ne sourdait plus dans les rangs lorrains et boulonnais. Le contingent du vicomte de Boulogne devait actuellement camper sur la côte méditerranéenne. Aussi, quelle ne fut pas sa surprise en voyant Baudouin pénétrer sous la tente !

Draps souillés, étoffes imbibées de sang, eau infectée stagnant dans des écuelles... Un bien sordide décor d'hôpital de campagne. Au fond d'une alcôve de fortune, faite de tulle, la lumière diffuse d'un cierge blanc planté dans un bougeoir trop petit éclairait le lit jonché de bandages tout aussi souillés que ceux traînant sur les tapis.

Baudouin entra.

Derrière lui, une voix rauque appela :

— Je suis ici !

Baudouin se tourna vers un fauteuil qui n'avait pas quitté la tente ducale depuis Bouillon. Godefroy avait le visage bandé mais le reste du corps, dénudé jusqu'à la taille, apparaissait tailladé, lacéré, avec ses blessures mal refermées d'où suintait un sang vicié.

Baudouin réprima une grimace.

— Je ne suis pas beau, n'est-ce pas ?
— On… on m'avait dit… enfin… je ne savais pas…
— On t'avait dit ou tu ne savais pas ?

Baudouin toussota. Il tendit la main vers son frère comme pour l'embrasser, mais se ravisa.

— Je t'ai fait avertir tout de suite.
— Tu as bien fait ! répondit Baudouin.
— Tout de suite, c'était il y a quatre semaines.
— Oui, je sais, mais tu es loin de nos positions et…
— Oui, je suis loin de tes positions.
— Mais tu vois, je suis venu.

Baudouin cherchait un siège comme on cherche un refuge. N'en trouvant pas, il s'assit sur le rebord d'un coffre.

— Les mires, que disent-ils ?
— Ils parlent !
— Oui, mais les soins ?
— Belladone, *echinacea*, prière, repos, belladone, *echinacea*, prière, repos, belladone, *echinacea*, prière…
— Que puis-je faire ?
— Hork.
— Quoi Hork ? Je ne sais pas où il est ! Il n'a pas voulu me suivre. Depuis Tarse, je ne l'ai pas revu.
— Lui seul peut me sauver, c'est un mage !
— Je te répète que j'ignore où il se terre !
— Il ne se terre pas, je le connais ! Conduis-le ici !

Godefroy tendit la main vers une gargoulette de terre cuite sans parvenir à la saisir. Il gémit en déplaçant son bras pour atteindre la cruche. Baudouin s'en saisit et la lui donna.

— Qu'est-ce que c'est ?
— Un alcool !
— Est-ce indiqué ?

— La souffrance, Baudouin, la souffrance indique...

Il but une longue et généreuse rasade du breuvage. Baudouin le débarrassa du récipient presque vide et l'approcha de ses narines. Il faillit éternuer.

— Mais qu'est-ce que tu bois là ?

— De l'alcool, te dis-je, pour la douleur.

— Pur ?

— Il paraît...

— Mais c'est insensé. Tu veux dire que, pour supporter ton mal, tu t'enivres à longueur de journée ?

— Et chaque nuit aussi, depuis quarante jours aujourd'hui !

— Mais...

— Mais quoi ? Prier ? Qui ? Dieu ? Va me chercher Hork ! Seul le diable peut m'aider à survivre !

Baudouin porta ses lèvres au goulot du cruchon et but une petite gorgée. Cette fois, il faillit s'étouffer.

— C'est... c'est très fort !

Il arracha même à Godefroy un sourire qu'il ne pouvait voir à travers les bandages. Seul un cri de douleur trahit le rictus naissant.

— Comment est ton visage ?

— Je ne sais pas.

— Tu crois que...

— Que je vais vivre ? Oui. Je ne mourrai qu'à Jérusalem !

Baudouin se leva, exaspéré de ne pouvoir converser courtoisement avec son frère. Il était déterminé à quitter cet endroit au plus vite. Néanmoins, il se retourna avant de sortir :

— Je retrouverai Hork, s'il n'est pas mort.

— Il n'est pas mort ! Je le saurais.

Le silence pesa, lourd de malaise, et puis ce fut un

regard, suivi d'un autre silence, moins douloureux que le premier cette fois. Les cœurs s'emplirent d'une émotion connue.

— Godefroy... je... je t'aime, malgré tout !

Un nouveau cri de douleur se fit entendre sous la tente : encore un rictus sous les bandages ! Au-dehors, dans la pénombre du soir, Baudouin se mordit les lèvres jusqu'au sang.

L'anneau de Salomon

Baudouin regardait danser les flammes nerveuses des torches. Depuis un bon moment, il se laissait guider par ce seul repère dans la nuit, ne prenant même plus garde au pas de la mule. Qu'aurait-il pu faire d'autre, sur ce sentier escarpé à flanc de falaise et bordé d'un précipice ? Il faisait tellement noir que les yeux ouverts n'y voyaient pas plus clair que les yeux clos. Episodiquement on entendait une pierre, un galet, ricocher sur le chemin et plonger dans le vide. Le passage était si étroit qu'il avait dû poser la jambe gauche devant lui, sur le garrot et la crinière de la mule, afin d'éviter les roches.

Devant lui, son guide était assis en amazone. Son épée, sac de voyage et étrier ballant au-dessus de l'abîme.

L'homme l'avait prévenu avant leur ascension :

— La montagne Noire déteste les curieux ! Elle égare ceux qui s'y aventurent et qui ont réchappé des défilés. Je serai votre éclaireur. Placez vos pas dans les miens !

Eclaireur... La seule clarté qu'il pût entrevoir était celle des torches. On eût dit que l'air de la nuit diffusait du noir opaque tant il étouffait la faible lueur des flammes jaunes.

— Mais Hork, lui, y vit dans la montagne Noire ? avait-il demandé, davantage pour exorciser sa peur que pour se renseigner.

— Hork, c'est le diable en personne !

Baudouin se vit un instant précipité en bas, mort et disloqué par une chute fatale. Le vertige qui s'emparait de ses sens l'obligeait à se raccrocher à d'autres pensées. A tout prendre, il se préférait déjà mort qu'en instance de trépas. Il fixait donc le point lumineux d'une torche en respirant très doucement pour ne pas déséquilibrer la mule.

L'air se raréfiait. Aggravant le manque de visibilité, les nuages venaient caresser les visages. La cime se rapprochait.

— Il y a cinq heures que nous grimpons, quand arriverons-nous ?

— Quand Hork le décidera !

— Quoi ?

— Ses vigiles scrutent nos gestes, suivent notre direction, depuis deux heures. Quand il décidera de nous rencontrer, il le fera savoir.

— Tu veux dire qu'il y a deux heures que nous tournons en rond, en attendant que des hommes de main daignent nous recevoir ?

— C'est à peu près cela, oui.

— Mais... pourquoi ?

— Il doit dormir.

— Qui ça ?

— Hork ! Il doit dormir.

— Et nous attendons comme des imbéciles que le souverain de ce tas de cailloux se réveille pour avoir l'insigne honneur de le rencontrer ? Tout cela en risquant nos vies sur ces rocailles de malheur...

Le guide se retourna, arrêtant les mules.

— Ecoute-moi, Baudouin de Boulogne. En bas, tu es un seigneur, un croisé de Dieu. Ici, tu es un mendiant qui vient solliciter l'aide d'un croisé du diable. Alors, si tu veux le rencontrer, tu restes coi !

Baudouin serra convulsivement les doigts sur la garde de son épée. Il se promit de faire rouer de coups cet éclaireur dès le retour au campement, tout en sachant très bien qu'une fois la mission achevée, et si elle aboutissait, il oublierait sa rancune.

Le guide avait repris leur progression silencieuse. Ils arrivèrent sur un plateau. Du moins Baudouin l'identifia-t-il comme tel, car les mouvements oscillatoires de la mule, plus à l'aise que tout à l'heure, étaient devenus larges et dansants. La vue était cependant de plus en plus obscurcie par la brume nocturne à travers laquelle des halos de lumière rayonnaient alternativement comme de faibles lucioles.

« Un campement », pensa-t-il.

— Nous allons mettre pied à terre, décida le guide.

Ils se posèrent prudemment.

— Par ici ! entendirent-ils.

Les yeux de Baudouin tentaient de percer la pénombre et il suivit une torche.

Un homme écarta une lourde toile. Baudouin pénétra dans une cathédrale de mousseline et de peaux de bêtes dressées comme autant de cloisons, liées à une forêt de piliers échafaudés en tous sens sur une profondeur et une hauteur impressionnantes.

Au milieu de cette tente immense brûlait un grand brasero rougeoyant. Tout autour, disposés en cercle, trônaient une douzaine de sièges en fer. Le sol était un mélange de terre rouge et de sable, décoré d'éphémères esquisses inachevées et de dessins partiellement effacés.

Ceux-ci ne représentaient rien de connu. Des signes cabalistiques ? Au fond de ce repaire, se balançait un lit miraculeusement suspendu au faîte de l'enchevêtrement de piliers et de traverses. C'était un sommier de planches qui oscillait nonchalamment sous l'effet d'un faible courant d'air.

Au chef du lit jonché de peaux duveteuses, présidait l'anneau de Salomon. Baudouin connaissait les pouvoirs de Hork. Il ne les craignait pas, en connaissance de cause. Cet anneau ne représentait rien de maléfique. Il était le talisman de sa propre mère, le signe magique des guérisseurs et des mages.

Si Hork vivait ici, il n'était pas l'adorateur de Satan que l'on craignait ! Quoi qu'il en fût, suppôt du diable ou non, Baudouin devait dénicher Hork et l'emmener chez Godefroy. C'était une question de vie ou de mort !

— Il te faudra déposer armes ! fit une voix.

Baudouin se retourna. Devant lui se dressait Gérard d'Avesnes.

— Me diras-tu enfin ? s'étonna Baudouin.

— Le Maître t'expliquera...

— Le Maître ?

— C'est ainsi que les disciples de Hork l'appellent.

— Hork a des disciples ? Que signifient ce décor et ces signes magiques sur le sol ?

— Il te l'expliquera lui-même, à son retour.

— Il n'est pas là ?

— Il est en mission.

— En mission ? Pour qui ?

— Pour ton frère.

— Mais Godefroy ignore tout de ce qui est arrivé à

Hork. Comment peut-il être en mission pour mon frère ? C'est lui qui m'envoie le quérir. Godefroy est malade, mourant, il lui faut les soins de Hork. Il croit que seule sa magie pourra le guérir.

— Hork connaît la souffrance de Godefroy.

— Où est-il ?

— Il vient.

Baudouin tournait comme un lion en cage. Il alla se désengourdir les mains au-dessus du brasero, davantage pour se calmer qu'en raison du froid.

— Et toi, poursuivit-il, un ami de Godefroy, comment peux-tu servir ce mercenaire ?

— Connais-tu l'état de nos armées ? D'où viens-tu, toi, avec ta mine rayonnante, enrichi de nourritures saines, tes vêtements secs et tes armes fourbies ?

— Je sais ! L'état des armées est déplorable.

— Déplorable ? Tu te moques ! Une multitude d'hommes sont des morts-vivants, les vers leur rongent les chairs, la peste leur brûle la gorge et les lèvres, les fièvres ne les quittent plus, les muscles de leurs bras se détachent des os qui, eux-mêmes, se brisent comme du verre au moindre choc des armes. Il est indicible le mot qui définirait l'état de ces hommes. Ce n'est pas... déplorable... ni même misérable... Car ils sont anéantis, vaincus, décomposés, au moral, au physique et à l'esprit.

— Pourtant, on me rapporte tous les jours les exploits de l'armée lorraine ! Hier encore deux cents Turcs ont fui devant notre ost.

— Tu y étais pour en parler avec autant de fierté ?

— Non. J'ai fait un autre choix. Je ne poursuis pas la même route que Godefroy. Mais je suis au courant des mouvements, des victoires et des rares défaites de l'armée.

— Rares défaites ! Et sais-tu pourquoi elles sont rares ?

— Ta description de l'état des soldats m'étonne en effet...

— Parce que Godefroy continue, malgré sa maladie, à guerroyer en tête de son armée de fantômes, jour après jour, nuit après nuit !

— Que veux-tu dire ?

— Ton frère est pareil à un dieu dans l'esprit de ces pauvres guerriers. Ils n'avancent plus qu'à la vue de sa tunique rouge et de sa cotte de mailles argentées. Et dès qu'il apparaît devant ses troupes, chaque matin, soulevant son ost au cri de « Dieu le veut ! », l'armée des morts-vivants se remet en marche, la foi au cœur et la bravoure au ventre pour aller mourir sur les champs de bataille, non sans tuer quelques centaines de Turcs !

D'Avesnes s'était énervé. Son visage rubescent s'était enluminé davantage et ses yeux étaient mouillés de larmes. Il avança vers Baudouin et lui ôta, sans même que ce dernier eût le temps de s'en défendre, l'épée du fourreau. Elle tournoya et alla choir sous le lit suspendu.

— Viens ! dit-il. Tu vas voir qui est ton frère !

Baudouin jeta un regard sur son épée.

— Mais, pourquoi sans arme ? demanda-t-il, peu enclin à prêter foi aux dires du chevalier.

— Tu crois qu'une épée peut combattre le diable ?

— Fable !

— Alors, prends ton épée ! Mais si tu la lèves contre Hork, je te tue !

Baudouin se baissa pour ramasser l'épée. Son regard s'arrêta un instant sur l'anneau qui encerclait une étoile à six branches. Il regretta de ne plus se souvenir de la formule qu'utilisait sa mère pour conjurer le mal et déjouer les maléfices. Très souvent, ce qui paraissait anodin dans l'enfance peut devenir essentiel au fil du temps. Mais il se dit que Dieu était avec lui et que si d'Avesnes avait dit vrai, Hork lui expliquerait bientôt les raisons de cette mise en scène.

— Viens ! intima sèchement le chevalier.

— Gérard d'Avesnes ! lança Baudouin, tu es un ami de Godefroy, n'est-ce pas ? Un très bon ami ?

— Tu l'as dit.

— Pourrais-tu trahir un ami ?

— Baudouin de Boulogne, un ami peut-il trahir ce qu'un frère peut trahir ?

Les sosies

Baudouin n'avait pas immédiatement compris où il se trouvait. Le plateau, au sommet de cette montagne qu'ils avaient eu tant de peine à gravir, regorgeait de monde. Autour de la grande tente qu'il venait de quitter, la brume dissipée laissait entrevoir des dizaines d'autres maisons de toile devant lesquelles allaient et venaient des centaines de croisés, tous misérables et loqueteux. Cela contrastait avec le luxe et l'ordre qui régnaient en bas, dans le camp où il avait retrouvé son frère la veille au soir.

Il croisa le regard de son guide qui affichait un sourire énigmatique.

Devant chaque tente, on pouvait maintenant distinguer ce qui apparaissait tout à l'heure comme des lumières rouges : c'étaient des braseros gorgés de charbons incandescents. De nombreux soldats s'y réchauffaient. L'altitude rendait l'air frais.

Ils marchèrent un bon moment entre les fragiles constructions de toile avant d'atteindre une tente plus vaste que les autres. D'Avesnes écarta les gardes, que Baudouin dénombra : ils étaient trente, et bien armés !

— Est-ce la tente d'un souverain ! s'exclama-t-il.

Ils pénétrèrent dans une sorte de couloir, toilé lui aussi, et qui débouchait sur une pièce ovale garnie de tables, de sièges et de coffres à habits.

— Non, ce n'est pas la tente d'un souverain, c'est celle du frère du futur roi de Jérusalem !

La voix lui était familière. Aussi sa surprise vint-elle de cette reconnaissance plus que des paroles prononcées.

— Eustache !

Baudouin courut vers son frère pour l'embrasser, la tête bourdonnante de questions. Aussitôt, il relâcha son étreinte et regarda Eustache dans les yeux. Celui-ci n'avait joint que timidement ses bras à l'accolade.

Un profond malaise s'installa.

— Explique-moi ! dit alors Baudouin.

Eustache s'approcha de la lumière d'une torche.

— Voilà l'explication ! répondit-il.

Baudouin dévisagea son aîné.

— Je ne comprends pas !

Eustache baissa le front et alla s'asseoir sur un des sièges. Un soupir ponctua ce mouvement.

— J'étais autrefois votre raison, à Godefroy et à toi. Maintenant, je suis devenu sa voix.

— Mais… où est-il ?

— Tu l'as vu, en bas, dans le camp de Raymond.

— C'était le camp de Raymond ?

— Oui, avec quelques étendards lorrains, pour faire illusion.

— Et les armées lotharingiennes, les vraies, sont ici ?

— Oui.

— Pour… pourquoi Godefroy n'est-il pas parmi les siens ?

— Parce qu'il fallait l'en écarter.

— Mais pourquoi, au nom de Dieu ?

Eustache déposa sa chaise face à une autre et invita Baudouin à s'installer devant lui.

— Aussi irrationnel que cela puisse paraître, parce que les hommes de Lotharingie le croient immortel ! Ils en ont fait un dieu ! S'ils le découvraient dans l'état où tu l'as vu, ils s'arrêteraient tous ici et se laisseraient mourir de faim ou de froid. Ce qui ne serait pas difficile puisque le seul bois que nous ayons trouvé sur cette montagne brûle en ce moment autour de cette tente, et uniquement parce que nous attendions ton arrivée. Demain matin, il n'y aura plus de feux, plus de braseros, plus de chaleur ! Quant à la nourriture, à part les quelques cadavres que nous mangeons crus, il n'y en a plus ! Ni viande ! Ni blé !

Eustache reprit son souffle. Il venait de parler d'un trait, la gorge nouée par la colère, les yeux embués et le front emperlé de sueur. Il poursuivit :

— Les hommes croient Godefroy vivant. Nous savons qu'il l'est, mais sans doute plus pour longtemps. Si nous parvenons à maintenir ce subterfuge quelque temps encore, nous traverserons ces maudites montagnes et retrouverons la plaine avec les armées de Tancrède et des deux Robert. Alors, nous serons sauvés !

Baudouin se prit la tête dans les mains et soupira à son tour.

— Mais comment faites-vous pour entretenir l'ascendant que Godefroy exerçait sur les hommes ?

Eustache se leva d'un bond, arracha Baudouin à son siège et le traîna sans douceur devant une torche allumée.

— Regarde ! Mais regarde, bougre d'aveugle ! Je porte sa tunique et sa cotte de mailles ! J'arbore son écusson et ses éperons ! Et cette épée, que tu reconnaîtras, n'est autre que la réplique exacte de la sienne, l'épée du Chevalier au Cygne !

— Mascarade !

— Oui, mais c'est cela ou la mort !

Baudouin, atterré, retourna s'asseoir.

— Et… ils y croient ?

— Bien sûr ! On a tenté, au début, de leur dire que Godefroy ne partirait pas avec eux ce matin-là ! Ceux qui sont allés au combat ne sont pas revenus ! Ils ne sont pas revenus ! Tu entends ? Pas un seul survivant ! Tous morts.

Eustache laissa échapper un sanglot.

— Ensuite, poursuivit-il, je les ai conduits moi-même. Ils ont laissé fuir les Turcs. Certains même se jetaient sur les sabres de nos ennemis éberlués, alors que d'autres se laissaient tomber du haut des falaises. Alors, Hork eut une idée…

— Hork ?

— Oui, Hork ! Il me proposa de me déguiser, de revêtir la tenue de Godefroy. Nous sommes de la même taille et de même corpulence.

— Mais… Et le visage ?

— Nous décidâmes de faire dire à Godefroy que nos ennemis ne verraient plus nos visages car nous étions faits à l'image de Dieu, comme le disent les Saints Ecrits, et que les païens n'étaient donc pas dignes de nous voir ! Nous devions baisser la cagoule de notre cotte de mailles sous le heaume dès que nous nous mettions en selle. Nous, c'est-à-dire les seuls chevaliers. Les autres se bandaient la tête. Ce ne fut guère difficile à faire admettre. Les Turcs sont eux-mêmes enturbannés afin de se protéger du sable et de la poussière.

— Et la voix ?

Baudouin n'attendit pas la réponse. Bien sûr, il savait que les voix de Godefroy et d'Eustache étaient identiques. Un moment, les deux frères s'observèrent sans ciller. Puis ils baissèrent les yeux. Eustache émit enfin une phrase à peine audible.

— Tu n'étais plus là aussi !

Baudouin se leva et ploya les genoux devant son aîné. Il lui prit les mains pour y poser le front.

— Pardon...

— C'est à lui que tu dois demander pardon.

— Nous allons le sauver. Il prétend que Hork connaît quelque remède ?

— Un remède au mal de Godefroy ?

Eustache haussa les épaules.

— Godefroy ne souffre pas seulement des blessures dues à son combat avec l'ours, affirma-t-il.

— De quelles autres blessures parles-tu ?

— Godefroy se laisse mourir.

— De découragement, de lassitude ?

— Non.

— Une femme ? Ah ! Bien sûr ! Anne, la fille d'Alexis Comnène...

— Non.

Baudouin regarda autour de lui, s'approcha d'Eustache et se hasarda à demander :

— Ma femme ?

— Non, ce n'est pas pour l'amour d'une femme ! Du moins, je ne le crois pas.

— Alors ?

— Godefroy est malade de Dieu.

Baudouin affecta d'ignorer cette affirmation. Il parla d'un ton faussement rassuré.

— C'est bien ! Nous allons guérir ses blessures et Dieu fera le reste. Où est Hork ?

Eustache lui fit signe de se rasseoir.

— Au combat !

— Au combat ?

— Baudouin, tu me connais. Je ne suis pas le guerrier que vous pouvez être, Godefroy ou toi. A la première rencontre avec les Seldjoukides, j'ai été grièvement blessé. Une flèche dans le dos et une aiguille de bois en travers de la jambe. Je suis rentré au camp sur un brancard, porté par les soldats. C'est alors que Hork a conçu une nouvelle idée. Il est venu me retrouver de nuit pour me proposer de repartir le lendemain en tête des troupes, et cela malgré mes handicaps.

— Mais comment ?

Des hurlements se firent soudainement entendre au-dehors. Des cors, des cymbales et des trompettes retentirent. Une puissante allégresse clamée dans le silence de la nuit. Baudouin courut sur l'esplanade pour y découvrir un spectacle hallucinant.

Porté en triomphe par des hommes en délire, Godefroy de Bouillon, bras tendus vers le ciel, saluait ses troupes déchaînées.

Arrivés devant la tente d'Eustache, les hommes déposèrent Godefroy face à son frère cadet et l'applaudirent. Le heaume sur le crâne et la cagoule maillée voilant le visage, Godefroy tendit les bras pour enlacer Baudouin, le serrant de toutes ses forces.

— Merci d'être revenu parmi nous, frère ! fit alors une voix rauque.

Le miracle

— Chaque soir, Hork rentrait au camp, criblé de flèches et tailladé de coups d'épée. Chaque matin, il repartait, stimulant des hommes qui, fascinés, le suivaient sans crainte devant la mort.

Baudouin venait de parler comme un conteur, comme si cette histoire était le fruit de l'imaginaire d'un trouvère. Depuis qu'il avait rejoint Godefroy dans le camp de Raymond, en bas dans la plaine, il rabâchait ce récit avec le même étonnement et la même émotion dans la voix. Il voulut s'allonger sur le lit. Godefroy lui fit une place à ses côtés.

— Comment pouvait-il repartir, affaibli et blessé ? interrogea-t-il.

— Tu connais la résistance de cet homme ! Il paraît qu'il s'enfermait des heures durant dans une tente décorée de signes cabalistiques. Il y a, au-dessus de son lit, un anneau sacré, comme ceux qu'utilisait notre mère pour les exorcismes, je l'ai vu. Hork restait là, seul, et priait.

— Il priait ? Hork priait ?

— C'est ce que m'a dit Eustache quand je l'ai rencontré là-haut, sur la montagne Noire.

— C'est faux ! Hork ne prie pas. Ou alors, il prie le diable…

— C'est peut-être cela. Il priait sans doute le diable. Les signes étaient pourtant ceux qu'honore notre mère.

Les ombres dessinées par la flamme d'une bougie, unique éclairage de l'alcôve, dansaient sur le ciel de lit.

— Il paraît qu'un jour il s'est fait remplacer, reprit Baudouin.

— Qui ?

— Hork. Il souffrait trop d'une blessure causée par une flèche.

— Qui a joué son rôle ?

— Gérard d'Avesnes.

— Ils étaient donc plusieurs…

— Seuls d'Avesnes et Hork étaient au courant ! En dehors d'Eustache.

— Ça fait trois personnes ! Et un écuyer certainement.

— Oui, peut-être…

— Josfride ?

— Je ne l'ai pas vu, mais c'est probable. Où serait-il, sinon ?

— Je ne sais pas. Il a disparu depuis mon combat avec l'ours. Décidément, les disparitions sont courantes ces temps-ci.

— Eustache était ta voix. C'est lui qui encourageait les troupes avant qu'elles ne partent. Ensuite, après un simulacre d'aller-retour dans la tente, les soldats retrouvaient non pas Eustache mais Hork, sous la même tunique et sous le même heaume.

— Et les discours, Eustache les clamait de dessous son heaume ?

— Non, mais sous le prétexte que l'ours t'avait balafré le visage, il utilisait des pansements pareils à ceux que tu conserves pour l'instant. Il s'adressait aux hommes du haut d'une estrade, devant la tente, tandis qu'un cordon composé de proches, gardes et écuyers, empêchait les soldats de t'approcher.

— Mis au courant, eux aussi ! s'écria Godefroy.

— Sans nul doute !

— Ça nous en fait bien plus que trois !

Baudouin laissa passer la colère de Godefroy puis enchaîna :

— Ils partaient au combat aux premiers rayons du soleil pour ne revenir que le soir. Au crépuscule, Eustache coiffait le heaume ou un turban et les exhortait.

— Intelligent ! Mais peu efficace pour la portée de voix.

— Ils écoutaient à peine. Ils le regardaient brandir le poing. Ta seule illusoire présence les subjuguait. N'oublie pas que, chaque soir, tu revenais blessé au camp et que tu en repartais vaillant.

Un silence. Godefroy réprima un cri de douleur alors qu'il essayait de se retourner sur le lit.

— Pourquoi Hork n'est-il pas venu jusqu'ici ?

— Il m'a dit que ce n'était pas nécessaire. Qu'il était bien plus utile là-haut ! Et que tu étais guéri.

— Il a dit cela ?

— Oui.

— Il a dit que j'étais guéri ?

— Oui !

Godefroy se redressa sur son séant.

— Enlève-moi les pansements ! ordonna-t-il.

— Les pansements… mais…

— De mon visage, oui ! Ote-les-moi !

— Mais, Godefroy, je ne suis pas mire et…

— Mais Hork l'est ! Fais-le immédiatement !

Baudouin tira timidement sur un nœud de tissu qui retenait les bandages autour du cou de son frère. Ils étaient imbibés de sang.

— Tu es certain de...

— Un homme chaque jour criblé de flèches et qui repart indemne chaque matin est un remarquable mire !

Il faillit sourire à cette remarque. Mais l'inquiétude était plus forte.

— Il a dit...

— Qu'a-t-il dit ? s'impatientait Godefroy tandis que Baudouin hésitait toujours.

— Il a dit que tu serais guéri... à condition d'y croire.

— Je le crois ! Je suis guéri.

Baudouin tira sur l'étoffe maculée et déroula d'un geste malhabile les bandes qui entouraient le menton, la bouche et le nez de Godefroy. Il s'arrêta.

— Quoi ? fit Godefroy, inquiet.

— Godefroy...

— Quoi ?

— Je ne vois rien...

— Comment ça, tu ne vois rien ?

— Rien ! Pas une cicatrice, pas une goutte de sang, rien ! Seuls les tissus sont sales !

— Continue !

Enhardi, Baudouin déroula tous les pansements.

— Rien ! pleura-t-il.

— Pourtant ! s'exclama Godefroy.

— Je sais ! Je te crois... mais... rien !

Godefroy n'attendit plus pour arracher tout ce qui lui bardait le corps. Pas une trace de blessure, plus une seule goutte de sang n'apparaissaient.

— Grâce à Dieu ! s'écria Godefroy.

— Non ! hurla Baudouin. Pas Dieu…

— Dieu… diable… on s'en moque ! Hork soit loué !

Godefroy de Bouillon se précipita vers un miroir posé à même le sol, sur les tapis crasseux.

Il se regarda un moment.

Il chercha son épée du regard.

Elle était là, pendue au madrier qui soutenait la charpente.

— Et maintenant, à Jérusalem ! murmura-t-il.

Le rêve

Quelque chose avait changé. Ce n'était pas l'emplacement des objets, non. Ni celui du campement. Certes, l'ordre régnait partout dans la tente et l'air qu'on y respirait sentait bon, non plus la bruyère mais la violette, mêlée à une sorte d'encens, ou peut-être était-ce le parfum de la fleur d'oranger.

Cette nuit, les chambrières avaient sans doute nettoyé les tapis et les quelques meubles abîmés par le voyage. Les bandages souillés avaient disparu et, plus curieux encore, il faisait chaud ! Le brasero rougeoyait à quelque distance du lit, mais il ne fumait pas comme à l'accoutumée.

Godefroy se retourna pour mieux encore enfouir sa tête sous le duvet tiède des peaux et des couvertures froissées par une nuit de profond sommeil. Il se souvint alors de la guérison de la veille et se dit qu'aujourd'hui il lui faudrait reprendre le commandement de l'armée. Il voulut se lever. C'est alors qu'une petite main agrippa son bras et l'attira sous les laines.

— Viens ! fit une voix sensuelle.

Il replongea la tête dans le lit pour y découvrir une

femme qu'il ne songea même pas à identifier tant il était certain que c'était elle, Anne, son amour…

— Que fais-tu ici ? Comment es-tu venue jusqu'à moi ? demanda-t-il, songeant : « C'est merveilleux ! Je t'aime. »

Il sentit son corps chavirer sous les caresses et les baisers, noyé qu'il était dans une ivresse de bonheur retrouvé et de souvenirs inachevés. Il respira son haleine, mordilla sa peau, huma l'odeur de ses cheveux et fixa ses yeux des heures durant.

Il la serrait si fort contre lui qu'il se réveilla.

Le sol était jonché de pansements ensanglantés, le brasero fumait sans chauffer, le lit était humide et froid, et personne ne lui retint le bras quand il se dégagea des couvertures.

Il aurait aimé à cet instant que les rêves fussent la réalité et le réveil semblable à son sommeil. Nous sommes faits de l'étoffe dont sont tissés les rêves ! Il se dit qu'il devrait un jour écrire cette vérité. Et se demanda s'il fallait remercier Dieu pour les rêves qu'Il nous permet de faire ou pour l'existence qu'Il nous donne à vivre !

Excommunié !

Il fallut les muscles de quatre gaillards bâtis comme des lutteurs pour maintenir Hork. Quatre hommes qui se retrouvèrent pourtant le nez dans la poussière lorsque Bohémond l'insulta pour la deuxième fois. Une demi-douzaine de soldats normands parvinrent à le maîtriser, six lames de poignards contre son cou. De minces filets de sang s'écoulaient des blessures causées par les pointes effilées.

Là encore, dans un hurlement de fauve, Hork fit virevolter l'un des six hommes et, au bénéfice de leur stupeur, plaqua les cinq autres au sol par la seule force de son bras gauche. Ores, libre de ses mouvements, il se tenait devant Bohémond qui n'avait pas décroisé les bras.

Ils étaient de même taille, de corpulence identique, mais différaient par le regard.

La haine lisible dans leurs yeux était pourtant commune. Ceux du Normand étaient bleus, très clairs, presque transparents, enfoncés dans des orbites entre lesquelles saillait un nez busqué, surmontés de sourcils roux proéminants.

Hork, aux origines mixtes, avaient les yeux d'un noir d'encre sous d'épais sourcils bruns. Il mastiquait une goulée qu'il promenait dans sa bouche, boursouflant tantôt la joue droite, tantôt la gauche, et chiquait bruyamment. Bohémond l'interrompit :

— On ne mange pas en présence du chef des croisés ! dit-il.

Hork le défia du regard de plus belle encore et sourit. Ses quelques rares dents jaunâtres dont une seule brillait car elle avait été remplacée par un gros diamant taillé laissèrent filtrer un liquide où se mêlaient caillots de sang et fibres blanchâtres.

— Viens me baiser les lèvres, bâtard ! répondit-il, ouvrant la bouche pour laisser échapper quelques bribes immondes.

Bohémond sourit lui aussi.

— Tu vas lécher ce que je crache, fils de putain ! poursuivit le gaucher.

Bohémond gardait son sang-froid, mais son sourire se figea. A l'aide de deux doigts, Hork retirait de sa bouche une sorte de queue grise. Un rat, dont chair et peau avaient été mâchées, déchiquetées, sucées, en sortit.

Il ne restait que le squelette et la tête dans lesquels s'entremêlaient encore des viscères. Il tint un moment le rat entre ses doigts, suspendu par la queue, puis le jeta au visage de Bohémond, l'éclaboussant.

— Bouffe ! Je t'ai laissé les yeux et les tripes !

Hork éclata de rire.

Bohémond ramassa le présent chu à ses pieds et le souleva du bout des doigts lui aussi. Il se tourna alors vers Godefroy et, s'approchant de lui, brandit l'animal mutilé devant le visage du duc de Bouillon.

— Voici ce qui restera bientôt de Godefroy de Bouillon ! fit le seigneur de Tarente.

Godefroy s'empara du rat, tendit la main à son tour,

en extirpa les yeux d'un coup d'ongle pour les porter à sa bouche. D'un claquement sec des mâchoires, il les croqua. Ensuite, il se dirigea vers une bougie allumée et fit griller le reste de l'animal au-dessus de la flamme. Lorsqu'il eut terminé, il recracha les yeux crevés dans la poussière.

— Et voilà ce qui restera de Bohémond de Tarente à Jérusalem ! lança-t-il à son tour.

Le rire de Hork emplit l'édifice, couvrant un bruit d'épées et l'écho de pas précipités que renvoyait l'abside.

— Que se passe-t-il ici ? cria une voix familière.

Adhémar de Monteil, suivi d'une vingtaine de chevaliers conduits par Robert de Normandie, courait plus qu'il ne marchait vers les croisés réunis autour de l'autel.

Tous se turent.

— J'entends rapporter, poursuivit sur un ton autoritaire le légat du pape, que querelles, règlements de comptes et obscénités sont commis dans la maison du Seigneur ! Nous sommes ici à Marash, dans la seule église qui ait résisté aux assauts du paganisme et des ennemis du Christ, et vous voilà à nouveau, vous les commandants de l'armée de Jésus, occupés à vous disputer l'hégémonie à propos de quelques terres seldjoukides et le commandement des troupes !

Adhémar reprit son souffle et s'enhardit davantage encore devant les visages contrits :

— Mais le chef de l'armée croisée, c'est Dieu !

— Non, l'interrompit Godefroy, c'est moi !

— Blasphème ! Péché d'orgueil ! Tu mérites l'excommunication.

— Je suis excommunié.

— Que dis-tu ?

— Depuis mon adhésion aux lois de vassalité impliquant soumission et fidélité à l'empereur Henri IV de Germanie !

Godefroy épiait chaque regard posé sur lui. Bien sûr, les croisés le considérait comme un dieu. Mais il était plus que temps de leur dire qui il était vraiment, ce qu'il représentait pour Rome, afin qu'ils fassent leur choix. Il respira profondément avant de continuer :

— Le pape Grégoire VII m'a excommunié avec tous les barons germains qui soutenaient Henri lors de la guerre contre l'Eglise et des différents sacs de Rome. C'était le 7 mars 1080. J'avais vingt ans. Et ma vie venait de prendre un tournant qui la rendait impropre aux bénédictions papales et aux privilèges politiques qui s'y attachent. Je ne suis législateur ni des lois féodales ni des lois religieuses, mais commencer sa vie comme chevalier excommunié, c'est un peu comme naître dans la fange, tel mon ami Hork qui prie le diable parce que Dieu ne lui répond pas ! Quand on en est là, on se nourrit de rats. C'est ici la seule pitance des pauvres tandis que les riches, dont je suis non sans honte, se repaissent du sang de leurs fidèles.

— Grégoire VII est mort. Il y a prescription, rétorqua Adhémar qui ne pouvait se permettre de perdre l'appui du Lotharingien. Le pape Urbain vous a choisis, toi, Bohémond, Tancrède, Robert, Raymond, vous tous ici présents, pour être ses soldats, les soldats du Christ, et non pour vous opposer !

— Tu as oublié Baudouin ! fit Godefroy.

— Et Baudouin, bien sûr ! Mais..., poursuivit-il, tellement contrarié qu'il se mit à bégayer : mais... votre chef, c'est Dieu !

— Non, c'est moi, fit Bohémond.

— Non, moi, fit Raymond de Toulouse qui, jusque-là, ne s'était pas encore manifesté.

— Moi, fit Tancrède, sur un clin d'œil à son oncle Bohémond.

— C'est cela, paradez ! Vous ne pourrez continuer sans Dieu. Mais, si vous le souhaitez, élisez un chef et poursuivez votre combat pour autant qu'il soit dirigé contre les ennemis de notre foi.

— Je serai ce chef ! clama Bohémond

Adhémar se tourna vers Robert et ses chevaliers. D'un signe, il fit rengainer les épées. Les murs répercutèrent des sons clairs de fers croisés, puis le choc sourd des lames glissées dans leurs fourreaux.

— Et qu'implique ce titre pour toi ? demanda le prélat au Normand.

— D'abord réduire en cendres ce puant, tel un cadavre de vieux bouc, et reprendre le commandement jusqu'à Antioche.

Bohémond venait de désigner Hork.

— Et après ? questionna Godefroy, marquant son intervention d'un signe apaisant à l'adresse de Hork.

— Après ? On verra !

— Non ! répondit Raymond de Toulouse. Alexis t'a donné Antioche. Tu t'y installeras et tu ne mèneras pas les troupes jusqu'à Jérusalem.

— Tancrède ira, avec mes soldats.

— Alors, c'est Tancrède qui doit commander ! trancha Hork dans un nouveau rire malsain qui gagna quelques assistants.

— Non, c'est Godefroy, fit Baudouin.

Tous se tournèrent vers le cadet des Boulonnais, étonné de l'entendre prendre la défense de Godefroy qui venait d'avouer son inéligibilité.

— Bohémond et Tancrède, poursuivit-il, ne sont ni les plus grands ni les plus puissants de l'armée chrétienne. En rien ils ne peuvent être comparés à mon frère Godefroy, duc et chef de l'armée tout entière et non pas seulement de sa propre famille. Mon frère, le duc Godefroy, est un grand prince, le plus illustre du royaume de l'empereur des Romains. Il tient son pouvoir de ses nobles ancêtres par droit héréditaire. L'armée dans son ensemble le vénère. Grands et petits obéissent en tout à sa voix et à son conseil. Tous l'ont choisi et élu comme leur chef et seigneur…

Bohémond applaudit lentement, mais personne ne le suivit.

— Le prodige avec Godefroy, dit-il, c'est que même mortellement navré, il repart le lendemain à la tête de ses hommes.

Un malaise révélateur figea l'assistance.

— Quand un homme meurt sous les griffes d'un ours, répondit Godefroy, Bohémond boit et mange sous sa tente, s'enquérant seulement du nom de la victime et des biens à récupérer. Entre-temps, Godefroy de Bouillon vole au secours du malheureux, au péril de sa vie, et reçoit les coups à sa place. Ce fut le cas dans la forêt d'Héraclée comme le jour où tu te mourais toi, suite aux blessures que Qilij Arslan t'avait infligées à Dorylée ! Alors, lequel de nous deux est digne de diriger l'armée ?

— Toi ! fit Bohémond, lassé de cette discussion, toi et ton sosie, ajouta-t-il désignant Hork.

— Je préfère être le sosie d'un Godefroy que celui d'un porc de ton espèce ! éructa Hork.

— Pourquoi le hais-tu ? demanda Godefroy à Bohémond.

— Parce qu'il t'aime et que l'amour, chez ce démon, est un sentiment suspect !

Godefroy prit son frère par l'épaule. Ils se dirigèrent vers le porche. Sans se retourner, Godefroy lança à l'assemblée :

— Ne désignons pas de chef ! A tous, je vous donne rendez-vous à Jérusalem ! D'ici là, chacun pour soi !

— Antioche ! cria Bohémond. Rendez-vous à Antioche ! C'est notre prochaine étape ! Tu as promis !

— Antioche, soit ! fit Godefroy, franchissant le perron de l'église.

Ils marchaient sans trop diriger leurs pas.

— Où est Eustache ? demanda Godefroy.

— Au chevet de Godvère ! répondit Baudouin.

Godefroy soupira.

— Ta femme va mourir...

— Je sais.

Ils firent encore quelques pas, puis s'arrêtèrent.

— Godefroy, toi et ma femme, c'est vrai ?

— Non.

— Tu me le dirais ?

— Non.

— Alors, que croire ?

— Ce dont tu es persuadé.

— Mais, je suis persuadé que...

— Non.

— Tu n'es pas simple !

— Elle va mourir, Baudouin. Une femme a déjà tant de mal à être aimée de son vivant par un seul homme, tâchons de l'aimer tous deux pendant les dernières heures de sa vie. Nous le lui devons.

— Je ne saurai jamais alors ?

— Si.

— Quand ?

— Quand elle sera morte.

— Tu es le diable, Godefroy !

— Dieu… diable. Depuis que des sosies se placent sous mon heaume et ma tunique, je suis devenu tout et personne.

Il regarda tristement l'église.

— Tout… sauf moi-même, ajouta-t-il.

Antioche

Le 21 octobre 1097, six mois après la traversée du Bosphore, quatre cent trente-deux jours après le départ de l'armée lotharingienne, Antioche se dressait devant les croisés épuisés par leur longue marche et par plus de cent combats contre les Turcs. La cité semblait être la forteresse la plus inexpugnable du monde oriental.

Il leur était impossible d'embrasser d'un seul regard les ondes sinueuses de l'immense mur. Ils en avaient rêvé des mois durant sachant que, le jour où leurs yeux verraient cette merveille de l'Orient où se confondaient imaginaire chrétien et puissance turque, la vie de beaucoup d'entre eux s'arrêterait sous ses murs car la ville ne se laisserait pas prendre sans tuer nombre d'assiégeants.

Antioche était une étape essentielle de la croisade. Pour beaucoup, elle en était le but ! Les barons en quête de domaines et de paix retrouvée convoitaient de moins en moins Jérusalem. Alors qu'Antioche était l'archétype du fief à conquérir, pour diverses raisons.

Elle avait été le point de départ des missions des apôtres Pierre et Paul. C'est ici que, pour la première fois, les disciples de Jésus avaient reçu le nom de chrétiens. Siège de plusieurs conciles, elle avait été la métropole des affrontements apostoliques et des schismes, déchirée entre l'avidité des romains qui l'avaient déclarée capitale de la province de Syrie après la défaite du dernier souverain séleucide, Antiochos XIII, et la communauté chrétienne qui la voulait bastion avancé contre le paganisme et les hérésies.

Chargée d'une culture millénaire, énigmatique et lointaine, quatrième ville de l'Empire romain, perle rare de l'Empire byzantin, elle était maintenant la fierté de l'Islam, soumise au terrifiant Yaghi Siyan, stratège sans scrupules aux mains rouges du sang de ses ennemis.

Riche et puissante, carrefour prospère des voies commerciales, assise sur les rives de l'Oronte, à quelques lieues de la côte méditerranéenne, reliée au port de Saint-Siméon pour la voie maritime et protégée à l'est par le mont Silpius sommé d'une citadelle imprenable, Antioche de Syrie ne se donnerait qu'anéantie.

La muraille l'enserrait depuis cinq cents ans dans un corset inviolable. Trois cent soixante tours, des murs de deux à trois mètres d'épaisseur, cimentés d'inentamable façon, unissant des pierres taillées de dimensions surprenantes. Ces défenses sans pareil avaient été créées pour lancer au ciel, aux dieux ou à l'assaillant présomptueux un éternel défi. Venue des montagnes par des aqueducs difficilement abordables l'eau y abondait. Les greniers regorgeaient de denrées et de provisions. Les jardins intérieurs de la ville pourvoyaient largement aux besoins des habitants en légumes, céréales et fruits frais.

Sept mille cavaliers turcs, parmi les meilleurs de Syrie, dix mille fantassins, des mieux entraînés, ne quittaient jamais leurs postes et veillaient à la sécurité de Yaghi Siyan.

Antioche ne céderait pas.

Le redoutable gouverneur turc rit, du haut des remparts, en voyant Godefroy de Bouillon faire lever sur sa hampe, en signe d'assaut, l'étendard blanc à la croix pattée rouge. Les couleurs de la vieille étoffe déchirée étaient ternies par l'âge et les intempéries. La première flèche enflammée qui l'effleura la réduisit en un torchon calciné. Godefroy se souviendrait longtemps du rire qui monta des remparts ce jour-là.

Longtemps.

Il décida qu'Antioche tomberait.

Il décida de ne pas poursuivre la croisade tant qu'Antioche ne serait leur.

Il décida que Dieu le voulait…

— Dieu le veut ! hurla-t-il à la meute désordonnée qui tentait de le suivre.

Il garderait le poing levé jusqu'au jour où Yaghi Siyan ploierait le genou devant les croisés.

Il lèverait le poing chaque matin et ne l'abaisserait que le soir.

Et ce, huit mois durant !

Les troupes, de plus en plus clairsemées, prieraient pour que vînt l'heure de la sonnerie du repli.

Un jour enfin, Bohémond pénétrerait dans Antioche.

Le Lorrain baisserait le bras, courberait la tête et consentirait à dormir.

Puis il lui faudrait poursuivre la croisade jusqu'à Jérusalem.

Dans Antioche, il y aurait une grande fête.

Mais bientôt, moult y périraient.

Godefroy prendrait une autre décision. Il déciderait que Dieu devait lui obéir.

Il lui faudrait davantage jouer la comédie.

Quand on veut être dieu, il faut savoir mentir mieux

que quiconque. Mais il serait le premier spectateur de sa folie. L'autre Dieu, là-haut, celui des juifs revisités par les chrétiens puis les musulmans, l'autre, réagirait-il ? Si oui, ce Dieu du Ciel assisterait au spectacle d'un homme qui se refuse obstinément à croire aux « ainsi-soit-il »... Et peut-être entendrait-on enfin rire, pleurer, soupirer, aimer ou haïr, dans le firmament.

Mais nous n'en étions pas encore là.

La comédie

Le rideau ne s'ouvre pas toujours sur le bon décor. Ce jour-là, il s'en fallut de peu pour que la croisade ne s'arrêtât définitivement dans la vallée de l'Oronte.

Depuis quatre mois, les croisés vivaient du produit des terres fertiles autour d'Antioche. Le siège, au pied des puissantes murailles, consistait à se lever le matin, à caparaçonner quelques chevaux, à revêtir cotte et heaume pour aller harceler les Turcs qui tentaient de rejoindre le port de Saint-Siméon afin de ravitailler la ville. Si les greniers étaient pleins au début du siège, les vivres commençaient à manquer aux assiégés qui, ayant tablé sur quelques semaines, voire deux mois de bon voisinage, n'avaient rationné rien ni personne, ne pouvant concevoir une telle obstination chez les croisés. Toute armée normale aurait déjà levé le camp. Mais, lors du pacte avec Alexis, Bohémond avait obtenu Antioche en alleu et Godefroy n'avait pas oublié le rire de Yaghi Siyan ! A l'extérieur de la cité, en revanche, la terre prodigue fournissait provisoirement une nourriture riche et abondante.

Nuitamment, les Turcs venaient enterrer leurs morts occis lors d'une embuscade ou vaincus par un mal qui estampillait la chair de beaucoup d'entre eux : la peste. Une autre maladie, dont les symptômes étaient presque similaires, venait des marais où de vilaines mouches, des taons énormes, mais surtout des myriades de moustiques répandaient une épidémie, provoquant fièvre, délire et épuisement.

Ce mal atteignit Godefroy. A peine guéri de son combat avec l'ours, il avait dû se dépenser à nouveau lors de rencontres musclées avec les Seldjoukides. Un grand nombre de blessures lors de ces levées de boucliers l'avait épuisé. Ses défenses ainsi affaiblies, il avait contracté cette fièvre maligne qui, depuis des semaines, le clouait au lit.

Hork avait donc repris son rôle. Chaque matin, poing levé, affublé de la tunique et du heaume de Godefroy il scandait quelques tonitruants : « Dieu le veut ! »

C'est alors que le rideau tomba sur cette supercherie trop souvent répétée. Bohémond et les Normands venaient de repousser l'attaque d'un groupe de Turcs. Malheureusement, le chef des armées normandes fut fait prisonnier sans que son ost ait eu le temps d'intervenir. Alors que ce grand chef des croisés était emmené vers la porte dite « du Duc », Godefroy de Bouillon fut prévenu de la situation.

Défiant fièvre et faiblesse, il enfourcha son cheval et fonça sur les Turcs à la tête d'une trentaine de cavaliers. Mais il arriva trop tard pour libérer l'auguste prisonnier. Un « autre Godefroy » venait de libérer Bohémond : Hork travesti !

Mais ce dernier venait d'être cloué au sol par une lance projetée du haut de la muraille d'Antioche par Yaghi Siyan lui-même !

Bohémond avait réussi à se sauver, par contre la victoire des Turcs était plus grande encore : ils venaient de tuer Godefroy de Bouillon, le plus célèbre chef croisé ! Les acclamations montant de la ville en disaient long sur la fierté des musulmans.

Silencieux, à pied, l'arme à la ceinture, des milliers de croisés sortaient des camps et s'avançaient vers le corps gisant. Lorsqu'ils virent apparaître le vrai Godefroy dans la même tenue, ils ne comprirent pas.

Et Godefroy décida de ne rien leur expliquer. Il fit porter Hork déguisé sur son cheval et, guidant le destrier par la bride, marcha à sa droite jusqu'au campement lotharingien.

Bohémond n'osait pas regarder dans sa direction.

Les soldats se posaient mille questions.

Mais Godefroy n'en avait cure. Il venait d'entendre une voix. Et cela lui rendait assez d'énergie pour vaincre sa honte.

— Bouillon ! J'en ai marre de ramasser les coups à ta place.

— Je sais, Hork ! Il faut arrêter cette imposture !

— Ce n'est pas cela qui est une imposture, c'est la vie !

— Tu as raison, Hork !

Son attention attirée par un mouvement collectif, Godefroy osa un regard vers l'armée. Ils étaient tous à genoux.

— Croient-ils à un nouveau miracle ? fit-il étonné.

— Pas sûr !

— Pourquoi sont-ils à genoux ?

— Parce qu'ils n'ont pas d'autre choix ! Ou bien Dieu est avec toi, ou bien ils meurent !

— Alors, il faudra continuer, donner le change ?

— Tu n'as pas le choix non plus, Bouillon ! Ou bien tu es dieu et tu mens ou tu es homme et tu joues la comédie ! C'est ça, la vie !

Le voyage

Les corps déhanchés des filles…
L'eau perlant sur la peau…
Ce ne peut pas être de l'eau.
L'odeur de pain chaud, la cendre sur les mains…
Souvenirs qui se résument.
Nuage de rosée…
L'air parfumé à la résine de sapin…
L'enfance se consume.
L'humus qui sèche au soleil et la musique de la lyre
traînant son spectre dans le noir…
Il n'y aura plus jamais de demain !
Le suif gras, l'amour qui s'oublie…
Tout est bien qui finit bien.
Cette apesanteur, la lumière…
L'aveuglement qui devient le chemin…
Tous ces visages qui passent trop vite…
Tous ces visages qui ne disent rien…
Tous ces visages qui s'appartiennent…
Et la mort… une dernière fois.
La mort qui se rit des lois…
La mort qui ne veut pas…
Qui ne veut pas…

Et sa prière pleurant tout bas.
Sa prière osant l'injure.
La pitié qui ne vient pas.
Ce Dieu qui n'existe pas.
Cette croix qu'il faut brûler.
Jésus à la droite d'Allah !
Jésus, à la droite d'Allah...
Ces vents d'hiver qui chassent les mensonges.
Ces fleurs d'été qui couvrent les champs de guerre.
L'orage, la mer, et la nuit noire.

Ainsi, pour ne pas perdre contact, pour occuper ses doigts, Hork allumera un cierge de plus. Et puis ce sera Adhémar que l'on ira chercher dans le camp du Toulousain. Il viendra, le crucifix sur le cœur, dire une nouvelle fois ce qu'il répétera prochainement pour une dernière fois. Jusqu'à ce que le mental admette que l'esprit refuse la mort.

Puis, ces embrassements ridicules, ces amours inconnues, ces étreintes faciles, ces mots qui tuent, eux.

Ces hommes qui, dans le cours du temps ou du sang, cherchent où se trouve le mal, où se trouve le bien. Ils étudient et rasent des barbes. Ils découpent des chairs et retirent des peaux mortes et des caillots noirs.

— Les mires ! hurla une voix.

« Pourquoi ? se demanda-t-il, pourquoi ces chapeaux noirs et ces gros boutons ronds ? Pourquoi ces filtres et ces potions ? »

Mais aucun son ne put sortir de sa bouche. Déjà ailleurs, déjà froid, déjà ivre, il les regardait d'un au-delà.

— Il a bougé ! cria Josfride.

Hork ne lui lâchait pas la main.

Tous se précipitèrent au pied du lit. Baudouin se colla à son visage.

— Godefroy, c'est Baudouin. Ton frère Baudouin. Tu me reconnais ?

« Bien sûr que je te reconnais, pensa Godefroy. Je te vois d'ici et de là. Je t'entends, mais ne te ressens pas. »

— Il est mort ! dit Josfride, le front appuyé contre les mains jointes de son maître.

— Je le crains, messires, confirma un mire.

— On ne meurt pas quand on est comme lui ! hurla Hork.

— Hélas, messire, c'est fadaises ! Il mourra et nous mourrons tous, conclut Adhémar, joignant son extrême-onction au signe de croix.

— On ne meurt pas tant que l'esprit s'y refuse ! insista Hork.

Baudouin regarda Hork avec haine. Il fulminait.

— Et tu peux parler à son esprit, toi ? cria-t-il.

— Oui.

— Tais-toi, mage maléfique ! Ce sont tes talismans et tes suppliques au Mal qui ont fait de mon frère ce moribond !

— Non, ce sont les mouches du marais !

— Quoi qu'il en soit, il meurt et toi tu…

— Et moi je le ramènerai à nous ! trancha Hork. Dehors ! Tous, dehors ! Ou alors, c'est vrai, il mourra ! Tous dehors, toi Adhémar, le prêtre du mensonge chrétien, le suppôt de la prostituée de l'Apocalypse, Rome-Babylone, toi, Baudouin, le frère jaloux, toi Eustache, le frère lâche, toi Josfride, l'écuyer comploteur. Dehors, tous ! Je ne veux pas de témoin là où je vais. Je vais rechercher Godefroy car j'ai besoin de lui pour vivre comme vous en avez besoin pour satisfaire vos égoïsmes vains. Maintenant, partez ! Il est grand temps de le retrouver avant qu'il n'aille trop loin ! Allez-vous-en ! Il a besoin d'amour pour revenir, de beaucoup d'amour ! De beaucoup plus que vous tous ensemble ne pourriez lui en donner !

Adhémar était déjà loin dans le couloir du presbytère de la cathédrale Saint-Pierre à Antioche. Eustache l'avait suivi. Josfride tirait le bras de Baudouin qui, seul, résistait encore.

Hork s'approcha du visage du Boulonnais, si près que leurs nez se touchèrent.

— Va-t-en ! ordonna Hork. Tu le tueras plus tard, tu le sais. Mais pas maintenant !

— Que le diable te donne ce pouvoir, Hork, ou je te dépècerai vivant et te donnerai à bouffer aux chiens des Turcs.

— Ça aussi, tu le pourrais. Mais plus tard !

Baudouin tourna le dos, non sans un dernier regard à Godefroy.

Josfride ferma la porte.

Baudouin serra les poings.

La vie

— Tu vas devoir, mon cher Godefroy, extirper de ton souvenir tout ce qui n'est pas l'instant présent. Je sais que tu m'entends. Je suis l'esprit de Hork. Et je marche par les chemins de la terre, à tes côtés.

— Je ne veux pas revenir.

— C'est moi qui te dirai ce que tu veux ou ne veux pas. Je ne désire pas entendre tes doléances sur une vie que tu n'achèves pas. Tu es responsable de tout ce dont tu te plains. Il faut que tu sois fort et que tu viennes détruire ce que tu n'as pas réussi à vaincre.

— Je vois des choses qui ne peuvent pas se reconstruire.

— Il ne s'agit pas de reconstruire, mais de détruire. Je ne suis pas le Bien. Je suis le Mal. Pour l'instant. Ecoute-moi et tu vivras...

— Tu es le Mal et je dois t'écouter ?

— Qu'as-tu fait en écoutant le Bien autrefois ?

— Le mal...

— Alors écoute le Mal cette fois et tu feras le bien...

— Mais qu'est-ce que le bien ?

— Toi. Tu es le Bien. A nous deux nous allons créer la vie !

— Je vois des prêtres...

— Des prêtres ?

— Des prêtres romains, des prêtres chrétiens, ils portent la croix.

— Que font-ils ?

— Ils boivent le sang des femmes...

— Quelles femmes ?

— Les femmes de petite vertu qui viennent apaiser les maux des soldats.

— C'est bien. Raconte-moi encore.

— Ils boivent le sang fétide des accouchements. Ils boivent le flux de sang des femmes qui enfantent des monstres.

— Qui sont ces monstres ?

— Des naissances. Elles sont catins et ont forniqué avec les soldats du camp.

— Quel camp ?

— Le mien. Celui des croisés.

— Ces monstres... Décris-les.

— Ils... ils ne sont pas tout de suite des monstres. Mais de beaux petits enfants qui naissent dans la boue, dans la paille, sur le chemin. Mais les seigneurs...

— Les seigneurs ?

— Oui, des barons, des chevaliers...

— Que font-ils ?

— Ils s'arrachent les petits corps. Ils les arrachent du ventre de leurs mères avant terme...

— Pourquoi ?

— Ils ont faim. Ils sont affamés. Il n'y a plus de feu et ils mangent les enfants car la chair est chaude et peu résistante.

— Quitte cet endroit Godefroy et va vers un point d'eau, n'importe où !

— J'en vois un.

— Vas-y !

— L'eau est impure.

— Sale ?

— Non. Des poisons y ont été versés. Personne ne peut en boire. Les premiers assoiffés qui en ont bu sont déjà morts.

— Ne bois pas !

— Une femme se presse vers un bœuf tirant un chariot.

— Que fait-elle ?

— Elle porte un petit enfant dans les bras. L'enfant pleure et crie à tue-tête.

— Il a peut-être faim…

— Elle lui donne à boire.

— Elle l'allaite ?

— Non. Elle n'a plus de seins. Des hommes enturbannés les lui ont coupés. Elle donne l'urine du bœuf à boire à son enfant.

— Quitte à nouveau cet endroit, Godefroy, va vers où bon te semble !

— Je… je ne sais pas…

— Cherche !

— Je vois une ville. Avec des remparts tout blancs. On dirait… on dirait Jérusalem…

— N'y va pas !

— Mais…

— N'y va pas ! Regarde bien les murailles ! Elles sont rouges, pas blanches !

— Rouges… pas blanches.

— Oui, c'est cela, elles sont rouges… rouges !

— Oui, elles sont rouges.

— Que vois-tu maintenant ?

— Elle est belle.
— Quoi, la ville ?
— Non, Anne. Elle porte un enfant.
— Tu l'as aimée ?
— Oui.
— Entre en elle ! Entre en son corps !
— Elle est nue. Je lui caresse la peau…
— C'est cela, caresse-lui le ventre, hume son sexe, prends-lui les cuisses !
— Anne….
— Arrête-toi un instant et regarde-la dans les yeux !
— Elle a les yeux noirs…
— Ils sont bleus maintenant !
— Oui, ils deviennent bleus.
— C'est bien cela, Godefroy, ils deviennent verts !
— Oui, ils sont verts…
— Gris !
— Et elle fait glisser un voile sur sa poitrine, des seins lourds.
— Elle a de tout petits seins gonflés par la croissance !
— Elle a quinze ans.
— Et douze enfants !
— Douze enfants…
— Dont trois seulement sont connus !
— Dont Eustache, Godefroy et Baudouin.
— Non, Baudouin n'est pas né.
— Baudouin n'est pas…
— Godefroy est en train de naître !
— Oui, je viens à la vie…
— Viens à la vie ! Ne t'inquiète pas de la douleur, elle passe vite. N'écoute pas le bruit, il s'estompera. Ne crains pas la lumière, elle te réchauffera… Viens ! Viens, Godefroy ! Viens !

Je t'aime...
Je t'aime...
Je t'aime...

Il y eut un long silence. Hork s'assit sur le rebord du lit. Godefroy venait d'ouvrir les yeux, un peu ébloui par la petite flamme du cierge.

Puis Hork le serra très fort dans ses bras.

— Bienvenue dans le monde des vivants ! dit le mage en larmes.

Le Jihad

Enjambant les cadavres en putréfaction, la bouche et le nez bâillonnés par une épaisse écharpe de lin, Hork marchait dans les rues d'Antioche. La puanteur était insupportable. Des légions de rats couraient çà et là cependant que des ruisseaux nauséabonds coulaient dans les caniveaux.

Des rapaces tournoyaient au-dessus de sa tête. Ils s'étaient sans doute laissé convoyer par les nefs transportant du ravitaillement depuis le port de Saint-Siméon.

La fumée âcre des feux obscurcissait le ciel et il n'était pas rare de voir, dans la cendre moribonde, renaître la pérenne braise pour consumer encore telle maison ou tel corps à demi calciné.

Personne dans les rues ! Quand des cris parvenaient à ses oreilles, Hork savait que ce n'étaient plus des Turcs vivants mais des croisés mourants ! Car ici, les morts portaient tous les blasons ! Ils gisaient par milliers, vaincus par le feu et les armes ou par la peste qui foudroyait hommes et bêtes depuis des semaines.

Hork monta sur le rempart sud pour tenter d'apercevoir les contours de la montagne, au loin. Tout d'abord, il ne vit rien. L'air était chaud. Il exhumait de la terre sablonneuse des brises crépusculaires qui faisaient rouler les herbes en grandes roues légères.

Il se dit que l'invisible était aussi son univers.

Circonscrire Dieu à deux yeux qui perçoivent, à un nez qui sent, à un palais qui goûte, à une main qui touche et à deux oreilles d'acuité réduite, c'est le condamner à n'être qu'inférieur.

Dieu n'est ni une statue, ni un fruit, ni une fleur, ni un morceau de bois, ni le chant d'un ruisseau...

Dieu est comme le diable, un double de son double. A approcher avec prudence ! Hors des religions pour le premier, hors de la sorcellerie pour le second.

Prudence...

Le mot lui fit peur. Il en avait manifesté si peu jusqu'à présent. Aucun de ses sens ne le prédisposait à observer quelque prudence. Depuis toujours, seule la quête de l'imperceptible avait été sa voie.

Sa vérité.

Encore un mot mensonge.

Quelle « vérité » pourrait lui dire ce qui se passait derrière le mont Silpius ?

De ses cinq sens, lequel lui permettrait de percevoir les centaines de milliers d'hommes armés qui approchaient d'Antioche ?

Qui pouvait lui souffler, sinon son esprit lucide et clairvoyant, doué pour les perceptions extrasensorielles, que Kerboga, prince de la lointaine Mossoul, l'envoyé d'Allah, l'ennemi le plus redoutable que rencontreraient les croisés, ayant réuni tous les musulmans en âge de se battre depuis les terres les plus éloignées d'Arabie, rassemblant Turcs seldjoukides et Arabes, arrivait de Mésopotamie pour écraser définitivement Bohémond de Tarente et Godefroy de Bouillon ?

A présent, la « guerre sainte » était aussi musulmane ! Désemparés, découragés d'avoir perdu tant d'hommes dans les combats, les Turcs relataient partout, en terre d'Islam, les souffrances infligées par la guerre des hommes de la Croix. Ils la décrivaient comme une guerre dirigée contre l'islam, contre les enseignements du Prophète, contre Allah ! Les Arabes d'Asie Mineure s'en étaient émus. Ils s'étaient réunis et avaient levé une gigantesque armée. Kerboga avait proclamé la « guerre sainte » ! La mort de Godefroy de Bouillon contre l'assurance du salut d'Allah !

Le Jihad !

Hork avait prévenu Godefroy. Bohémond avait eu vent de ce pressentiment et avait demandé confirmation à ses garnisons avancées en territoire seldjoukide.

Baudouin de Boulogne séjournait maintenant à Edesse qu'il avait conquise. Peu après la mort de sa femme Godvère, il avait épousé Arda, une Arménienne, la fille du sultan. Celui-ci, soumis à l'autorité de son gendre, l'avait aidé à ralentir l'avance de cette multitude de musulmans vengeurs. Il l'avait fait depuis sa forteresse, ceinturant de ses gardes d'élite une principauté que Kerboga et ses généraux ne s'attendaient pas à retrouver aux mains des chrétiens.

Le lourd et lancinant piétinement de milliers de pas et de sabots de chevaux ne pouvait être absorbé par le sable et les rocailles du désert de l'Anti-Taurus.

La haine écumante de Kerboga pour tout ce qui portait la Croix répandait une odeur de soufre qui parvenait jusqu'aux narines du mage gaucher.

Les croisés avaient apparemment bien fait de concentrer leurs derniers assauts contre les murailles d'Antioche. Après plus de sept mois de siège, ils l'avaient prise par ruse.

Mais, à présent, la ville tant convoitée par Bohémond allait les ensevelir. Ses greniers vides, ses réservoirs d'eau contaminée, ses milliers de cadavres en décomposition l'avaient transformée en un piège putride et mortel, un charnier gigantesque.

Hork le savait : Kerboga attendait le lever du jour pour s'encadrer dans la grande porte.

Antioche allait devenir leur tombeau.

Il leur faudrait y mourir.

Une nouvelle fois…

Descente aux enfers

Ce n'est qu'au bout d'un moment qu'il découvrit le sordide spectacle. Au milieu de la table trônait la tête du maître d'Antioche, Yaghi Siyan, qui présidait ainsi l'assemblée ! Hork croisa le regard de Godefroy, vide d'émotion, ivre de désespoir, et sans doute aussi de vin.

Et puis, ces innombrables femmes, violées par autant de chevaliers, ivres eux aussi. Ces jeunes filles dénudées ou en haillons, suspendues au-dessus des tables ! Des poulies au plafond permettaient de les faire descendre au niveau du sol où des brutes ignobles leur pissaient dessus avant de vomir leurs excès d'alcool. Certains soulevaient leurs hardes, les contraignant à quelque perversion, maintenant leur bouche grande ouverte avec la lame d'un poignard.

D'autres malheureuses, horriblement mutilées, se balançaient pitoyablement en se vidant de leur sang, les seins tranchés par une lame ou les yeux crevés et brûlés au feu de torches incandescentes. Plus immonde encore, certaines avaient eu le sexe bourré de nourriture et de viandes rôties jusqu'à en mourir.

Deux autres femmes inconscientes se consumaient par la tête et les cheveux. Des bêtes indignes en avaient approché des flammes de bougies sans qu'elles eussent pu s'en protéger.

Sur le sol couvert de vomissures, de sang, d'aliments souillés, de matières fécales, gisaient d'autres femmes encore, exsangues. Leurs visages exprimaient l'horreur du calvaire subi !

Même Hork, qui avait vu plus d'abominations sous le ciel de sa maudite vie que n'importe quel démon n'en avait vu en enfer, ne put contenir son effroi. Il s'écroula dans un coin de la grande salle et vomit ce qu'il n'avait pourtant pas mangé, car il jeûnait depuis trois jours.

La tête décapitée de Yaghi Siyan, roulait de main en main parmi les croisés. Ce n'était plus qu'un boulet rouge. Les hommes de la croisade se faisait un plaisir de la dépouiller de ses yeux, de ses chairs, de ses dents. Autant de trophées brandis sous les cris de joie des convives avant d'être ingurgités de force par une de ces martyres qui suppliaient à genoux qu'on lui accordât la grâce d'une mort immédiate.

Tels étaient les croisés de Dieu…

Telle fut la prise d'Antioche…

Ainsi continuait la guerre sainte, la grande croisade d'Urbain !

Sous les nuages épars du ciel bleu de Normandie, un petit garçon blond jouait au soldat avec ses deux frères. Ils avaient, à l'aide de bâtons croisés par une garde de bois ficelée, fabriqué trois épées.

Godefroy était le plus fort, même si le cadet, Baudouin, laissait présager qu'il serait un jour le plus fougueux. Et déjà Eustache, l'aîné, laissait gagner ses frères.

Cela sentait bon l'herbe d'automne, la prune bleuie

par les premiers froids après s'être gorgée de soleil, la noisette mûrissante et le vent du large.

C'était l'âme d'un petit garçon qui rêvait d'idéal et de chevalerie. Il serait un grand seigneur et ferait régner paix et prospérité dans ses fiefs.

Le petit garçon avait dû ensuite apprendre les règles des hommes. Il avait dû réciter les litanies, se soumettre à des dogmes dans de grandes maisons de pierre où parlaient haut et fort des hommes en noir ou en blanc. Puis il dut se battre contre les menteurs.

Il était maintenant la main armée de l'Eglise romaine. Le pape Urbain aurait-il toléré ces débauches sanguinaires ? Sûrement pas. Le pouvoir interdit toute émotion. Sinon, on le perd très vite. Il aurait sans nul doute condamné tous ces chevaliers. Un peu comme ces chevaux que l'on pousse d'une falaise pour les tuer en proclamant qu'ils sont stupides de sauter.

Godefroy pensa à sa mère. Il la savait vivante. Heureusement. Non seulement il la souhaitait en bonne santé, mais surtout il n'aurait pas supporté l'idée de la savoir là-haut regardant la scène qui se déroulait ce soir-là dans le palais de Yaghi Siyan.

Hork sortit.

Godefroy l'aperçut et, enjambant corps et visages souillés, le suivit dans les couloirs sombres du palais.

— Pourquoi font-ils cela ? lança le gaucher après un silence embarrassant.

— Ils ont la haine au ventre.

Hork haussa les épaules.

— Ces pauvres filles…, dit-il.

Godefroy toussa. Il n'avait rien mangé non plus et son ventre se faisait entendre.

Mais cette tenace envie de vomir…

— Tu te demandes ce que je fais parmi eux ? demanda le croisé.

— Je n'ai même pas vu qui est avec vous. Ils sont tous vautrés comme des bêtes.

— Tu veux savoir pourquoi je suis là ?

— Non.

— Je vais te le dire quand même...

Hork s'empressa de quitter ces murs qui étouffaient à peine le vacarme de l'orgie. Godefroy lui emboîta le pas.

— C'est moi qui les ai amenés ici ! C'est moi ! Moi !

— Et alors ? lança Hork, si fort qu'on entendit l'écho répondre deux fois.

— Alors, demain, ils meurent...

— Ce n'est pas une raison pour agir ainsi avec ces femmes. Tu peux les arrêter. Tu en as le pouvoir, ils t'obéissent en tout !

— Demain, je les tue !

— Quoi ?

— Demain, moi, Godefroy de Bouillon, je tue ces misérables croisés et je livre Antioche à Kerboga.

— Mais... tu es devenu fou...

— Excuse-moi, je ne sais plus ce que je dis...

Godefroy se prit la tête dans les mains. Un bourdonnement assourdissant lui mettait les nerfs à vif.

— Ce n'est pas ta croisade ! poursuivit Hork, ce n'est pas cela que tu conduis !

— Cette croisade infâme est le fruit de l'imagination du diable, pas de Dieu. Il n'y a pas de peuple élu, pas de croisés de Dieu, pas de cause juste ! Nous assassinons des hommes qui, pour se défendre, nous massacrent à leur tour dès qu'ils le peuvent. Cette escalade ne peut que mener à une violence qui annihile toute conscience, tout principe, tout sentiment. La guerre que nous menons est bâtie d'épreuves insoutenables, de trahisons inexpiables. Ces hommes-là, qui se conduisent comme des bêtes enragées, sont les seuls à avoir suivi l'ordre de Rome jusqu'ici. Les autres ont déjà déserté. Voilà pourquoi je suis là, au milieu d'eux et de leurs excès. Car, malgré mon emprise sur eux, si je m'oppose à quoi que ce soit ce soir, ils arrêteront la croisade.

Hork soupira et faillit dire « et alors ? » mais se retint.

— Et alors ? continua Godefroy qui avait compris. Moi, j'ai juré sur ma vie et sur le Christ que j'irais à Jérusalem et j'irai à Jérusalem !

— Tu peux y aller sans eux.

— Et sans armes aussi, en messager de paix, avec un bouquet de violettes à la main.

Ils marchèrent assez longtemps, puis arrivèrent devant un mur qui barrait toute issue. Il leur fallait revenir sur leurs pas.

Ils restèrent là un moment, Hork comme désincarné, Godefroy méditatif. Ce fut Hork qui brisa le silence :

— Tu te souviens de ce que tu m'as dit à Nicée ?

— Non.

— Qu'il fallait créer un mythe autour de ta personne, et qu'il faudrait des miracles pour faire avancer l'armée.

— Quel miracle pourrait sauver quelques milliers de croisés pestiférés, malades, épuisés, affamés ?...

— Affamés ? J'ai vu des viandes rôties et des vins ce soir à ta table.

— Des morceaux de chair volés à nos chevaux morts et à des cadavres turcs.

— Tu veux dire que...

— Non, je l'affirme. Quant au vin, il en reste, oui. Mais seulement pour les chefs ! Pas pour les soldats ni pour les pèlerins qui s'abreuvent, tu le sais, à l'immonde ru qui s'écoule dans les caniveaux d'Antioche. Alors, dis-moi, quel miracle va nous sauver d'ici ? Il vaut encore mieux que je trouve un moyen de tous les faire périr...

Hork reprit sa marche dans le sens opposé, non sans avoir jeté un regard sur l'impasse.

— Qu'y a-t-il derrière ce mur ?

— Yaghi Siyan l'a fait construire pour bloquer l'entrée de la cathédrale Saint-Pierre. Pourquoi ?

Ils avancèrent jusqu'à une cour ornée d'une végétation luxuriante.

— Fais-nous un miracle, Godefroy, un miracle qui les sorte à la fois de leur désespoir et de leur débauche !

Godefroy s'assit sur l'une de ces pierres qui marquent les angles des ruelles. On entendait, parmi les cris des moribonds dans les maisons voisines, les chants et les hurlements de plaisir des chevaliers réunis dans la grande salle.

— Qui peut encore faire lever cette armée de malades ?

— Le Christ.

— Tu as beau jeu de dire ça, Hork, c'est moi le chrétien !

— Je suis païen, mais je reconnais le pouvoir du Christ sur les esprits.

Hork, qui venait de s'asseoir un instant à côté de son ami, se leva tout aussi soudainement.

— Demain, dit-il, les armées de Kerboga seront en vue d'Antioche. En même temps, je t'apporterai une arme qui te permettra de les anéantir. Laisse-moi la nuit pour y penser...

— Que Dieu t'aide !

— Dieu, ou...

L'ombre de Hork s'enfonça dans la nuit.

Godefroy sentit une main fragile lui caresser les cheveux. Il se retourna et ne vit rien. Mais cette tendresse-là, il n'avait pu l'oublier. Elle pouvait s'appeler Anne. Elle vivait dans la grande ville, de l'autre côté du monde, en Occident.

Tout cela était si loin maintenant.

Mais était-ce bien elle ou la main anonyme d'un esprit errant qui, contrairement à ce qu'en disent les dogmes, peut être le reflet de la bonté divine ?

S'agissait-il de la main d'Anne, ou de Doda qui se faisait appeler Jeanne, cette aïeule perdue dans l'enfance qui avait autrefois hanté ses nuits d'insomnie et qui arrachait encore à Ide, sa mère, quelques larmes de tendresse quand elle l'évoquait ? Ne s'agissait-il pas plutôt de la main de cette mère magicienne qui savait guérir une fièvre par une simple prière ? Le souvenir d'une caresse, même si elle est ancienne ou illusoire, a le pouvoir de rendre une âme aux hommes qui croient l'avoir perdue. Jeanne, Ide, Anne savaient faire des miracles qui défiaient le temps. On choisit toujours la femme de sa vie comme une âme sœur. Est-il alors nécessaire d'expliquer pourquoi et par quel autre miracle aujourd'hui Jeanne pouvait être Anne ? Sachant que Jeanne repose là-haut et qu'Anne vit ici-bas avec les ailes de l'amour pour traverser l'espace.

Il est bien humain de vouloir mettre un nom sur une caresse… Pourquoi refuser cette marque de tendresse venue de l'au-delà ? Pourquoi la nier ? Pourquoi la chasser sous prétexte de diablerie ?

Il se dit que si Jésus, Jéhovah, Allah ou le Bouddha en Asie lui caressaient un jour les cheveux de cette manière, il serait prêt à reprendre une croisade en leur nom. Mais il savait bien, toutefois, que ceux qui sont capables de telles caresses ne veulent pas de croisades.

La Sainte Lance

Pierre Barthélemy creusait depuis quatre heures, sans interruption. Hork, une carafe vide à la main, le regardait ahaner, l'écoutait souffler à chaque pelletée de terre arrachée.

— Il faudrait le remplacer ! dit Godefroy.

— Non.

— Il est épuisé. Laisse-moi descendre !

— Non. Toi, tu te réserves.

Hork fit un signe de la main. Un homme de sa garde personnelle approcha.

— Toi ! Descends dans la fosse et aide-le !

Il siffla. Pierre Barthélemy redressa son dos voûté et le regarda. Il avait les yeux délavés de ceux qui boivent plus que de raison. Mais Godefroy se dit que c'était bien autre chose qui creusait ses traits et rougissait ses paupières. Vins et alcools étaient si rares et si bien gardés que le pauvre bougre recruté par Hork pour cette mission audacieuse n'y avait certainement pas accès.

Le duc leva la main.

— Non ! dit-il, qu'il continue ! Je vais le rejoindre.

Le sourire circonspect d'Adhémar de Monteil n'échappa point au croisé. Alors, sans mot dire, Hork tendit le bras gauche, laissant glisser son ami dans le fond de la fosse déjà élargie et suffisamment profonde pour accueillir deux hommes.

Gérard d'Avesnes lança une pelle à Godefroy qui, après avoir craché dans ses mains, empoigna le manche et se mit à creuser.

Tous furent ébaubis de voir le chef de la croisade s'activer comme un fossoyeur au fond de son trou.

— Tu crois en Dieu ? demanda tout bas Godefroy à Barthélemy.

— Oh oui, seigneur !

— Alors, vas-y, creuse !

— Oui.

Godefroy eut pitié du visage épuisé aux yeux usés et privés de larmes.

— Tu n'en peux plus, n'est-ce pas ?

— Non.

— Alors creuse ! C'est maintenant que tu vas trouver...

L'homme frappa deux coups de pelle dans la terre, de plus en plus dure et sèche. Sous les travées de l'église Saint-Pierre résonnaient le son des coups de pioche. Les dalles de la nef enlevées soigneusement par quelques serfs embauchés dès le point du jour jalonnaient le parvis. Les monceaux de terre et de gravats croissaient en hauteur autour du légat de Rome, de Bohémond, de Raymond, de Hork et de quelques chevaliers silencieux ou en prière.

— Par saint André ! hurla Barthélemy.

La pelle venait de choquer un morceau de métal rouillé.

A genoux, il gratta de ses mains nues la terre qui recouvrait l'objet. Godefroy comprit qu'il s'agissait de la lance.

Il posa son regard sur Hork dont les yeux cillèrent. La grimace amusée du légat pontifical se transforma et son visage blêmit.

— Nom de Dieu ! jura Godefroy.

Tous s'étaient précipités autour du trou béant, la masse humaine faisant s'effondrer les déblais qui montèrent vite aux genoux de Godefroy et de Barthélemy !

Ce dernier tint la Sainte Lance à plat contre son front, la brandissant ensuite devant les regards ahuris. Un immense *Veni Domine* emplit l'édifice. Adhémar s'agenouilla et tous les croisés le suivirent dans une vibrante prière de reconnaissance.

Godefroy remonta le premier de la fosse, bousculant au passage son frère Eustache, à la mine contrite, et un Hork jubilant ! Il empoigna le bras valide du gaucher pour l'attirer en dehors du cercle.

— Dis-moi, Satan, faut-il prier Dieu ou le diable pour faire jaillir du temps les objets sacrés entre tous ?

— Rien n'est sacré, Bouillon, ni objet, ni dieu, ni diable !

— Comment as-tu fait ?

— Je vous ai réveillés en pleine nuit, toi et les fantoches qui dirigent cette boucherie. Je vous ai accordé, pardon, je t'ai offert un miracle. Pour tous, c'est toi qui les as amenés là, suite au songe d'un certain Pierre Barthélemy à qui saint André aurait révélé que la lance même qui perça le flanc du Christ crucifié aurait été enterrée à Antioche, dans cette église, par saint Pierre lui-même, il y a mille ans. Immédiatement, Barthélemy est venu déterrer ce symbole du christianisme, invitant les armées croisées à continuer leur route avec courage et ferveur jusqu'à Jérusalem. C'est un miracle divin ! Dieu est avec eux. Dieu le veut !

— Supercherie !

— Supercherie oui, mais quel panache !

— Si Adhémar te démasque, tu finiras sur le bûcher.

— Barthélemy brûlera, pas moi. Et il le sait.

— Pourquoi a-t-il accepté ce mensonge ?

— Il n'avait pas le choix. Tu sais, c'est aussi valable pour toi, Bouillon. Ou tu deviens le messie du *dies irae*, ou tu meurs ! Lui, ou il devient saint Barthélemy, ou il meurt !

Godefroy fit quelques pas. Une colère sourde montait en lui. Il la cracha au ciel...

— Pourquoi est-ce toujours le mensonge qui répond à mes prières ?

Hork s'avança vers lui et lui passa la main sur la tête, geste que Godefroy refusa, s'écartant.

— Je suis celui qui reçoit et tu es l'objet de ma raison d'être ici-bas. Accepte l'incompréhensible ! Nous irons jusqu'au bout, à Jérusalem...

Il soupira avant de poursuivre :

— Tu as le reste de la nuit pour concevoir un plan. Demain, à l'aube, il faudra que tu leur dises ce qu'ils veulent entendre, comme un dieu thaumaturge qui fait engendrer ses souhaits par sa création. En ceci les Grecs ont raison : la vie n'est que théâtre. Sois bon acteur !

— Mais, rétorqua Godefroy, il nous faut surtout ressortir de cette cité alors que cent mille Turcs, Perses et Arabes nous attendent au-dehors !

— Quel merveilleux public tu as donc là ! Cent mille spectateurs qui ne comprennent même pas ta prose ! Et tu vas les soumettre à ton bon-vouloir.

— Et les autres, là, mes croisés, ne sont-ils pas également spectateurs ?

— Bien sûr. Et acteurs à tes côtés. Ils vibrent de cette

magie qui fait souvent de l'homme le meilleur spectateur de lui-même. C'est pour cela qu'il a inventé Dieu, pour être observateur de sa propre puissance !

— Que faire ? Mais que faire, bon Dieu !

— Continuer de feindre. Tu as un instrument majeur à présent : la Sainte Lance qui a percé le flanc du Christ ! Il ne te manque plus que quelques oripeaux et quelques bateleurs à grimer. Le décor est là, grandiose. Et j'oserais bien gager que même ton Jésus sera présent au spectacle !

— Déguisement... simulacre... j'ai peut-être une idée...

Hork était déjà loin quand il se retourna vers Godefroy. Son ombre disparaissait dans la nuit quand il cria :

— A demain, Godefroy de Jérusalem !

— A demain, Hork.

Laudes ont déjà sonné, et leurs chants résonnent encore dans Antioche. Les femmes s'affairent sur les tuniques, les hommes sur les cottes de mailles et des saltimbanques cernent de noir et de rouge les yeux des quelques centaines de chevaliers recrutés en hâte par d'Avesnes et Josfride. Bohémond tente-t-il de dormir ? Raymond écluse sans doute une coupe après l'autre. Adhémar, vaincu par la maladie et par l'âge, entreprend un voyage d'où l'on ne revient pas, et Godefroy tremble de peur.

C'est la première fois qu'il va se donner en spectacle devant tant de monde. La première fois qu'il sera le seul, hormis Hork, à connaître la vérité.

La première fois que Dieu pourra apprécier son talent.

Mais la vérité, comme Dieu, n'appartient à personne...

Même pas à ceux qui prétendent détenir l'une et croire en l'Autre.

— Jérusalem..., prie-t-il pour oublier la honte qui le submerge.

La sortie d'Antioche

Ils marchaient, leurs pieds nus s'enfonçaient dans le sable meuble blanchi par un soleil destructeur. Ils ne sentaient ni les brûlures ni les coupures des cailloux. Chaque goutte de sang qui s'échappait d'une plaie balisait un tracé éphémère vers la mort.

Godefroy leur avait dit :

— Allons mourir, frères, pour notre Dieu ! Montrons au monde et à nos enfants ce que fut la grande croisade des chrétiens ! Revêtons les apprêts de la mort ! Allons vers elle avant qu'elle ne vienne à nous ! Sortons d'Antioche, en cortège, derrière la Sainte Lance, conduits par le Christ ! Faisons céder par la crainte ce que nous ne pouvons vaincre par l'épée !

« Ce soir, enfants de Dieu, c'est Isaac contre Ismaël ! Le nouvel Israël contre l'Arabe ! La Jérusalem céleste reconquise !

« Si, depuis des lunes, nous clamons "Dieu le veut !", sans toujours posséder la foi, sachez qu'à Antioche, au moment de vivre ou de mourir, vous saurez si Dieu le veut réellement ! Sans Lui, nous n'atteindrons pas la zone d'assaut délimitée par les troupes de Kerboga.

« Allons, messires, nous sommes quelques milliers de

rescapés de la guerre de Rome contre la centaine de milliers de soldats d'Allah !

« Que les dieux tranchent !

« Qu'ils décident de la victoire du nombre ou de celle de la mascarade, mais qu'ils choisissent !

« En avant !

Ils avancèrent donc. Chaque pas semblait être un pas de plus vers la mort. Le soleil se couchait sur Antioche. Un vent mauvais souleva quelques grains de sable. Devant eux, attendaient des myriades d'archers, étincelaient des myriades de sabres à la lame aiguisée.

Cinquante mille cavaliers, cinquante mille chevaux nerveux et rapides, et cinquante mille fantassins aux sabres tranchants... Cent mille bras tendus par la haine !

Et les croisés avançaient, éprouvés par la peste, la famine et les blessures, épaves d'une guerre dont ils sortaient brisés, presque anéantis, déterminés à mourir au premier assaut ennemi.

Ils traînaient leurs guenilles, visages masqués d'argile, aux yeux rougis de fard.

Ils marchaient et Kerboga attendait.

Le vent soufflait fort là-haut sur le mont Silpius.

Un homme tendit alors les bras vers les cieux tourmentés de nuages bas. Cet homme, personne ne le vit ! Pas même Adhémar qui, déjà, demandait à Dieu l'absolution et la mort.

Une main effleura les cheveux de Godefroy, l'obligeant à tourner la tête vers la montagne. Il fut sans doute le seul à entendre la voix. Un hurlement :

— Maintenant !

Et le vent se mit à souffler sur Antioche plus fort qu'une tempête. Une tornade de sable provoqua un tel nuage de poussière que tout disparut au regard à des lieues alentour.

Puis le tourbillon se stabilisa ; il tournoya au-dessus des croisés, réfléchissant la lumière du soleil couchant. Alors, les hommes de la croisade eurent une vision : un cavalier blanc, surgi du ciel, pointait sa lance vers les Turcs et les Arabes.

— Saint Georges ! clamèrent les croisés.

Le *Te Deum* entonné depuis Antioche par ces hommes en lambeaux se transforma en *Veni Domine*. Les croisés marchaient, pleuraient et chantaient à tue-tête.

Les Turcs et les Sarrasins, eux aussi, crurent apercevoir un, puis deux, puis des centaines de cavaliers qui dévalaient les nuages du ciel des chrétiens. Mais Kerboga n'était pas dupe des mirages, si fréquents dans la région lorsque se levaient les tempêtes de sable. Il sentit pourtant sa tête se tourner malgré lui vers le mont Silpius.

Alors Kerboga distingua l'homme qui, les bras en croix, embrassait toute la plaine. Il vit ses yeux emplis de volonté et de puissance approcher de son visage. Le chef des Sarrasins voulut crier, mais aucun son ne sortit de sa bouche. Ses propres yeux se révulsèrent et découvrirent ce qu'il se refusait à voir : son armée en déroute ! Chaque soldat hurlait sa panique, les cavaliers s'enfuyaient à vive allure vers les collines voisines.

Cent mille soldats musulmans fuyant devant quelques centaines de chrétiens dépenaillés !

Le temps s'écoula, interminable. Kerboga ne pouvait toujours proférer aucun son ni mouvoir un seul membre. Quand Godefroy de Bouillon ne fut plus qu'à deux pas de lui, Kerboga le fixa, avant de tourner bride, et s'en retourna au pas.

On ne lutte pas contre le diable !

Même aux côtés d'Allah…

Alors seulement Hork baissa les bras.

La palmeraie

C'était comme si l'été refusait de quitter la scène. L'eau perlait sur son front, lui troublant la vue comme un écran translucide, elle dégoulinait dans son cou, ruisselait sur sa poitrine pour se perdre à la surface du lac où baignait son corps enfiévré par les ardeurs du soleil. Elle n'était pas vraiment glacée mais elle rafraîchissait sensiblement sa peau brûlée. L'air était torride : il fallait s'immerger plusieurs fois par jour pour résister à la canicule.

Il attendait l'apaisement du soir.

Le délice des olives marinées à l'huile et aux herbes, les citrons pressés aromatisés aux amandes et à la menthe, l'ail, l'échalote et les pois écrasés en purée onctueuse, les poissons séchés de Méditerranée, le vin blanc des plateaux du Golan, les filles à la peau mate, si expertes dans l'art du massage, autant de raisons de se laisser vivre sans se soucier d'un avenir pourtant incertain.

La palmeraie lui offrait ses ombrages. Couvert d'eau et de sueur, il s'allongea sur le sable encore chaud.

Il faudrait rentrer.

Il s'abandonna cependant à une dernière rêverie pour

ce soir, espérant retrouver une nouvelle fois les parfums musqués des forêts d'Ardenne et l'odeur un peu douceâtre de la Semois qui dégageait, entre tourbe et algues grasses, des relents d'eau stagnante bien que son cours fût des plus animés.

Ah, ces murs du château de Bouillon où l'on sentait encore le parfum de la mort douce et de la joue de Jeanne. Ces œillets mauves qui faisaient rempart au vent devant une colonie de fourmis grouillant de vie.

Joie de vivre en si beau lieu !

Et la pluie fine qui tombe des jours durant. Cette pluie qui perce les plus épais manteaux de chaume et court sur les toits d'ardoises taillées d'Herbeumont.

Ce jambon qui grésille au-dessus des pailles brûlées, exhalant son fumet de feu de bois et de sel. Les bouchers l'accrochaient aux crémaillères des cheminées, non sans les nouer avec une petite corde de lin. Enfant, Godefroy mâchonnait longuement ces cordelettes imprégnées du goût particulier des sucs de viande et de fumée de bois.

Mais ce visage puéril qui a grandi est celui d'un homme qui prête son âme et son corps à l'amour. De cet inconnu qui se nourrit du délice d'une caresse maladroite contre un ventre de velours ou de fesses fermes et charnues.

Où était cette femme qu'il avait aimée, cette fille de Viking venue du Nord pour s'en repartir après quelques nuits et sur une lettre qu'elle avait voulue pleine de regrets ?... Elle s'appelait Isabelle. Il ne pensait presque jamais à elle. Godefroy de Bouillon n'avait que très peu consacré sa vie à aimer ou à recevoir. Mais certains souvenirs s'imposaient à lui avec une envie soudaine de faire l'amour...

Il se leva, un arrière-goût de jambon fumé et d'eau d'étang dans la bouche.

Adhémar de Monteil était mort.

Bohémond de Tarente était maître d'Antioche.

Etienne de Blois avait déserté.

Alexis semblait avoir oublié les croisés.

Baudouin de Boulogne était comte d'Edesse, prince d'un premier Etat franc en Orient.

Et lui, Godefroy de Bouillon, attendait le soir pour déguster des cédrats dans une palmeraie.

Mais surtout, il avait envie de faire l'amour.

Il pensa qu'il tuerait peut-être son frère.

A moins que ce dernier ne le devançât.

La malédiction des Boulogne résidait essentiellement dans ce paradoxe de s'aimer trop et mal.

Une passion pour la vie et la mort consumait les cœurs des deux frères. Le feu en était si dévorant que toute opposition extérieure devenait dérisoire. A force de ne pas arriver à se témoigner de la tendresse, ils semaient la haine dans leurs propos.

Baudouin avait trouvé son fief. Mais il n'abandonnait pas la croisade pour autant, s'estimant plus utile en défendant les arrière-gardes de l'armée en Syrie qu'en assiègeant les citadelles de Palestine.

Godefroy n'y voyait que velléité. Pour lui, il fallait accomplir son vœu de délivrer le Tombeau du Christ des infidèles !

D'ailleurs, au-delà de ces fraternelles discordes, Jérusalem réclamait son sang !

Mais cela, malgré toutes les épreuves de la route, Godefroy l'ignorait encore.

Les voies de Dieu sont impénétrables.

Le mot d'amour

La beauté d'Anne Comnène était demeurée intacte. Il en subit le même choc qu'au premier soir, et ne souffla mot quand elle déposa dans ses bras une petite fille de huit mois et demi.

Ses yeux s'emplirent de larmes.

Il étreignit l'enfant : baisers, sable et poussière mêlés. A son tour la petite se mit à pleurer, mais Anne ne trouva pas le courage de les séparer.

Elle était trop émue de les voir enfin réunis, leur fille et lui, ce chevalier puissant, à la carrure massive, roussi de la terre d'Orient, marqué de mille cicatrices. Lui qui caressait son enfant, à la tendre peau d'ange, ce miracle des unions imprévisibles, et qui ouvrait de grands yeux noirs sur ce père étrange, éperdu entre larmes et bonheur.

— Elle se prénomme Malina ! dit-elle tout doucement.

Il pleurait sans retenir ses larmes. Elle ne pouvait apaiser ses sanglots, même en posant une main sur son épaule. Et lui ne se décidait pas à rendre la petite fille à sa mère. L'enfançon commençait à se débattre dans les bras de ce géant pathétique qui la serrait comme on retient une biche captive.

— Elle s'appellera Ide ! affirma-t-il sévèrement mais résigné, pourtant, à fondre de tendresse.

— Godefroy, personne à Byzance, hormis ma servante arabe et un mire, décédé depuis lors, ne connaît l'existence de cette enfant. Je l'ai mise au monde à Edesse, sous la protection discrète et efficace de ton frère Baudouin, profitant d'une mission que mon père m'avait confiée sur Jabala. Prétextant une maladie sans gravité, je suis restée enfermée dans une chambre les six derniers mois de ma grossesse. Seule cette femme m'a vue et m'a aidée à donner le jour à notre enfant. Mais il faut qu'elle porte un nom oriental qui ne soit ni grec ni latin pas plus qu'arabe en raison de vos exactions en Islam. Je lui ai donné le nom d'une de mes anciennes servantes juives. Son teint et ses cheveux blonds ne peuvent trahir ses origines. Elle sera sémite, sans plus, et elle vivra ! Si Byzance apprenait que la fille de l'empereur est devenue la mère d'un enfant de Godefroy de Bouillon, nous serions immédiatement exécutées.

— Ton père le sait !

— Mon père n'a reçu aucune confirmation des mires ! Bien au contraire ! Ils ont conclu à une absence de grossesse ! J'y ai veillé. Quelques bourses d'or et mon départ de Constantinople voici plus de seize mois m'ont permis de garder secrète la naissance de notre fille.

— Je m'étonne qu'Alexis reste dans l'ignorance de cela...

— Nous sommes ici à Turbessel, sur les terres de ton frère, Baudouin d'Edesse. Jamais mon père n'oserait s'aventurer sur les fiefs de Baudouin, qu'il craint plus que Bohémond ! Quant à ses espions, ils s'achètent au prix que je fixe ! D'ailleurs, étant donné vos rapports avec Constantinople et ce qu'est devenue la croisade, je crois qu'il ne cherche pas à en savoir plus sur notre histoire... N'est-ce pas toi qui le trouvais lâche et perfide ?

Godefroy posa un regard attendri sur la petite.

— Nous l'enverrons en Occident. Ide, ma mère, trouvera le moyen de la protéger.

— Godefroy, elle est notre fille et non pas l'enfant de ta mère ! J'en prendrai soin tant que je le pourrai. Et d'ailleurs, elle est beaucoup trop petite...

Anne avait repris le bébé des bras du croisé. Elle le berçait tendrement. La petite voix inquiète s'était métamorphosée en un gazouillis délicat.

Il s'attendrit à nouveau en rapprochant son visage de celui de l'enfant.

— Qu'elle est belle ! dit-il.

Un nuage assombrit son visage souriant.

— Donc Baudouin sait...

— Lui et ma sage-femme.

— Que comptes-tu faire ?

— La confier à cette femme qui m'est dévouée, servante au palais de Constantinople. Je la verrai chaque jour...

— Je... je ne puis...

— Je sais. Tu es le croisé de Dieu et tu dois conquérir Jérusalem.

Il ne répondit pas. Son front se creusait de rides sombres.

— C'est pour cela que tu es venue ?

— C'est vrai que tu peux tout arrêter si tu le veux. Raymond de Saint-Gilles conquerrait la Palestine et Jérusalem avec tes Lorrains et ses Provençaux ! Tu aiderais ton frère à le protéger des attaques venues de Syrie.

— J'ai juré de délivrer le Tombeau du Christ des infidèles !

— Mais pas d'être sur les murs de Jérusalem ! Ne peux-tu être un croisé qui accomplit son vœu sans mettre constamment sa vie en péril ? Ne peux-tu vivre ta foi dans la vie, plutôt que de frayer constamment avec la mort ?

— Non.

— Même pour vivre à mes côtés, avec ta fille ?...

— Tu vas devoir rentrer à Constantinople. Et...

— Je reviendrai souvent.

— Moi... moi, je reviendrai... une fois que Jérusalem sera délivrée... après...

— Tu penses qu'il y aura quelque chose après ?

— Je...

— Il n'y aura pas d'« après », Godefroy ! Tu t'es fixé cet objectif comme on définit la date de sa mort !

— C'est pour moi le seul moyen d'arriver à Jérusalem. La mort jalonne si bien ma route que je dois la situer sur ce point à l'horizon afin qu'elle ne me rattrape pas. Ainsi, c'est moi qui cours vers elle !

— Ce ne sont que des mots !

— Sans doute... mais ils m'aident... Si tu savais combien l'illusion et le mensonge ont fait avancer mes soldats depuis Bouillon !

— Tout ce qu'on crée est irréel !

— Cite-moi une chose que l'homme n'ait pas créé.

— La vie, la nature, cet enfant, Dieu...

— Dieu n'est peut-être qu'une création humaine.

— La forme que nous lui prêtons est irréelle car nous l'avons projetée, mais il est indiscutable que si la vie existe, et visiblement elle existe, elle ne peut être que le fruit de Dieu qui par là se manifeste.

— N'est-il pas, à son tour, créateur ? Donc, créateur d'irréel ?

— Voilà la frontière que les mots imposent à la pensée. Toute parabole vaut ce qu'elle signifie. On peut tout nier en acceptant tout, et tout accepter en niant tout. Et au détour d'une phrase, nous sommes liés aux mots qui ont imparfaitement exprimé nos sentiments.

— Ecris-tu encore ?

— Oui. L'histoire de mon peuple. Je te décris, et aussi cette croisade.

— Tu parles de cette enfant ?

— Jamais, bien sûr...

— Quel sera son avenir ?

— Ni couronné ni glorieux, je l'espère... Nous avons voulu l'enfant de la paix, mais nous savons maintenant que la paix n'est possible que dans le sang. Alors qu'elle vive à l'écart des architectes de paix, ce sont les mêmes qui entreprennent les guerres.

— Rome...

— Rome, oui ! Et Constantinople, et La Mecque, et Jérusalem ! Ce sont les théâtres de la honte humaine ! Les sources « sacrées » de la souffrance et du mensonge !

Il hocha la tête.

— Les prophètes ? interrogea-t-il.

— Les prophètes sont des assassins. Ils tuent plus encore après leur mort que de leur vivant.

— Peut-être leurs mots inventent-ils la haine ?

— Leurs mots et ceux qui les utilisent pour abuser les faibles.

Il la regarda avec tristesse car cette conversation écartait l'essentiel : leurs sentiments...

— Anne, pourquoi n'y a-t-il plus d'amour entre nous ?

— Il y en a eu.

— Oui, mais…

— Mais toi non plus tu ne m'aimes plus. Tu ne penses qu'à Jérusalem.

— Et ce Bryenne ?

— Il est grec.

— Comme toi.

— Tu m'as appris une chose, Godefroy : l'honneur et le sens de la parole donnée. Je n'oublierai pas.

— Tu vas donc l'épouser ?

— Plus tard. Beaucoup plus tard.

— Et Bohémond ?

— Un ami de mon père.

— Ton père a un ami ?

— Oui. Enfin, il le dit.

— Et toi, que dis-tu de Bohémond ?

— Que sais-tu ?

— Ce qu'on me rapporte.

— Alors, tu ne sais rien d'exact.

Ils se turent pour regarder leur fille qui s'épanouissait de bonheur dans les bras de sa maman.

— Merci, dit-il simplement.

— Je te le devais…

— Tout ce voyage…

— Peu de choses ! J'ai passé des mois à Pélékan et à Jabala, et puis à Edesse. Enfin me voici à Turbessel. Vous avez à ce point christianisé la région…

Elle s'arrêta. Un sanglot lui nouait la gorge.

Lui, face à la cheminée éteinte, s'étouffait dans ses larmes, le visage enfoui dans les mains et le corps convulsé.

Anne déposa l'enfant dans une corbeille capitonnée de coussins et de tissus soyeux avant de s'approcher de Godefroy pour lui caresser les cheveux. Il se laissa faire.

Alors, elle se recula doucement et s'arrêta devant un écritoire où elle déposa quelques mots sur un parchemin partiellement déroulé. Le crissement de la plume avait rompu un silence que, seules, troublaient leurs respirations. Il ne se retourna pas, il attendait qu'elle eût repris l'enfant et son couffin. Il se retint de respirer un long moment pour ne plus sangloter. La douleur qui lui serrait la gorge rivalisait avec celle qui lui broyait le cœur. Elle était physique et plus intense encore, elle brûlait le peu d'espérance qui avait survécu en lui. Il se retourna, maudissant cette conversation imbécile qui avait fait taire leurs principales préoccupations.

Ses paroles furent répétées par l'écho de la chambre qu'il savait déjà vide :

— Je ne la reverrai jamais, n'est-ce pas ?

Son corps s'abattit sur le plancher. Les larmes ruisselaient, mais il ne sanglotait plus. Il murmura une prière, sans savoir à qui l'adresser…

— Quoi qu'il arrive, protégez mon enfant !

Il restait là, les yeux emplis du souvenir de cette femme qu'il aimerait toujours et qui était venue lui rappeler une dernière fois qu'il était un homme.

Plus jamais, Godefroy de Bouillon n'approcherait une femme, et ceci jusqu'à sa mort.

Plus jamais il n'aimerait.

Plus jamais…

Il s'en fit le serment.

Ce soir-là, il rejeta la main imaginaire qui lui caressait le front et hurla sa haine à tout ce qui pourrait encore lui donner l'impression d'être aimé.

Avant de se coucher à même le plancher mouillé de ses pleurs, il maudit Dieu. Il ne dormit pas. A l'aube, il revêtit son armure et saisit son épée. Il ne voulut pas revoir Baudouin. Pas plus qu'il ne lut les mots écrits de la main d'Anne Comnène.

Il est des douleurs qui ne peuvent s'écrire ni se lire. Ou alors, par-delà la vie, dans d'autres mondes, d'autres corps, au travers d'autres anachroniques souffrances, aux côtés du même Dieu, des mêmes femmes, des mêmes enfants, des mêmes petites Malina...

Il monta sur son cheval avant que Josfride ait eu le temps de le seller. Il se dirigea vers le camp des soldats qui l'accompagnaient, et fit mander Hork qui accourut aussitôt. Il l'envoya regrouper l'armée lorraine toujours cantonnée dans Antioche sous les ordres de Tancrède.

— Demain ! dit-il simplement, le doigt pointé vers l'horizon.

Il venait de désigner le sud, vers Jérusalem.

Hork avait compris.

— Cette fois, c'est la fin ! marmonna le gaucher.

Le cauchemar

Il ne faisait que très rarement ce type de cauchemar. La croisade était une telle épreuve que le sommeil, quand il venait, lui paraissait la plus douce des bénédictions. Aussi n'eut-il point le réflexe de se réveiller au moment où Pierre Barthélemy avançait le pied sur la braise rougeoyante.

Hork, qui le regardait aussi, ferma les yeux, non qu'il ne supportât pas la vue de la souffrance du martyr, mais parce qu'il priait intensément.

Pierre Barthélemy posa l'autre pied sur les charbons incandescents et se mit à progresser lentement, sans un mot, sans trahir la douleur, sous les regards d'abord incrédules des croisés qui, bientôt, fléchirent le genou et rendirent grâces à Dieu.

Pierre parcourut le brasier sur toute sa longueur et en revint le visage à peine crispé. Les serfs se précipitèrent pour lui humecter les pieds et lui donner à boire.

Arnoul Malecorne, chapelain de Robert de Normandie, levait les bras au ciel, se signant, bénissant le désormais « saint » Pierre Barthélemy.

A vrai dire, l'épreuve du feu avait été imposée au découvreur de la Sainte Lance en concertation avec l'évêque Arnoul de Marturano et Pierre l'Ermite. Le clergé avait finalement décrété que le caractère miraculeux de cette découverte, sciemment orchestrée par feu Adhémar de Monteil et Hork le gaucher, était peu crédible. Impuissant, après maintes auditions, à prouver qu'il s'agissait d'un artifice, Malecorne avait imposé, sous l'œil du Seigneur, l'épreuve du feu à Pierre Barthélemy : cet être fruste ne pouvait, selon lui, avoir été choisi par le Ciel.

Godefroy se réveilla au moment où Pierre, absous, réhabilité et déclaré « bienheureux » dans la foi de l'Eglise, était porté en triomphe par les croisés éperdus de dévotion et de reconnaissance.

Le duc de Basse-Lotharingie se leva fort tôt et de méchante humeur. Il s'isola dans sa tente, plantée face à la muraille d'Arqa, loin des tumultes.

Un pigeon vint se poser au-dehors, juste devant la maison de toile. Il s'en approcha. L'animal, peu farouche, se laissa prendre. Godefroy découvrit un petit parchemin roulé qui enserrait une des pattes de l'oiseau. Il détacha cette bague. Un message était inscrit à l'intérieur.

Incapable de lire l'arabe, il se promit de le faire traduire. Les Seldjoukides avaient en effet adopté ce moyen de communication emprunté aux Arabes du Nord : des pigeons voyageurs nantis de messages attachés à leurs pattes. Godefroy se promit de ne pas négliger à l'avenir ce moyen inédit de faire porter le courrier. Sans en attendre la traduction, il s'amusa à répondre à ce petit mot en écrivant sur un tout aussi minuscule fragment de parchemin qu'il avait arraché aux rouleaux de cartes jonchant sa table :

Nous serons à Tripoli pour l'été. Nous emprunterons la route terrestre, à travers le désert. En attendant, nous restons à Arqa toute la durée du printemps.

Godefroy de Bouillon à Baudouin d'Edesse.

Il rit en pensant à la surprise des propriétaires de ce pigeon lorsqu'ils traduiraient ce message mensonger, reçu en réponse à leur propre envoi.

Godefroy n'avait, bien sûr, nulle intention de prendre la route de Tripoli si tardivement. Nous étions le 8 avril 1099 et il comptait bien lever le siège d'Arqa pour atteindre Tripoli au plus tôt.

Satisfait de ce tour, il appela l'interprète qui lut le texte arabe, d'essence purement commerciale et adressé à des marchands de Homs. Ces derniers n'allaient rien comprendre à la présence d'un courrier destiné à Edesse, et sans nul doute s'empresseraient-ils d'en avertir les Seldjoukides.

Godefroy de Bouillon sortit.

Des odeurs insupportables montaient des monceaux de cadavres aux alentours du camp. Il se dirigea vers les quartiers où logeait Hork. Un cortège de croisés convoyait une dépouille humaine. Godefroy n'y aurait accordé davantage attention s'il n'avait vu le gaucher lui-même suivre ce cortège funèbre.

— Encore une victime de la foi chrétienne ! fit celui-ci, visiblement affligé.

— Qui est-ce ?

— J'ai bien essayé de le sauver mais, parfois, les forces du Bien ne peuvent rien contre les forces du Mal !

— De quelles forces parles-tu, Hork ?

— Les forces du Mal, l'Eglise de Rome et ses évêques !

Et les forces que j'invoque, celles du Bien, que sont nos maîtres spirituels et nos ancêtres...

Godefroy s'avança vers le brancard pour ordonner, d'un signe de la main, l'arrêt des porteurs. Il souleva le linceul et découvrit le corps sans vie de Pierre Barthélemy.

— Il a succombé à ses blessures, peu après l'épreuve du feu ! confirma Hork.

Godefroy releva le drap blanc qui dissimulait aussi les pieds. Il ne put réprimer un mouvement de recul. Carbonisés, ceux-ci avaient doublé de volume.

— Pourtant, il a traversé le feu, sans douleur apparente, continuait Hork, perplexe.

— Le miracle de la découverte de la Sainte Lance, c'était aussi ton idée, Hork !

— Oui.

— Qui le savait, à part nous ?

— Adhémar qui, avant de mourir, a sans doute livré ce secret à son successeur, Arnoul Malecorne.

Godefroy se signa, autant pour le défunt que pour conjurer sa peur. L'Eglise éliminait ceux qui la servaient. Elle aussi recourait à des stratagèmes pour faire avancer les hommes. Et supprimait les gêneurs qui en savaient trop. Leurs vies étaient plus que jamais en péril. Et pourtant, ce qui l'angoissait le plus, c'était tout autre chose : Son sommeil n'était plus seulement le repos de son corps.

Son âme veillait au-delà de ses sens.

Car ses cauchemars étaient devenus les reflets de la réalité !

TROISIÈME PARTIE

De l'ort saint Abrahan fist venir un plancon,
Decà mer et delà espic l'apele on ;
De cel fut coronés Godefrois de Buillon.

Désespoir

Pour la cinquième fois, Hork, puis Josfride, Tancrède et finalement d'Avesnes vinrent le supplier de faire arrêter le convoi.

Une colonne hagarde composée de quelques milliers d'hommes, ce qui subsistait des foules innombrables qui avaient prêté serment devant Alexis à Constantinople. Il ne restait plus à une seule âme de cet étrange défilé d'éclopés, de blessés, d'affamés, d'assoiffés et de moribonds le moindre semblant de foi en ce Dieu de Rome et en ses prêtres.

Ils marchaient par habitude et aussi, sans doute, pour suivre cette ombre imperturbable dressée devant eux, droite sur un coursier qu'on ne changeait plus tant l'homme et la bête étaient soudés par le corps et l'esprit.

Ce spectre avançait sans boire, sirotant négligemment un citron ou mordillant un bâton de sucre de canne de Tripoli. Il ne parlait plus. Pas même à Josfride. Eustache n'osait lui dire mot.

Hork en venait presque à le craindre.

Depuis sa rencontre avec Anne et sa fille, Godefroy de Bouillon semblait se rendre à Jérusalem comme un mort-vivant le ferait vers son dernier refuge.

Hork le sentait déterminé à mourir, mais il le connaissait trop pour ne pas savoir qu'il n'accepterait l'imparable coup de faux qu'après avoir réalisé sa promesse de libérer le Tombeau du Christ.

— Sire, Raymond vient vous voir ! hurla Josfride, épuisé par une chevauchée qui l'avait conduit depuis les arrières de la troupe armée jusqu'à la tête où marchait son maître.

Essoufflés, Raymond de Saint-Gilles et sa monture en nage galopaient. Ils vinrent s'arrêter à côté de Godefroy. Le duc ignora le comte et continua sa progression, rythmée au pas de son cheval. Raymond le rejoignit une seconde fois.

— Godefroy ! Je sais ce que tu ressens...

Le silence répondit au comte de Toulouse.

— Godefroy. Tu es le chef de cette croisade, le Croisé de Dieu ! Personne, pas même moi, ne constesterait cette évidence ! Mais tu n'as pas le droit de mener ces hommes à la mort. Ils marchent depuis dix jours et dix nuits sans avoir pu s'arrêter. Ils ont soif et...

Godefroy lui jeta son outre, vide et sèche elle aussi. En l'attrapant, Raymond entra dans une colère qui fit cabrer son propre cheval.

— Nom de Dieu ! Bourru Lorrain ! Vas-tu m'écouter, ou je t'étripe de mon épée !

Godefroy fit arrêter son cheval et se retourna, posant sur Raymond un regard froid. Le Toulousain eut le temps de voir les paupières gonflées, à tel point que les yeux semblaient diminués de moitié, leurs iris étaient rouge sang. Les veines du cou jaillissaient comme si elles voulaient sortir de la chair. Le teint blafard, la peau bleuie par les larmes et les hématomes, les lèvres boursouflées par les brûlures du soleil de Palestine firent frissonner d'effroi le comte de Toulouse.

Le duc n'ouvrit pas la bouche, les lèvres soudées depuis plus de quarante jours par le silence qu'il s'était imposé jusqu'à Jérusalem. Il fixa Raymond qui baissa les yeux, puis, sans un mot, sans un signe, repartit vers l'est.

Et l'armée le suivit.

Jaffa

Les jours succédaient aux nuits et l'armée des croisés faisait inexorablement route en direction de Jérusalem. Peu avant leur arrivée à Tripoli, Godefroy avait définitivement opté pour la route qui longe la côte. L'armée pourrait de la sorte bénéficier des ravitaillements venus du large et chacun reprendrait des forces, mangerait et boirait à satiété.

Seul Godefroy ne retrouverait pas le sourire.

Ils traversèrent Tripoli, Beyrouth, Tyr, Acre, et arrivèrent à Jaffa.

Tancrède, écœuré par les querelles d'intérêts entre les chefs et, notamment, entre son oncle Bohémond et Raymond de Saint-Gilles, avait rejoint l'ost lotharingien. Si Robert de Normandie avait suivi le duc, c'était pour se tailler une mâle part en Palestine, dans l'empire fatimide d'Egypte. Godefroy n'avait jamais manifesté aucune revendication ou prétention territoriale.

Une seule fois, il avait voulu, et il en avait parlé aux autres chefs, une base pour y établir une garnison où il reviendrait lorsque la paix chrétienne serait installée à Jérusalem. L'endroit lui importait peu. Ce serait une retraite envisagée sans avidité ni passion.

Mais les trahisons de Raymond et de Bohémond eurent raison de ce souhait. Décidément, Godefroy de Bouillon devait accomplir son destin, et ne devait s'arrêter qu'à Jérusalem.

Depuis Antioche, où il avait pris le commandement des armées, Godefroy s'était muré dans le silence. Il avait bien assisté à l'une ou l'autre réunion des barons et s'était même expliqué en peu de mots sur les raisons de sa provisoire retraite à Turbessel. L'accueil très réservé de ses pairs et de sordides propositions pour le rachat de son armée l'avaient rendu prudent. Il connaissait les convoitises des uns et des autres et imaginait ce qui se serait passé s'il avait hésité à repartir. Son excommunication qui ternissait l'aura dont il jouissait auprès des croisés desservirait toute ambition future. Mais au départ d'Antioche, il était le seul à vouloir encore mener la croisade à son terme.

Une missive, envoyée et signée par les barons à Urbain II, ne reçut jamais de réponse. Alexis, qui s'était fait prier des mois durant, promit de nouveaux ravitaillements par la bouche d'émissaires inattendus, non sans négliger de tancer Bohémond pour son occupation d'Antioche que le maître de Byzance avait pourtant approuvée autrefois.

Personne n'était dupe des raisons profondes de ces messages.

Les Fatimides régnaient des confins du Liban à la Libye. Les entrevues avec l'émir du Caire n'avaient pas abouti. Les Egyptiens voulait fragmenter la croisade en plusieurs groupes bien distincts de deux à trois cents hommes désarmés. Un pieux pèlerinage, quoi !

Godefroy, qui avait déjà eu une première entrevue avec eux à Antioche, refusa le compromis. C'est ensemble que les croisés pénétreraient en Palestine et, par là même, entreraient en guerre contre la toute-puissante Egypte.

Depuis Tyr, Godefroy pensait à ces grands rois d' Israël qui avaient fortifié et enrichi le territoire que les croisés traversaient depuis la frontière libanaise. Comment maintenir la paix dans un pays entouré d'ennemis ? Comment garder des frontières aussi difficiles d'accès que le Sinaï ou les montagnes du Golan, de Moab ou d'Edom, à l'est du Jourdain ? Certes, la frontière syrienne était bien gardée par les contingents de Bohémond et de Baudouin. C'était déjà ça !

En arrivant à Jaffa, Godefroy proféra quelques mots, ses premières paroles depuis des lunes. Josfride n'en revenait pas. Il ne crut d'ailleurs pas reconnaître sa voix tant elle était altérée.

— Comme c'est beau ! dit le commandant de la croisade.

— Pardon, seigneur, vous avez parlé ?

— Je dis que Jaffa est belle. C'est ici que je voudrais vivre... et mourir, ajouta-t-il, un peu comme ces vieillards qui spéculent narquoisement sur la durée de leur vie.

Godefroy de Bouillon évoquait l'éventualité de s'établir à Jaffa pour une retraite paisible avant l'ultime repos. Mais il savait que l'heure inéluctable de la mort n'était pas encore venue.

Et que la paix n'est pas de ce monde.

La cité d'Allah

Quelle luxuriance ! Quelle profusion d'arbres, d'essences et d'arômes ! Une forêt chamarrée de pins résineux et de térébinthacées, où voisinaient des manguiers, des pistachiers, des anacardiers aux noix délicieuses, des térébinthes dont on extrait l'encens, sans parler d'une variété infinie d'arbrisseaux, myrtes sauvages, henné, cistes et balsamiers qui donnent cette gomme aromatique appelée myrrhe, ou grenadiers, tout cela buissonnant parfois à l'ombre des palmes déployées d'un dattier. Arbres résineux, fruitiers, francs, filardeaux, chenus, feuillus comme les chênes massifs aux flancs écorchés et dont les glands tapissaient le sol rocailleux. Tous s'enchevêtraient sur la colline. Les monts avoisinants, eux, semblaient être l'œuvre d'un architecte tourmenté. Comme si le vent, un déluge ou un quelconque esprit taquin les avait fait endêver, disséminant leurs semences en quinconce. Les nuages jouaient d'ombre et de lumière, courant plus vite que le vent, noyant brumes et ciel, végétation et mirages des clairs-obscurs dans le seul but de dérober au regard la ligne d'horizon crénelée. Curieuse ordalie que cette débauche d'efforts de la nature pour encore et vainement masquer la vue sur Jérusalem !

Godefroy se dit que Bouillon n'était pas loin. Le temps aussi y mettait du sien. Il pleuvait à torrents et ses yeux rouges que les larmes n'irriguaient plus y trouvaient un apaisement.

Il était descendu de cheval à quelque distance de la plus haute cime. Il se retourna pour, de ce point de vue, embrasser d'un seul coup d'œil toute son armée.

Le chef de la croisade avait pris bien de l'avance sur le corps militaire, mais les lieutenants qui l'entouraient levèrent la main pour arrêter la marche. Lentement, groupe par groupe, les osts lorrain, germain, provençal, normand et flamand s'immobilisèrent.

Tous relevèrent la tête, jusqu'alors courbée sous le poids et la fatigue de la longue expédition. Les chevaliers mettaient pied à terre. Les porteurs déposaient leurs fardeaux. Les femmes et les religieux sortaient des chariots bâchés.

Godefroy de Bouillon contemplait l'armée croisée. Cette assemblée de fous de Dieu qui avait peiné mille jours et perdu plusieurs milliers des siens pour parvenir jusqu'ici. Son armée…

Bien que constituée de nombreuses troupes aux origines diverses et toujours commandées par leurs chefs respectifs — mis à part les osts de Baudouin et de Bohémond, demeurés à Edesse et à Antioche —, cette armée était devenue son armée ! La croisade d'Urbain II était à présent la croisade de Godefroy de Bouillon. Et elle avait atteint Jérusalem !

Derrière la ligne d'arbres et de buissons, il y avait une vallée. Au fond de cette vallée, il y avait une petite montagne. Ce mont s'appelait Sion.

A quelques pas derrière ce dernier, s'élevait la plus convoitée et la plus sainte cité du monde.

Godefroy préférait attendre.

Il est des instants qui méritent d'être mis en exergue du temps, isolés du rythme des mesures. Il est des instants qui expliquent l'unique raison d'une vie. Des instants qui valorisent l'amour, transcendent la haine, glorifient l'homme, subliment sa quête de Dieu, effacent les inconvenances, la honte, les erreurs, les bassesses, bannissent la mort elle-même !

Jérusalem nie la mort et, la mort impuissante, que reste-t-il de Dieu ? Sans aucun doute, les Maîtres de la vie et de l'univers, là-haut, accompagnaient-Ils cet homme qui en avait conduit des milliers d'autres à la poursuite d'une chimère…

Godefroy de Bouillon savait que, dans un instant, s'arrêteraient le désir et le rêve, s'estomperaient la ferveur et l'espoir. Place alors aux cantiques et aux larmes de joie !

Enfin la vérité !

Non, il ne s'était pas battu depuis tant d'années pour annihiler ainsi des milliers de rêves et les confronter à la vérité d'un instant !

Et si Jérusalem les décevait ?

Il fallait attendre encore.

Ne serait-ce que l'ordre d'un dieu…

Il revoyait les images de Bouillon en ce jour du départ, le 15 août 1096.

Soixante-dix mille hommes poing tendu dans l'espoir de réaliser le rêve de Dieu ! Soixante-dix mille hommes ou sept mille, il ne savait plus, qui, des heures durant, ne ressentirent pas la douleur lancinante de leur bras tendu vers un ciel muet. Soixante-dix mille, ou sept mille, épées rutilantes, à l'acier immaculé. Et ces milliers de chevaux, fiers destriers venus des plus beaux pâturages du pays ? Où étaient donc ces montures, fierté des Lotharingiens ? Dévorées par les charognards du désert, dépecées par les soldats affamés, noyées dans les marais infestés de peste ou crevées, panse éclatée, dans des ravins peuplés de serpents et de scorpions ! Pas un seul cheval de Bouillon n'avait pu parvenir jusqu'à Jérusalem !

Et cette femme qui, du haut du donjon, pleurait trois fils qu'elle ne reverrait plus... Cette mère veuve d'un mari fidèle à Guillaume le Conquérant jusqu'à l'abnégation, désormais orpheline de tous ses enfants pour un cri insensé lancé par un pape aux ambitions démesurées : Dieu le veut !

Un cri de bêtise et de haine qui faisait désormais honte à la bouche même qui le proférait !

Dieu le veut !

Et ces armées indisciplinées qui, déjà désabusées, campaient dès Noël 1096 devant la somptueuse Constantinople. Ces milliers de pèlerins et de soldats venus des quatre coins de l'Occident : Flandre, Germanie, Lotharingie, Hollande, Normandie, France, Bourgogne, Provence, Sicile, Italie...

Ces milliers de conquérants chrétiens traversant le Bosphore...

Et Nicée...

Et ce colosse qui, du haut des murs de la cité musulmane, narguait un faux dieu à la tête d'une armée de crédules et de naïfs...

L'ours...

Les Turcs de Dorylée...

Le désert d'Anatolie...

Iconium, Césarée, Antioche...

Tripoli, Beyrouth...

Sa peau lacérée, guérie par le pouvoir du diable...

Et...

Et cet enfant qui porte le nom de celle qu'ils ont tué, lui et ses soldats du Christ...

Malina...

Anne...

Baudouin...

Ces trois noms-là inoculent davantage un mortel poison dans son cœur que les milliers d'autres ennemis de sa sérénité !

Il contemplait l'armée, ces quelques milliers de rescapés, et crut distinguer, au-dessus de leurs têtes, les premiers signes de l'ire incommensurable d'Allah réclamant les âmes de ses fidèles.

Il eut peur pour ses croisés. Et si Dieu était Allah ?

Alors, il ploya les genoux sur le sol détrempé.

La pluie avait cessé.

Il se tourna dans la direction de Jérusalem toujours invisible.

Et pria.

Il pria Allah et demanda miséricorde pour le Dieu des chrétiens.

Car seul un homme peut mander le pardon d'un dieu.

Seul un dieu peut troquer l'alibi pour l'immunité.

Seule la victime est dotée d'humilité !

Quand Godefroy se releva, l'armée entière était à genoux. La croisade de Rome à genoux ! Tous les chrétiens, unis dans une prière de miséricorde mandant le pardon d'Allah ! Une armée qui va mourir communie par la pensée avec son chef !

Tel était Godefroy de Bouillon, le Croisé de Dieu !

La main lui caressa les cheveux. Il la chassa, mais elle revint l'effleurer. Il hurla et elle disparut.

Le dos tourné à l'armée, Godefroy de Bouillon s'avança alors. Devant lui s'écartaient les buissons, plus petits qu'ils ne lui avaient paru à son arrivée.

Le ciel avait viré au rouge. De ses derniers rayons le soleil couchant semblait repousser les nuages noirs jusqu'au bout de l'horizon.

Il fit encore quelques pas, sans savoir s'il marchait dans l'espace ou dans le temps. Parvenu au sommet, il s'arrêta enfin.

Sans un mot.

Sans une larme…

Il crut entendre une voix intérieure qui disait « merci ».

Hork, qui n'était jamais loin, vint lui saisir la main.

Lui non plus ne disait rien.

Là-bas, Allah défiait la chrétienté !

Au loin, la Coupole du Rocher, Qubbat al-Sakhra, chef-d'œuvre du calife omeyyade Abd al-Malik, étincelait au centre de la Cité Sainte. En la marquant de son emblème, l'islam exposait ainsi au cœur de la très sainte Jérusalem l'inexpiable désaffection des juifs et des chrétiens depuis quatre siècles.

Godefroy de Bouillon éclata de rire. Le pape Urbain avait souhaité libérer le Saint-Sépulcre ! Quelle farce ! Alors que le centre du monde reflétait brillamment la gloire d'Allah !

Derrière Hork s'attroupa une foule de pèlerins impatients d'apercevoir eux aussi l'objectif de leur longue marche. Alors Godefroy se laissa choir face contre terre et s'abîma dans la prière.

Il ramassa un peu de boue de ce sol sacré dans le creux de la main pour s'en couvrir le visage. Se tournant enfin vers Hork, il dit :

— Il y aura bien plus à faire ici que je ne le croyais...

Hork désigna un dôme terne et gris qui domine la ville haute, un dôme bien plus petit que celui du Rocher.

— Le Saint-Sépulcre ! dit-il.

— Je jure devant Dieu de tuer de ma propre main celui qui osera émettre le moindre commentaire ! affirma alors Godefroy au comble de la déception.

Il remonta sur son cheval et reprit sa route à la tête de l'armée. Au bout d'un moment, Josfride s'approcha de lui. Il avait agrippé les rênes du cheval du duc de Basse-Lotharingie et lui criait, sur le ton de la plaisanterie :

— Et ce n'est que pour cela que nous avons fait tout ce chemin ? C'est la plus immonde cité que nous ayons vue !

Ce furent ses dernières paroles. La tête du fidèle serviteur roula dans la glaise.

Un silence.

Godefroy de Bouillon essuyait méthodiquement son épée sur sa tunique avant de la remettre au fourreau.

Un grand malaise paralysait les croisés. L'armée s'était arrêtée une nouvelle fois. Hork ordonna qu'on emportât le malheureux.

Godefroy s'écarta, réprimant un cri. Il avança assez longtemps avant que les croisés ne se décident à le suivre. Il n'était plus qu'un point minuscule dans la vallée quand Hork invita les soldats à reprendre la marche.

Un chant s'élevait de la ville, lancinant.

Un chant d'hommage à la grandeur d'Allah.

— *Allah Akbar... Allah Akbar...*

Le soleil avait disparu derrière le mont Sion. C'était l'heure de la prière. Et le Coran redonnait espoir aux fidèles...

Alors seulement, Godefroy de Bouillon pleura.

Au-delà

« Nous sommes ainsi depuis le 7 juin.

Nous voici, tout petits devant la cité de Dieu. Si je te parle, ma pauvre ombre, c'est que je ne sais plus à qui m'adresser. Et comme je sens ta main courir dans mes cheveux la nuit comme le jour, je sais que tu me suis, peut-être même me précèdes-tu. Je sais aussi que tu n'as pas beaucoup plus de pouvoir que moi, pauvre hère désabusé dont l'aura augmente auprès de ces fous de Dieu avides de sang, au fur et à mesure que ma foi cède la place à un désespoir inouï.

Combien je t'aime toi, main invisible, silence d'amour, qui me dis "oui, je suis là" au moment où je me sens seul et triste ! Que je suis bien sous tes doigts ! Bien dans ton immatérielle présence ! Bien dans cette bulle de mensonges !

Que tu es grande, toi, qui n'existes que dans le subtil mélange de ma nostalgique poésie née d'instants à peine vécus, toi pour qui j'ai esquissé des yeux et un visage, pour qui j'ai inventé une histoire qui raconte la mienne !

Tout ce que j'ai fait, c'est par toi, Jeanne ! Parce que ton existence est mon enfance !

Tu m'as tué en mourant, Jeanne ! Tu as tué l'enfance

et emprisonné l'espoir. J'ai voulu t'oublier, mais tu m'avais appris à lire, Jeanne. Maudite science qui oblige à écrire après avoir appris l'alphabet des autres.

Et maintenant, te voici avec moi dans cette tour de bois qui avance en cette aube du 15 juillet 1099.

Tu me caresses les cheveux et me conduis chez toi, dans les repères obscurs de vies astrales qui aspirent ma vie.

— Godefroy, à l'heure de mourir, je voudrais te dire…

Il parle. Mon ami Tancrède parle. Il se sent lui aussi proche de la fin. Ce grand gaillard taillé dans le roc, le front creusé d'angoisse, le poing serré sur la garde de son épée… En quelques mois, il est devenu mon ami. Il m'a combattu ainsi que mes frères durant une bonne partie de cette croisade. Le voici, fidèle à Bohémond et pourtant à côté de moi à l'heure de la mort, le cœur en croix à cause d'une inimitié que de nombreux coups de force amicaux n'auront pas éteinte.

— Je sais Tancrède, je sais…

Je le regarde alors que ses yeux me disent ce que seul le regard d'un mort peut raconter.

Il a laissé Bethléem, sa seule conquête, pour m'aider à prendre Jérusalem. Robert Courteheuse de Normandie, Robert de Flandre sont à sa gauche. Je ne les vois pas d'ici, mais je sais que je ne les oublierai pas. Je suis à jamais de Normandie et de Flandre, tout comme mes pays s'appellent Oc et Italie. Aimer, c'est être là !

Tancrède me fait un signe de la main. Il va rejoindre ses valeureux guerriers, à l'angle nord-ouest de la ville. Et Raymond… Raymond de Saint-Gilles… Il croit encore pouvoir envahir la cité par la porte de Sion…

Non ! On ne défie pas les oracles de Hork ! Hork a dit

que Jérusalem tomberait sous le coup de mon épée ! Mon épée !

Pardonne-moi, Raymond ! Je voudrais tant que ce soit toi l'élu ! Je te le jure ! Je n'ai jamais demandé à être Godefroy de Bouillon. Je suis né pour aimé et être aimé. Qui suis-je à tuer ?

Jeanne ! Raconte-moi une fois encore comment on fait les tourtes au sucre. Ramène-moi une nouvelle fois quelques morceaux de lard fumé que tu achetais à tes maîtres… Refais-moi tes bouillons imbuvables, mais qui avaient parfums de liqueurs parce que c'était toi qui les préparais ! Redonne-moi du tendre, du sévère, du froid de ta chambre, de la chaleur de ton âtre gorgé de bois de sapin et de l'eau de la Vierre ! Fais-moi entendre ton accent ardennais qui me raconte qui je suis, d'où je suis, et me laisse deviner où je vais… Donne-moi ce qu'une mère ne donne pas ! Donne-moi un nom et une famille… Pas cette maudite tare d'être le fils de… mais enfin d'être tout simplement et tendrement l'enfant de… sans ces ignobles règles, fruits empoisonnés des religieux qui assassinent l'amour.

Jeanne, parce que tu as été, tu as tué tous les autres. Il suffisait qu'ils aient un peu d'amour. Un peu moins de textes. Un peu moins de Dieu et de frères, par-ci, par-là… Je n'aurais pas été obligé de m'inventer un passé et un avenir. J'aurais été aimé et généreux d'amour.

Et vous auriez eu la paix, plutôt que la croisade !

Je suis donc seul, entre la tour des Cigognes et la porte d'Hérode, éclaboussé d'eaux que projettent les femmes du haut de la tour dressée. Elles détrempent les peaux tendues qui, ainsi traitées, résisteront quelques instants aux pluies de flèches et aux jets de poix enflammée des Fatimides.

Plus bas, protégés par les écrans de cuir et d'acier de nos boucliers, bœufs et chevaux tirent la tour qui fait crisser ses roues de pierre sur la caillouteuse et rebelle Terre sainte. Nous l'avons démontée et remontée en une nuit, pour la déplacer d'ouest en est.

Et puis il y a Eustache.

Eustache est mon frère comme le vent est au désert et à la mer, aux incendies de forêts et à la pluie. Eustache est le frère de tout le monde, de Baudouin en particulier. Pourtant, lui, Eustache le lâche, le conciliant, le pacifique et le doux, est là, à mes côtés, pour ne pas mourir sans m'avoir vu mourir avant lui.

Ensuite il y a Hork.

Et je refuse de t'en parler car je regrette de ne pas l'avoir tué lors de notre première rencontre. C'était à Verdun, il y a vingt ans. Il était mercenaire à la solde de mon ennemi, le comte de Namur. Puis il servit à mes côtés les intérêts de l'empereur germain Henri IV. En fait, il sert les bourses emplies d'or ! Mais quand on est orphelin de cœur, on s'éprend de ceux qui vous ressemblent. Je regrette qu'il soit encore en vie car, aujourd'hui, il est le seul être au monde qui puisse encore me faire croire en l'homme et peut-être en quelque chose que j'identifierais à Dieu ou à l'au-delà.

J'ai tué Josfride pour cette raison. Et aussi parce qu'il méprisait cette ville pour laquelle tant des nôtres sont morts ou mourront. Lui qui m'a aidé, soutenu, sauvé. Je l'ai tué. Je suis devenu un être sans humanité par désespoir, par nécessité.

Voilà.

Au-dessus de nous, sur le dernier étage de la tour, culmine une grande croix d'or que j'ai fait fondre avec tous mes biens. Elle est mon offrande au Christ.

Les païens n'ont pas eu le temps de reconstruire leurs protections de pierre sur les murailles et leurs fragiles palissades de bois ne feront pas long feu.

Je ris. C'est sans doute nerveux. C'est le feu bien évidemment qui les consume déjà. Je ris. Je sais que je suis vainqueur. Il ne me reste qu'un pas à faire.

Dans mon délire, je vois deux de mes soldats, les chevaliers Liétaud et Engilbert de Tournai. Il n'y a qu'eux pour être assez audacieux... Ils viennent de mettre le pied sur la muraille de Jérusalem !

Le courage est lotharingien !

La bravoure est de chez nous !

Je suis fier, Jeanne, fier ! Gris de joie et de hardiesse !

— Josfride ! J'aurais aimé que tu sois là ! Toi qui m'as tout donné, je t'ai dépouillé de ton rêve ! J'espère que tu nous vois de là-haut ! Et que tu vas orienter un arc, guider une flèche qui m'atteindra en plein cœur ! Pardonne-moi, frère !

La tour n'est plus qu'à deux mètres du mur. Les flèches ne pleuvent plus, non, elles s'abattent comme avalanche sur nos boucliers.

Je n'ai sur les épaules que ma cotte déchirée. Je tiens dans la main droite l'épée du Chevalier au Cygne ! Je suis ivre du bonheur de mourir, Jeanne ! Je me moque des flèches et des sabres, de l'huile en feu et des haches tournoyantes. Je suis heureux, Jeanne, je crois que je n'ai jamais été aussi heureux de toute ma maudite existence.

Je vis. Je crie. Je hurle. Je ne dis plus "Dieu le veut !" non ! Je hurle et je ris.

— BOUILLON ! BOUILLON ! BOUILLON !

Je ne peux qu'être vrai et crier ce nom que j'aime !

Jeanne ! Jeanne !

Je suis sur la muraille de Jérusalem.

Je suis…

Je suis vivant pour la première fois depuis ma naissance…

Je suis chez moi !

Je suis de retour.

Je ne partirai plus.

Le sang a beau m'aveugler. Mon épée retranche des vies. Je goûte le fiel de la mort des autres. Ma salive est noire du sang des musulmans. J'ôte vie sur vie, je taille bras et jambes, têtes et troncs. Que sont ces corps face à ma victoire ? Je n'éprouve aucune honte. Je suis le soldat de Dieu. J'exécute sa sentence. La guerre sainte ! Maudit soit Allah et son Prophète !

Pourquoi me caresses-tu les cheveux, Jeanne ? Pourquoi ce parfum de violette ? Laisse-moi à mon délire ! Il y a un feu là-bas et j'entends des cris. Ce sont des cris d'horreur.

Un chant monte de la synagogue. Il dit l'amour de Dieu pour Jérusalem. Il dit que le peuple élu y vivra en paix pour toujours. Il m'emplit de souvenirs.

— *Yéroushalaïm…*

Le feu dévore l'édifice. Les croisés y entassent des hommes, des femmes. Une fumée noire monte des toits. Que font-ils ?

— Nous sommes juifs…

Ils m'appellent en pleurant, me suppliant.

— Nous sommes juifs ! hurle un vieillard en s'accrochant à ma cotte de mailles ensanglantée.

— Bienvenue à notre libérateur ! me crie une femme aux yeux exorbités par la peur.

— Le *dies irae !* Le *dies irae !* Sauve-nous ! Tes croisés veulent nous brûler dans nos synagoges ! Nous ne sommes pas musulmans mais juifs ! Ordonne-leur d'arrêter le massacre !

Pourquoi n'ai-je pas encore levé la main, Jeanne ? M'obéiraient-ils, tous ces croisés aveuglés par la haine ? Un voile noir obscurcit le ciel de Jérusalem, Jeanne. Et j'ai entendu un vieux rabbin me dire : *Shalom !*

Jeanne ?

Jeanne ?

Ne me dis pas que toi aussi tu es juive ?

Je suis né d'un père normand et d'une mère ardennaise. Tu t'appelais Doda, mais mon grand-père t'appelait Jeanne, à cause des persécutions contre les juifs...

Je ne comprends pas.

Je ne vois même plus le visage que je t'ai dessiné.

Je ne reconnais plus la douceur de ta joue.

Mais j'y devine une larme.

Où est ta main, Jeanne ?

Où es-tu, par la grâce de Dieu ?

Alors, je t'ai perdue, toi aussi, Jeanne ?

C'était bien, pourtant, ta main dans mes cheveux... »

Le Saint-Sépulcre

« Mère, te souviens-tu ? Te souviens-tu de ce que tu me disais, autrefois, quand j'étais enfant, petit émule né de tes entrailles, porté par des désirs de chevalerie, élevé dans la soif de glorieux combats épiques, une épée de bois à la main et des buissons d'aubépine en guise d'ennemis ? Tu te rappelles, dis ?

— Tu seras un grand prince mon fils ! Un roi d'équité et de justice ! Un homme de bien qui combattra pour le Christ et, si Dieu le veut, régnera sur le royaume de Dieu sur la terre, la nouvelle Jérusalem chrétienne...

Maman ! Comme tu m'as menti ! Pourquoi dit-on toujours des fausses vérités aux enfants ? L'épée, noblesse du chevalier, a été façonnée pour mettre un terme à la vie ! Elle blesse, transperce et tranche. Elle tue... Et c'est tout... La justice n'est pas son âme. Seul le bras de celui qui la soulève est son esprit. Et le mien est bien las !

Mère ! Toi que l'Eglise dit bienheureuse, sainte femme et magicienne des âmes, vois-tu, de ton abbaye du Waast ou du château de Boulogne, ce qui se passe ici, dans les ruelles obscures de Jérusalem ?

Je pense à toi, mon amour de mère !

Je pense à toi pour ne pas me noyer...

C'est toi qui, autrefois, m'avais appris à nager dans la Houssière, cette petite rivière près de Baisy. L'eau y était claire, glacée même en été, et tu riais de me voir resurgir de son lit, la tête couverte de cresson vert.

Je nage.

Je nage dans une rivière rouge et tiède.

Je suis sur une place de la ville basse, inondée de sang. Du sang en telle quantité que nous ne pouvons plus progresser en marchant dans les rues sans glisser. Une mare de sang de nos ennemis, mais je ne perçois pas la différence entre croisés, juifs, fatimides, sarrasins.

Il paraît que nous sommes tous frères.

Tout à l'heure, en franchissant la muraille, j'ai frappé un homme grand, beau et fort, à la peau noire d'ébène. Le sang qui colora mon épée était rouge comme le mien ! Je savais cela depuis toujours, mais aujourd'hui je l'ai vu de mes yeux.

Il paraît que nous sommes tous frères !

Il n'y a que notre Père à tous qui porte des noms différents.

Mère, je vais sortir de cette mare de sang. Je ne vais plus nager. Je m'y noierais.

Je marcherai vers la ville haute. Je gravirai les marches et escaladerai les rues pavées de la *via Dolorosa.* Je parcourrai le chemin de Jésus jusqu'au Golgotha, la croix d'or sur l'épaule et j'espère que, là-haut, un musulman compatissant m'y crucifiera.

Autour de moi des cris et, curieusement, la musique de chœurs improvisés. Ceux qui meurent chantent. Juifs ou musulmans, ils se regroupent et entonnent des cantiques de repentance que je ne comprends pas, mais je sais que ce sont des prières adressées au même Dieu.

Ah, si je pouvais avoir le même Dieu que les musulmans et les juifs... Un Dieu qui n'aurait pas voulu cette croisade. Un Dieu qui n'en soit pas l'instigateur...

Et puis, il y a les cris. Les cris de mes croisés que je ne maîtrise plus. Un ordre et je serais empalé sur une de leurs lances !

Je ne suis plus leur chef! Ils n'ont de chef que leur folie meurtrière ! Ils se vengent de Dieu, de Rome et de moi !

Je ne suis plus le chef de la croisade.

Je n'en suis plus que le responsable.

Jérusalem est à nous. Jérusalem est rouge de son sang. Que ce chemin de croix est long et pénible ! Je viens de poser la paume sur la pierre où la main de Jésus a laissé son empreinte. Je suis envahi d'amour et de miséricorde.

Est-il possible que le Messie soit si grand que toucher une pierre qu'il a frôlée me rende la sérénité ? Oui, c'est possible, car voilà que ce miracle se produit. Mère, je reprends espoir. Je ne me bats plus.

Hork est à mes côtés. Il pleure. Je ne l'avais jamais vu pleurer. Le diable pleure !

Devant nous, une petite place dallée de blanc.

Au fond, deux porches fermés. Au-dessus, une église blanche et grise, surmontée d'une coupole noire. Une bien triste église délabrée, engoncée entre de lourds et massifs murs mitoyens.

Un petit homme vient vers nous. Je me retourne. Il n'y a personne d'autre que lui. Je n'entends plus les cris de Jérusalem qui meurt. Je ne vois plus le sang de la honte.

Le petit garçon me tend la main. Il veut un sou.

Je lui donne mon épée.

La croix est sur le sol, maculée de sang.

La porte de gauche s'ouvre. Il y a des escaliers à côté de celle de droite. Ils semblent monter au ciel.

Je pénètre dans l'église. Elle est en ruine. Je ne sais pas où je me trouve, mais je le devine.

Le petit bonhomme me dit en me rendant mon épée :

— Bienvenue en la basilique du Saint-Sépulcre, ô Roi des Chrétiens !

Là, je tombe comme une masse et je pleure. Interminablement…

C'est Hork qui me relève. Titubant lui aussi, il me porte cependant vers le roc rose et brillant. Puis, presque aussi faible que moi, me conduit vers un bloc de granit et, baissant la tête, je me glisse dans un caveau qui m'emplit de piété et de douceur. Comme ce qu'on doit ressentir en mourant lorsqu'on découvre le Royaume des Cieux.

C'est une émotion comme l'amour vrai.

— Le Tombeau du Christ ! souffle notre petit guide.

J'y dépose mon épée et j'y fais ce serment :

— Je le jure, Seigneur, jamais plus cette épée n'enlèvera la vie !

Mère, voici maintenant deux jours que je suis prosterné devant Jésus. Je sais qu'ici il existe ! Et je suis le libérateur du Saint-Sépulcre ! L'humble serviteur de Jésus-Christ !

Mère… Je resterai à Jérusalem ! Je ne reviendrai jamais à Bouillon.

Dieu est ici. Je l'ai trop souvent cherché en vain pour ne pas rester là où je l'ai trouvé. Pardonne-moi. Mais ici, je suis heureux.

Adieu.

Je regretterai ta main dans mes cheveux… »

Le Golgotha

« Je t'ai aimée, Anne. Il faut que tu me croies. Mon histoire est une accumulation d'impondérables violences et de chances inexplicables.

A quinze ans, je perdais mon tuteur, mon oncle maternel, le duc de Basse-Lotharingie, Godefroy le Bossu. Ma mère m'avait confié à lui car elle n'avait guère de biens à me donner en héritage. Mon père ne revenait pas d'Angleterre. On le disait mort. Il ne tarda d'ailleurs pas à succomber des suites d'une bataille de trop menée aux côtés du Conquérant. Eustache, mon frère aîné, hériterait de Boulogne et des terres conquises sur les Anglois. Mon petit frère Baudouin serait l'intendant des alleux de ma mère, mais moi…

Il fallait me trouver un fief à la hauteur de mes futures ambitions. Godefroy le Bossu m'aimait bien. Il me prit sous sa protection. Il fut assassiné sur les ordres de son épouse, Mathilde de Toscane, une alliée pour ne pas dire une amie du pape Grégoire VII.

Malgré la haine et les revendications de cette femme sur l'héritage de mon oncle, je devins comte de Verdun et marquis d'Anvers. Mais je dus attendre onze années avant de récupérer le duché de Basse-Lotharingie !

Ces biens me contraignaient à une pénible vassalité à l'empereur germanique Henri IV, ennemi de Rome. Cette légitime fidélité m'amena à combattre l'Eglise aux côtés d'Henri de Germanie.

Elle m'excommunia.

Puis vinrent de nouveaux papes. Des ères de paix… J'étais devenu l'un des plus puissants seigneurs d'Occident. Pendant ce temps, ton père perdait ses territoires d'Orient et voyait ses mercenaires se retourner contre lui. Urbain, le nouveau pape, cherchait un moyen de ressouder l'Occident déchiré par maintes querelles et d'affaiblir les barons trop indépendants car souvent placés sous l'égide d'un clergé simoniaque.

L'appel de Clermont fut pour moi comme un espoir de libération. Je pressentais une nouvelle guerre entre Rome et Aix-la-Chapelle où siégeaient les empereurs germaniques. Je ne voulais plus être un bouc émissaire lors de conflits qui ne me concernaient pas directement. En outre, ma mère me le rappelait, j'avais une dette envers l'Eglise.

L'absolution d'Urbain m'était indispensable.

Je partis. Je ne savais pas que, sur la route de la croisade, j'allais rencontrer l'amour. Bien mal venu pour un destin ainsi tracé…

Crois-tu que j'aurais dû arrêter la marche de mes hommes pour rester auprès de toi ? Tout ce que j'avais dû faire et dire pour qu'ils m'accompagnent aurait été vain.

J'ai vraiment besoin de me purifier dans la mort.

Je ne sais pas pourquoi je suis si bien à Jérusalem. J'ai l'impression d'y avoir vu le jour… Savoir que je vais y mourir me rend presque la joie.

En ce moment je me trouve dans un vestibule, sous le rocher du Golgotha, dans la Basilique.

Tu viendras. Vous viendrez tous à Jérusalem, maintenant que je l'ai libérée des injustes. Mais auras-tu le temps de me revoir ? Viendras-tu avec Malina ?

Tu auras été mon seul amour, Anne. Et même si je ne sais pas si c'est ta main qui me caresse, je crois que ce n'est pas impossible.

En es-tu consciente ? Tu ne me réponds pas...

Je sais que tu n'es déjà plus à moi. Aucun amour ne survit à la mort. Et je suis déjà mort.

J'aurais simplement aimé que tu me caresses la tête une dernière fois... Ne le veux-tu pas ?

Tu n'es plus là... Anne ?

Réponds-moi !

C'était bien ta main dans mes cheveux... »

Le « saint-pierre »

Jaffa épand ses arômes iodés telle une pluie de printemps, avec ses tièdes et subtiles effluves d'embruns, de bourgeons fraîchement éclos et d'herbe verte. Un bouquet de parfums et d'exhalaison des pierres attendries par le sel et le vent de mer, arrosé de fines gouttelettes d'eau du ciel. Larmes de joie ou de tristesse nées des humeurs de la grande bleue étalant sa moiteur sur les objets et sur les âmes.

Il mange un poisson grillé aux épices. Un poisson qui ne vient pas d'ici mais que les juifs de Jaffa, qu'ils s'obstinent à appeler Joppé alors que ce nom est grec, vont pêcher en mer de Galilée. Cette dernière aussi a troqué son nom sous les Romains, au temps du Messie, pour celui de lac de Tibériade. Les pêcheurs du lac vendent ce poisson sur les quais du port, leurrant les pèlerins tant sur le prix que sur l'origine de leur pêche.

— C'est un poisson d'eau douce ! marmonne Hork, mordillant la peau croustillante brûlée à l'huile d'olive et au sel.

— Oui, répond Godefroy, un verre aux ciselures dorées à la main.

— Mais ce vin est délicieux ! ajoute le mercenaire.

— Bien plus que cela ! surenchérit le duc.

Il élève un carafon cacheté de cire noire : Golan. Lc perlant blanc est un excellent cru des plateaux du Nord. Fruité et doux, il se boit frais et n'est pas sans rappeler les vins ambrés et onctueux de Rhénanie.

— Et maintenant, que vas-tu faire ? éructe le gaucher entre deux rots.

— Digérer.

— Et puis dormir, je m'en doute. Mais après ?...

Godefroy laisse s'installer un silence.

— Rentrer à Bouillon.

Nullement dupe de cette tentative d'intimidation, Hork prend un air faussement naïf.

— Mais qui va maintenir la paix à Jérusalem ? demande-t-il.

— Toi.

— Tu as raison, avec la bénédiction du pape, que j'attends d'un jour à l'autre.

— Il paraît qu'il est au plus mal.

— Pour le prince terrestre du Mal, ce n'est que justice...

Un nouveau silence, à peine ponctué d'un ricanement de satisfaction.

C'est Hork qui le rompt.

— Tu comptes passer par Constantinople ?

Godefroy fixe son ami dans les yeux.

— Que sais-tu ?

— Ide de Byzance ! Ce n'est guère un nom orthodoxe...

— L'enfant ne vivra pas, n'est-ce pas ?

— Sauf si tu la prends sous ton aile. Mais ton aile est tellement brisée...

— Il est préférable que je l'ignore ?

— Oui.

— Anne l'élèvera.

— Non.

— Pourquoi dis-tu non ?

— La princesse de Byzance ne peut s'occuper, sans éveiller les soupçons des intégristes grecs, d'une enfant blonde aux yeux bleus, dans une ville peuplée d'ethnies sombres et typées.

Godefroy se lève, exaspéré. Hork le suit. Quelques pièces jetées aux pieds de l'aubergiste qui sortait déjà un poignard...

Il marche. Etalés à même les quais, les filets de pêcheurs désordonnent la cadence de leur pas. La nuit tombée occulte les nombreux écueils.

Que la mer sent bon la justice ! Qu'elle sent bon le bonheur !

— Alexis sait.

Hork ne s'étonne guère, mais une ride plus accentuée lui barre le front. Une de plus. Une de trop.

— Alors, elle est déjà morte !

— Je le tuerai si ce que tu dis est vrai.

Hork s'avance vers un ponton de bois branlant et va jusqu'au bout de la jetée.

— Diantre ! fait-il, comme s'il s'agissait d'une banale conversation d'après libations.

Puis il revient sur ses pas et fait front à Godefroy.

— Le pape va mourir.

— Quand ?

— Fin de ce mois.

— Et ?

— Et, si tu le veux, tu deviens roi de Jérusalem ce soir...

— Même excommunié ?

— Ton excommunication remonte à la campagne de ton suzerain Henri IV en Italie, en 1083. Cette année-là, le pape Grégoire a excommunié tous les barons allemands qui soutenaient Henri, dont toi. Mais les temps ont changé. Tu as été réhabilité en participant à cette croisade !

— Urbain II a promis d'absoudre les morts de cette croisade, pas les vivants !

— Mais… tu vas mourir, Bouillon, tu vas mourir…

— Oui, en attendant je ne peux prétendre au titre de roi chrétien de Jérusalem. Rome n'y consentira pas.

— Rome est morte. Ce sont les barons qui gouvernent Jérusalem. Ce sera toi le maître de la chrétienté.

— Tu es fou.

— Rentrons.

— A Jérusalem ?

— Oui, rentrons. C'est ce soir qu'ils t'éliront roi !

— Ce soir ?

— Oui, ce soir.

Un trait de lumière filtrait par la fenêtre pourtant calfeutrée de tentures épaisses. Une voix suave et bien connue lui souffla deux mots à l'oreille :

— Je t'aime.

Il entrouvrit les yeux. Il se réveilla lentement. Il avait rêvé. Jaffa était loin et sa chambre donnait sur l'esplanade du Temple. Il reconnut pourtant la voix et le visage d'Anne Comnène.

— J'ai l'impression de sortir d'un songe et c'est maintenant que je rêve vraiment !

— Godefroy, les barons sont dans l'église du Saint-Sépulcre. Ils viennent, à l'unanimité, de t'élire roi de

Jérusalem ! Il faut que tu les rejoignes. Tu es désormais l'oint de Dieu dans la ville de David. Tu es roi de Jérusalem, Godefroy !

Il se dressa sur son séant, écarquilla les yeux pour mieux voir encore.

— Que fais-tu en Palestine ? Nous ne devions jamais nous revoir.

— Si, après...

— Après, mais rien n'est fait ! Ce n'est pas fini !

— Je t'expliquerai plus tard, viens ! Habille-toi, ils sont là, à t'attendre. Tu es roi de Jérusalem.

— Comment va l'enfant ?

— Bien ! Elle est à Byzance. Mais tu la verras prochainement. Godefroy, réveille-toi, tu es le plus grand. Tu as réussi l'impossible. Tu as conquis la ville de Dieu. Tu lui as rendu la volonté de relever le front face aux musulmans. Tu es roi de Jérusalem !

Il revêtit sa tunique rouge déchirée et maculée de sang, enfila ses bottes percées aux éperons brisés. Il se ceignit du ceinturon qu'il portait depuis vingt ans, glissa l'épée de son oncle Godefroy le Bossu dans son fourreau et refusa le manteau de velours que lui tendait Anne.

Elle le regardait avec tendresse et admiration.

Il sentit bien une main rêche lui parcourir la nuque puis les cheveux. Des doigts de vieille femme.

Anne n'avait pas dix-sept ans.

Elle était à quelques pas de lui.

Ide vivait en Normandie, à des milliers de lieues d'ici.

Jeanne était morte depuis quarante-six ans

Godefroy ne l'avait pas connue et il n'avait guère aimé la femme qui l'avait remplacée : une certaine Béatrice.

Celle-ci avait épousé en secondes noces le grand-père veuf, Godefroy le Barbu. Le soir, au moment du coucher, Ide venait raconter à ses fils la vie de sa maman. Etait-ce Jeanne qui venait l'assurer de sa présence ? Seuls les morts ont des mains invisibles…

Mais la bienheureuse Ide d'Ardenne l'avait souvent répété à ses fils : les forces du Mal sont parfois douces au toucher, et Satan se déguise en ange de lumière ! Ce dernier serait-il le seul à avoir accès à la lumière ? Pourquoi Dieu, dans sa grande miséricorde, ne revêtirait-il pas, parfois, le manteau de la douceur, de la tendresse consolatrice ? Pourquoi toujours laisser ce rôle à Satan ?

Bien des choses surnaturelles s'étaient produites depuis le début de cette croisade : ses cauchemars n'en étaient plus et ses rêves prenaient la place de la réalité.

Tout ce qui est créé est irréel !

Tirée de la sagesse orientale, cette phrase, attribuée au Bouddha des habitants de l'Indus et souvent citée par Anne, l'obsédait.

Il savait que la mort arrive toujours en avance sur le suaire. Et qu'elle prévient par des signes difficilement perceptibles à nos sens humains. Il allait mourir.

A cause de Rome.

Il sortit de la chambre et se jura que le monde retiendrait son nom à jamais ! Il n'eut aucune envie de prier. Il n'eut même pas besoin de maudire. Qu'y a-t-il qui vaille l'effort d'une prière ou d'une malédiction ?

Il se promit d'aller à Jaffa, avec Hork. Et de revivre une nuit d'amour avec Anne. Tout est possible quand on est mort…

Ah, que ce doit être bon le poisson de Tibériade… au bord des plages de la Grande Mer ! On dit que ce poisson crie quand on le sort de l'eau. On l'appelle le « saint-pierre », en souvenir de l'apôtre Simon qui le pêchait.

— Anne ? Viens-tu ?

Il ne se retournera pas pour l'attendre.

On attend pas les rêves.

On ne les vit pas.

On y croit seulement.

Les prétextes

Je l'ai vu arriver, accompagné de son ami le gaucher, celui qui a des pouvoirs magiques. Il avait troqué la tunique et la cotte contre une simple bure de moine. Il paraissait las, mais sa santé semblait bonne. Depuis trois nuits, dans l'église du Saint-Sépulcre, à genoux sous l'arche du Golgotha, il priait, pleurait, méditait, comme dans un autre monde... ailleurs. Je ne sais s'il faut voir dans cet état une révélation spirituelle ou un désarroi profond.

Il est vrai que le carnage des six ou sept derniers jours l'ont marqué. Il avait pourtant supporté bien des visions et, oserai-je le dire, participé à bien des sacs abominables lors de la croisade. Mais la vue de la Ville sainte colorée du sang d'autant de morts était, il est vrai, plus atroce que tout ce que nous avions vu ou commis au cours de ce pèlerinage.

Il est entré dans la Basilique, s'est agenouillé face à l'autel que les frères avaient installé sur le rocher, il s'est prosterné devant le Tombeau du Christ, avant d'aller se recueillir un long moment au cœur même du sépulcre blanc. Quand il en est ressorti, nous étions tous là ! Arnoul Malecorne, pressenti pour occuper la plus haute fonction ecclésiastique, l'évêque de Marturano, mais aussi les chefs de la croisade qui avaient persévéré jusqu'en Palestine : Raymond de Saint-Gilles, Tancrède de Hau-

teville, Robert de Flandre et Robert Courteheuse, que tu connais... Bohémond d'Antioche et Baudouin (qui vit maintenant à Edesse) n'ont pas assisté à l'élection.

Je t'écris ces mots, sachant qu'ils ne te parviendront que d'ici plusieurs semaines à l'heure où Godefroy sera devenu roi de Jérusalem.

Roi de Jérusalem !

Le cri unanime des barons retentit encore dans ma tête :

Roi de Jérusalem !

Les larmes m'en viennent rien qu'à évoquer ce titre honorable entre tous ! Te rends-tu compte : ton fils est roi de Jérusalem !

Tout ne s'est pas déroulé sans mal. Les barons ont dû voter sans l'aval de Rome. Malecorne, sous le prétexte que la Ville sainte ne pouvait être placée sous une autorité laïque, a insisté pour que le patriarcat religieux exerce aussi le pouvoir législatif et militaire.

Le pape Urbain est au plus mal, à ce qu'il paraît. Mais ceci n'explique pas son silence en réponse à la lettre que Godefroy lui a adressée. Il semble que les dissensions anciennes et, notamment, le soutien sans condition de Godefroy à Henri IV, n'aient pas été oubliées dans les officines romaines.

Malecorne a brandi une condamnation d'excommunication qui n'aurait pas été absoute. Godefroy, baron lotharingien sous la tutelle germanique, en serait victime au même titre que Henri, le rebelle de Canossa. Tout ceci me paraît bien étrange. Une conspiration du silence semble fermenter à Rome !

J'ai pris la parole et revendiqué l'absolution promise par Urbain II à tous ceux qui prendraient part à la croisade. Mais selon les alliés de Rome, réunis autour de Malecorne, seule la mort apporterait l'absolution. Faut-il que Godefroy disparaisse pour pouvoir régner sur la ville qu'il a conquise ?

Oui ! m'ont répondu les évêques.

Je ne sais si ma foi est atteinte. Mais mon estime envers ces hommes d'Eglise, ces mercenaires de Rome, s'est considérablement amoindrie. Quoi qu'il en soit, les barons ont maintenu leur volonté : n'être commandés que par un soldat et, qui plus est, par un des leurs, un de ceux qui s'illustrèrent tout au long du chemin de la croisade et à Jérusalem.

Godefroy emporte tous les suffrages !

A vrai dire, ni Bohémond, ni Raymond, ni aucun autre des chefs croisés n'a envie de devoir garantir la Pax Christi *avec quelques centaines d'hommes seulement cernés de centaines de milliers de païens. L'Egypte fatimide est toute proche et nous n'avons conquis que Jérusalem et le nord de la Palestine. Les Arabes, les Seldjoukides meurtris, mais haineux, sont aux portes de la Syrie et sur les rives du Jourdain.*

« Roi de Jérusalem » veut surtout dire roi « à » Jérusalem.

C'est un pacte avec la mort.

C'est dire combien je me sens solidaire de mon petit frère, mais aussi combien je préférerais qu'il renonce à ce devoir pourtant merveilleux.

C'est lui qui a tranché, dans la soirée. Il m'a consulté. Mais il m'a semblé qu'il ne m'écoutait pas. La conversation a fini pas devenir houleuse et j'ai pris la décision, malgré mes remords et mon angoisse, de quitter la Palestine dès que Godefroy aurait pris le pouvoir...

Eustache déposa sa plume, sentant une présence derrière lui.

— A qui écris-tu ?

— Godefroy, tu m'as surpris...

— A qui écris-tu ?

— A notre mère.

— Salue-la pour moi, veux-tu ?

Godefroy alla s'asseoir sur le bord d'une couche. Il se prit la tête entre les mains.

— J'ai de méchants maux de tête ! dit-il.

— C'est tout ?

— Comment ?

— C'est tout ce que tu as à dire à ta mère ?

— Oui.

— Bon.

— C'est toi qui lui écris, alors, raconte lui l'*Histoire des Gaules* si tu veux mais, pour ma part, salue-la !

Eustache se remit à écrire.

— Tu ne lui as jamais écrit..., dit-il.

— Si.

— Elle prétend que non.

— Alors elle n'est pas la magicienne qu'elle prétend être...

Un silence se fit. Un silence où s'installent des émotions trop importantes pour qu'on les formule avec de simples mots. Un silence que seules entendent les âmes prisonnières des murs blancs de Jérusalem. L'encre de la plume, écrasée sur le papier, ruisselait en gouttes perlées.

— Où est Hork ? demanda enfin Eustache, pour dissiper le malaise.

— Au Saint-Sépulcre.

— Qu'est-ce qu'il...

— ... il prie !

— Ce démon ?

— Notre Seigneur l'a dit : « Je ne suis pas venu pour les bien-portants mais pour les malades. »

— Si ce sorcier rachète son âme, je...

— Tu ne feras rien. Je veille sur l'âme de Hork, et il veille sur la mienne.

— Tu es envoûté !

— Peut-être... Bête, bon, affreux, beau, pieux ou païen, il n'y a qu'une seule sorte d'hommes rares qui attise mon intérêt : ceux qui m'aiment !

— Il en est d'autres que Hork, et que tu ne vois pas.

— Toi ? Baudouin ?

— Oui, bien sûr, et d'autres encore...

— Baudouin ne rêve que d'une chose : devenir roi à ma place. Et toi, tu vas m'abandonner bientôt...

— C'est aussi ce sorcier de Hork qui te l'a dit ?

— Oui.

— C'est vrai. Mais ce n'est guère de la sorcellerie. Tu sais depuis longtemps que je n'ai jamais voulu me construire un fief en Orient. Je compte rentrer à Boulogne et m'y occuper de ma femme et de notre mère.

— Tu es l'un des plus importants vassaux de Guillaume, l'Ecosse et l'Angleterre t'attendent.

— C'est surtout notre mère qui nous attend.

— Je n'ai jamais rien promis.

— Tu as eu raison, cela t'a évité de devoir tenir des promesses...

Godefroy regarda Eustache tristement.

— Un jour, j'ai fait une promesse à Dieu : celle de conduire les croisés à Jérusalem et de libérer la ville du joug païen. Je l'ai fait. Et à quel prix ! Ce fut aussi pour me racheter des fautes commises dans le passé contre Rome et ses papes. Mais ai-je lavé mes péchés dans le sang et l'horreur ou bien ai-je encore alourdi ma faute ?

— Tout ceci n'est que prétexte !

— L'islam aussi est un prétexte ! Profitant de l'analphabétisme de leurs millions de fidèles, brandissant menace de mort éternelle et malédictions divines, haranguant les foules au nom d'un paradis imaginaire, les successeurs de Mahomet ont fait des leurs de la chair à guerre sainte ! L'Islam et le Christianisme, romain et byzantin, se sont donné la main pour nous précipiter dans un bain de sang qui n'a d'autre but que de satisfaire la cupidité de leurs chefs religieux ! Entends ! Non, mais entends la folie de leurs dogmes et de leurs prières insipides ! Prends-tu réellement Dieu ou Allah pour de tels sots qu'Ils écoutent ce genre de fadaises ? Crois-tu vraiment que la Bible ou le Coran ont été écrits par Dieu ou des hommes inspirés ? Dieu ne communiquerait que par cet archaïque moyen, sujet à toutes les traductions, trahisons, opinions, malversations et interprétations au cours des âges, et cela suivant les pouvoirs, les religions, les intérêts occultes ? La toute-puissance de ces dieux ne se serait exprimée, une fois pour toutes, que par les voix d'un Moïse, d'un Mahomet ou de quatre évangélistes qui parleraient un langage hermétique tissé de mystères et de symboles ? Regarde la nature ! Tout y est clair, net, défini ! La création est évidente ! Le bavardage de ces prêtres soi-disant interprètes d'un Dieu incapable de s'exprimer autrement que par leur bouche est assassin !

« Si tu confies ta vie à ce genre de balivernes, tu n'es rien ! Après ce que nous avons vécu, tu n'as aucune raison de continuer à te nourrir et à vivre, tu es inutile ! A toi-même et aux autres !

« Alors, là, oui, tu es irrécupérable ! Et ton âme est venue s'égarer dans ton corps pour vivre quarante ou cinquante années comme un animal dépourvu d'esprit et de réflexion ! Voilà ce qu'est l'homme qui suit les dogmes d'une religion !

— Godefroy, j'attendais ton couronnement avant de repartir.

— Je suis élu, je peux t'en empêcher.

— Pas comme homme libre !

— Qui t'a parlé de liberté ?

Quatre yeux fixèrent le sol de terre battue de cette petite maison accolée à la muraille de la ville.

— Pars ! dit Godefroy.

Puis, se ravisant :

— Je t'ordonne cependant de reprendre la route par Constantinople et d'emmener ma fille... enfin... d'être attentif à ce qui sera le mieux pour elle !

— La ramener en Normandie ?

— Oui. Si...

— Si ?

— Si Anne estime que cela serait mieux pour l'enfant.

— J'en doute.

— Tu jugeras. Fais-le !

— Je le ferai.

Eustache roula la lettre qu'il venait de signer et chauffa la cire pour la cacheter.

— Tu vois, dit-il, presque souriant, ce sont des promesses que j'aime faire et tenir.

— Parce que toi, tu as le choix de tes promesses !

— Toi pas ?

— Les promesses à Dieu sont autres que celles que l'on peut faire aux mortels. Les promesses à Dieu te poursuivent au-delà de la vie, jusque dans la mort. Il faut les tenir. Si la moindre d'entre elles n'est pas respectée, tu portes pour l'éternité la croix de l'opprobre pour cet engagement non tenu, jusqu'à ce que...

— Jusqu'à ce que...

— Je ne sais pas. Peut-être suis-je, cette fois, l'écrivain, la plume et l'acteur...

Eustache prit la bandelette de soie et la cire chaude.

— Tu ne veux vraiment rien écrire ? insista-t-il.

— C'est fait ! répondit Godefroy.
Eustache déroula rapidement la lettre et lut l'apostille au bas de la page.

Soigne bien mon frère ! Je vous aimerai toujours.
Godefroy.

Avoué du Saint-Sépulcre

— Je refuse !

La voix retentit comme un couperet s'abattant sur le billot. Un silence grave s'installa, les mines étaient stupéfaites, une tension insoutenable s'ensuivit.

— Je refuse, continua Godefroy de Bouillon, de porter une couronne d'or sur les lieux mêmes ou Jésus-Christ, le roi des rois, porta une couronne d'épines !

La réplique était impossible. L'argument, probant, assurait à Godefroy l'autorité du silence imposé. Il savait ce qui motivait le clergé romain qui, lentement d'abord, de plus en fort ensuite, ovationna l'ex-duc de Basse-Lotharingie.

Quelques barons appuyèrent cette approbation de timides bravos. Mais les grands chefs militaires de la croisade demeuraient cois. Ils réprouvaient.

Godefroy leur devait une explication.

— Messeigneurs, j'ai combattu, des années durant, aux côtés de mon suzerain Henri IV, empereur des Germains. Par ma mère et par mon père, illustre lieutenant de Guillaume le Conquérant, je suis un descendant en ligne directe de l'empereur des Francs, Charlemagne. J'ai donc vécu ma vassalité jusqu'à combattre, armes à la main, les papes de Rome. Lourde dualité d'être à la fois soumis aux lois féodales et aux lois divines. Mon seigneur était l'ennemi de Rome et j'étais chrétien. J'ai fait ce que tout chevalier aurait fait : j'ai évité de parjurer mon serment de chevalerie. J'ai respecté ma fidélité à mon vœu. J'avais espéré que Rome s'en arrangerait.

« A vrai dire, Rome a deux Eglises : l'une au service de la foi, l'autre au service de ses ambitions. Ces deux Eglises s'abritent sous un même dôme, sont représentées par une même tiare. Babylone cohabite avec Rome !

« A l'heure de l'apprendre, ou plutôt de le comprendre, j'avais quinze ans et bien des illusions à perdre. Feu mon oncle, le pape Etienne IX, ne nous avait pas offert une telle image du christianisme ; ma mère, la bienheureuse que l'archevêque de Canterbury appelle sainte Ide, ne m'avait pas enseigné comment déjouer les manœuvres dilatoires et les sournoiseries politiques du clergé. Urbain, notre saint Père, pape de Rome, n'était autre qu'un compagnon honorable que j'avais côtoyé en Champagne alors qu'il était abbé d'un monastère réputé pour sa piété, renommé pour ses actions de grâces et ses œuvres charitables.

« C'est vous dire, messires, qu'à l'heure de brandir ma première épée, qui ne m'a jamais quitté et que vous voyez là, ébréchée, abîmée, souillée de sang coupable ou innocent, je ne pensais à rien d'autre qu'aux vertus sanctifiantes d'un monde gouverné par la justice de Dieu et, parfois, par l'homme, clerc ou chevalier, guidé par la *manus dei.* Je suis né comme vous, messires, une épée à la main avec un nom à défendre et à porter. Il fallut donc que je lève cette épée, indifféremment, à droite comme à gauche.

« C'est dire encore, messires, qu'à l'heure de prendre

la croix, après avoir reconquis tout ce dont l'Eglise de Rome et ses alliés m'avaient spolié et après avoir repris tout ce que mes maîtres d'Aix-la-Chapelle m'avaient volé, j'étais heureux d'enfin trouver un sens à ma vie. J'allais pouvoir me libérer du lien féodal et me complaire dans l'accomplissement du seul engagement honorable : libérer le Tombeau de notre Sauveur des mains qui le profanaient.

« Pour la suite, messires, de Constantinople à Jérusalem, ce fut pour nous tous voie commune. Pour la plupart d'entre vous, survivants des carnages, vous avez fait de cette croisade un gain ! Beaucoup sont à présent nantis de riches cités et de grandes étendues territoriales. Vos esclaves sont légion et vos biens ont décuplé.

Il marqua une pause, le temps de dévisager quelques faciès repus. Puis, il continua :

— Vous ne pouvez le contester : je ne possède rien !

Un « oh » monta de l'assistance.

Il ne s'en émut point et poursuivit :

— Rien ! Votre titre de roi, arraché à un clergé romain qui m'abhorre, n'est qu'usurpation !

Le patriarcat religieux, composé d'une trentaine de prêtres et mené par Arnoul Malecorne, fit mine de se retirer.

— Attendez ! Fils de Judas ! Vous n'avez pas encore mérité vos trente sicles d'argent !

Malecorne prit la parole :

— Sire, votre attitude est inqualifiable !

— La vôtre est qualifiable : pleutre, intrigant et pédéraste !

Cette fois, les barons applaudirent à l'unanimité. Il était notoire que le candidat au patriarcat chrétien de

Jérusalem, qui complotait depuis longtemps pour sa nomination, s'adonnait à des pratiques contre nature.

— Quant à vous, messeigneurs, votre choix me va droit au cœur, et je vous en sais gré. J'ai, maintenant plus que jamais, besoin de vous. Comme il vous fallait un faux dieu pour faire avancer les croisés, j'en appelle à vos bras pour garder ces murs des assaillants et des ennemis installés tout à l'entour. Sinon votre roi, je serai donc l'avoué et le défenseur du Saint-Sépulcre !

Godefroy se tourna vers Arnoul Malecorne.

— Ceci vous laisse-t-il le champ libre, Monseigneur ?

— Rome en décidera.

— Alors, il faut que je m'apprête à mourir bientôt. Que choisira Rome ? L'empoisonnement, la peste ou la lame d'un mercenaire ?

Cette fois le corps du clergé sortit sur les pas de son évêque.

— Cette paille, dit alors Godefroy de Bouillon, désignant un ballot déposé dans un coin de la Basilique, sera tressée et constituera ma couronne. Qu'elle soit symbole du pouvoir éphémère que j'exercerai encore en ce monde !

Il avança vers la poterne qu'il avait franchie avec Hork, quelques heures, peut-être même un jour ou deux auparavant, il ne savait plus. Dehors, la main toujours tendue, le petit garçon l'attendait.

— A présent, voici un sou, lui dit Godefroy.

Le gamin courut dans la pénombre, enserrant son gain.

Le croisé aperçut, au fond de la bourse qu'il entrebâillait, une petite mèche soyeuse qui l'intrigua. C'étaient les cheveux de Malina, malmenés par le voyage et les pièces de monnaie.

Il marchait, seul dans la nuit tombée, sillonnant les ruelles de Jérusalem, privées de vie et d'espoir. Sans s'en rendre compte, il s'égara, remontant en direction de la Coupole du Rocher.

Le petit homme était là, sur l'esplanade. Il dormait, mais se réveilla à l'approche des pas de Godefroy. L'enfant poussa de toutes ses forces sur une porte à ferrures et fit pénétrer dans l'édifice celui qui, désormais, était pour lui et pour beaucoup le roi de Jérusalem. Il le laissa longtemps seul. Puis, plus par curiosité que par malice, l'enfant entra à son tour. En cette heure tardive de la nuit, il n'y avait plus personne.

Une lampe à huile parfumée à la fleur d'oranger brûlait sur le rocher d'Abraham. Une mèche de cheveux reposait sur la pierre sacrée, comme une prière au passé. Le garçon retrouva Godefroy de Bouillon prosterné dans la grotte, sous le rocher.

— Sire ! fit-il doucement.

L'avoué ne voulut pas l'entendre. Depuis des heures il ressassait la même prière :

— Notre père des ciels, Votre Nom se consacre, Votre royaume vient…

Le petit homme s'agenouilla à son tour et pria. Des mots arabes. Il récitait les versets de la première sourate du Coran. Godefroy continua sa prière tout en écoutant distraitement cette mélodie qu'il ne pouvait comprendre.

— *Bismi Allahi Arrahmani Arrahimi…*

— Votre vouloir se fait, comme aux ciels sur la terre aussi…

— *Alhamdo lillahi rabbi al'alamin*

Arrahmani Arrahim
Maliki yawmi addin...
— Donnez-nous aujourd'hui notre part de pain. Remettez-nous nos dettes, puisque nous les remettons à nos débiteurs...
— *Iyyak na'bodo, wa iyyaka nasta'in*
Ihdina assirata almostaqim sirata alladina an'amta 'alayhim...
— Ne nous faites pas pénétrer dans l'épreuve, mais délivrez-nous du criminel...
— *Ghayri almaghdhobi 'alayhim wa la adhallin.*
— *Amen.*
— *Amin.*

Il sentit une main lui caresser les cheveux. Il ne reprit pas la prière et se retourna.

Un parfum de violette venait de nulle part.

Le petit garçon avait retiré sa main.

Et s'en allait comme s'évapore un rêve.

La promesse de Dieu

Godefroy gravit la tour de David, jusqu'au sommet. Il aimait ce point de vue stratégique qui offrait une vision panoramique de la ville. Il appréciait la petite place qui, à l'ombre de ses murs, offrait aux maraîchers, artisans, sculpteurs, ferronniers, viticulteurs, apothicaires, guérisseurs, barbiers et poètes un espace assez fréquenté pour y faire prospérer leurs multiples commerces. Des dizaines d'étals se déployaient depuis quelques jours au pied de la tour, colorés de montagnes d'épices, de fruits gorgés de soleil et de graines grillées.

Des parfums lui parvinrent jusqu'au cœur. Il mordit sans trop d'appétit dans une boulette de viande achetée à un marchand. Un goût de menthe, de fleur d'oranger et de sésame, produits originaires de l'Inde, acheminés depuis des siècles par les caravanes de la route des Rois et par les navires de l'antique Ophir, lui embauma le palais.

Il entendit des pas gravissant les marches de pierre. Et reconnut le souffle puissant de Hork venu s'accoter au parapet.

Raymond de Saint-Gilles, conquérant cette place forte, avait, bon gré mal gré, rendu la tour à Godefroy.

Hork aligna son regard avec celui de l'avoué du Saint-Sépulcre, fixant l'esplanade du Temple. Les deux hommes restèrent longtemps ainsi, muets, à contempler la Coupole qui étincelait sous les rayons du soleil couchant.

— Que vas-tu en faire ? dit finalement Hork.

— Une église chrétienne.

— Ne vaudrait-il pas mieux la détruire ?

— Je ne détruirai plus rien, Hork !

— Mais elle est symbole de l'islam !

— Et alors ?

Ils se turent un bon moment encore. Les parfums de Jérusalem suffisaient à leur bonheur. Et leurs âmes pleuraient, éblouies par tant de beauté spirituelle. Godefroy reprit la parole :

— Jérusalem n'est pas belle, n'est-ce pas ?

— Non, elle est même laide.

— Esthétiquement ?

— Architecturalement et esthétiquement.

— Josfride est mort pour avoir osé me le dire !

— Nous sommes morts, nous aussi, toi et moi ! J'affirme que ce n'est pas la plus belle ville que nous ayons conquise.

— Alors, pourquoi cette fascination ?

— Dieu.

— Que dis-tu ?

— Dieu habite ici.

— Dieu ? Jéhovah ou Allah ?

— Tous ! Dieu est un tout, tu le sais maintenant, Godefroy.

— Jérusalem a-t-elle été plus belle à d'autres moments de son histoire ?

— Certes.

— Raconte, Hork, tu connais le secret des dieux. Dis-moi !

— Repose-moi ta question.

— Jérusalem a-t-elle été plus belle, autrefois ?

— Oui. Le jour où Abraham y sacrifia son fils Isaac.

— Mais elle n'était pas construite !

— Bien sûr que si ! Sa construction matérielle n'a rien à voir avec sa construction spirituelle.

— Comment l'esprit se manifeste-t-il ?

— Par l'émotion.

— Et Dieu ?

— C'est l'émotion.

— Et la mort ?

— Encore l'émotion.

— Et...

— Et la vie, et l'amour, et la haine, et l'âme, et la vérité, la vérité, Godefroy, ce n'est que l'émotion, l'émotion, toujours l'émotion... Nom de Dieu ! Quand comprendrez-vous cela ? Votre Jésus ne l'a-t-il pas exprimé clairement : l'amour ! « Aimez-vous les uns les autres, comme je vous ai aimés ! » Et qu'est l'amour sinon une émotion ? Tout le reste en découle !

— C'est cela, la vérité ?

— Je ne connais pas d'autre vérité ! Et je sais aussi ce qui est faux : l'individualité !

— De Dieu ?

— De Dieu, des âmes... L'esprit est indivisible, même s'il est contrarié par nos millions de corps ! Croire en l'individu, c'est tricher avec la divinité ! C'est mentir à l'amour.

— Dis-moi, Hork, raconte-moi encore, avant la fin, combien fut belle Jérusalem.

— Quand Melchisédech oignit Abraham...

— Et ?
— Quand David la choisit.
— Oui ?
— Elle fut la belle des belles, la plus glorieuse, la plus grande, le jour où un homme, mon Maître, l'aima plus que tout autre homme n'aurait pu le faire...
— C'était ?
— Salomon.
— Je le savais...
— Et puis, il y eut l'amour de bien d'autres conquérants : Nabuchodonosor II, roi de Babylone, Cyrus le Perse, Assuérus, Darios le Mède, Artaxerxès Ier Longue Main, Alexandre le Grand, Jules César, Jésus, Mahomet...
— Et les Egyptiens ?
— Non. Jamais ils n'ont aimé Jérusalem. C'est pourquoi ils te l'ont rendue.
— Il faut aimer Jérusalem pour la conquérir ?
— Oui.
— Y a-t-il eu d'autres conquêtes ?
— Oui.
— Grandes ?
— Immenses !
— Lesquelles ?
— Elles sont à venir...
— Et dans le passé ?
— Toi.
— Moi ? Mais je suis dans le présent.
— C'est ce que tu crois.

Ils attendirent la fin des carillons qui sonnaient les vêpres aux nombreuses églises de la ville.

— C'est toi qui as fait monter des cloches dans les tours ? demanda Hork.

— Oui. Il n'y en avait plus aucune.

— C'est bien.

— Pourquoi ?

— Elles resteront. Ce sera une trace de ton passage. Mais celles du Saint-Sépulcre ne sonneront pas souvent...

— Pourquoi donc ?

— Seulement lorsque tu reviendras dans la ville...

— J'y reviendrai souvent. D'ailleurs, je ne la quitterai pas.

— Si, tu vas la quitter bientôt.

— Peut-être, mais j'y reviendrai.

— Toujours ?

— Toujours !

Hork dévisagea son ami qui ne détournait pas le regard de l'esplanade du Temple.

— Hork, je vais mourir ?

— Oui.

— Tu m'enterreras, toi, je le veux !

— Non.

— Pourquoi ce refus ?

— Parce que je vais mourir avant toi.

— Je t'enterrerai, alors ?

— Non.

— Pourquoi encore ?

— Tu ne pourras pas enterrer mon corps.

— Quelle nouvelle horreur vas-tu m'annoncer ?

— De grâce, rends-moi un seul et ultime hommage quand tu sauras que Hork le gaucher est mort.

— Lequel ?

— Promets d'abord !

— Je promets ! Lequel ?

— Laisse mon corps aux rapaces, qu'il soit utile à

quelqu'un dans cette maudite vie, et puis ris, Godefroy de Bouillon ! Ris de tout ton être, de toute ton âme ! Surtout, ne pleure pas !

Godefroy fixa les yeux de Hork avec une telle intensité que le gaucher comprit que son vœu serait respecté.

Le vent s'était levé, un léger frisson parcourut les bras nus du maître de Jérusalem. Il eut un curieux sentiment. Comme si l'air était devenu à la fois plus léger et moins respirable. La main ne caressa pas ses cheveux, mais effleura ses lèvres et ses paupières. Puis elle enserra son auriculaire. Elle était si petite que les cinq doigts arrivaient à peine à l'encercler.

Il sentit le parfum laiteux d'une peau de bébé, de petits cheveux bouclés et soyeux, puis il entendit son dernier souffle. Ses paupières étaient déjà closes quand il parla :

— Elle est morte, n'est-ce pas ? demanda-t-il au voyant.

— Oui. Alexis a profité de l'absence d'Anne pour faire assassiner l'enfant.

Godefroy jura.

Hork en eut pitié.

— Elle n'était pas ta fille, Godefroy ! Elle ne l'a jamais été ! Elle était celle de Bohémond...

En d'autres temps, Godefroy aurait transpercé de son poignard ce magicien qui l'outrageait. Il se contenta de le fixer sévèrement. Hork pouvait mentir. Voulait-il apaiser la douleur de l'avoué du Saint-Sépulcre en la greffant sur une autre souffrance ?

— Anne a eu un enfant de Bohémond ?

— Elle a cru qu'il était de toi, et Alexis aussi, mais elle a eu une liaison bien plus longue et bien plus discrète avec Bohémond d'Antioche.

Godefroy redescendit seul les marches de la tour de

David, traversa la cour de Mercure et se laissa guider par le vent qui le poussait vers la ville basse. Les passants le saluaient, les soldats l'applaudissaient, les enfants tentaient de toucher ses armes.

Une jeune femme s'approcha de lui et le regarda étrangement. Comme elle l'empêchait de poursuivre sa route, dressée devant lui, au milieu de l'étroite ruelle, il lui demanda :

— Que veux-tu ?

— Te donner mon amour, un héritier et la paix…

Elle était grande, belle, élancée, fruit d'un métissage, mélange des encres africaines et des essences slaves. L'Afrique et Byzance en état de grâce. Les longs cheveux frisés retombaient en cascade autour d'un visage mat de forme ovale éclairé d'yeux gris-vert, pour venir caresser une poitrine généreuse. La jeune femme posa une main sur le bras musclé. Ses longs doigts fuselés dégageaient une réelle douceur.

— Je ne crois plus… en rien, dit-il, dépité.

— Justement ! répondit-elle.

— J'ai fait trop de mal ! Excuse-moi !

Il se demanda alors pourquoi il s'excusait auprès d'une inconnue.

— On mesure la grandeur d'un homme non pas à ce qu'il a fait, mais à ce qu'il est devenu…, dit-elle.

Il la regarda longuement. Elle lui souriait, apaisante. Puis il secoua la tête, repoussa l'intruse pour continuer son chemin.

Il se retourna malgré lui, avant de s'engouffrer dans une ruelle sombre qui menait au mur des lamentations. Il la vit s'éloigner et songea : « Elle me quitte… »

Elle lui cria dans la nuit :

— On m'appelle Malina ! Souviens-toi de mon nom le jour où Dieu se souviendra de toi...

Les longs cheveux auburn flottaient, onduleux, en cascade. Il avait déjà oublié les traits du beau visage.

Dieu indique parfois le chemin à ceux qui s'en vont. Cette promesse n'est pas inscrite dans les livres, mais dans la mémoire de l'amour éternel.

« Elle reviendra ! » se dit-il, pensant alors qu'il lui faudrait espérer une autre vie.

Ce n'est sans doute pas par hasard qu'il immortalisera le souvenir de cette chevelure et de cette silhouette.

Gérard d'Avesnes

« Je le regarde s'obstiner et je le trouve presque ridicule. Je suis là, laissé pour mort, arrimé sur cette gigantesque croix érigée au beau milieu de la ville. Je suis chevalier d'Avesnes, vassal et, du moins je le croyais, ami de Godefroy de Bouillon. Qu'ai-je à faire de cette place forte qu'il veut à tout prix investir ?

Les habitants d'Arsouf se sont rebellés contre l'avoué du Saint-Sépulcre à qui ils refusent d'encore payer le tribut et ils m'ont fait prisonnier. Quand les barons sont arrivés, menés par Godefroy, ils m'ont ligoté, enchaîné à ce mât.

J'ai alors crié mon désarroi, hurlé ma peur. Mais Godefroy de Bouillon, que j'avais servi fidèlement depuis trois ans, même dans les voies les plus périlleuses, souvent sans l'aval de maints de ses chevaliers, et donc dans le plus grand secret, Godefroy de Bouillon, dont je fus plus d'une fois le bouclier sur cette route parsemée de traîtrises, ne m'a pas écouté.

— C'est sur ton ordre que j'ai été livré en otage et exilé au mileu de ces barbares. Aie pitié de moi ! Ne permets que je souffre un tel martyr ! ai-je supplié.

— Gérard, mon ami. Tu es un chevalier valeureux.

Mais je ne puis te sauver. Il me faudrait épargner ces païens à cause de toi ! Même s'il s'agissait de mon frère, je ne le pourrais pas !

Puis il m'a regardé longuement avant de poursuivre :

— Il faut que tu meures ! Mieux vaut un sacrifié que mille pèlerins dans les tourments ! En perdant la vie présente, il te sera donné de vivre avec Jésus-Christ, dans les cieux.

Je ne sais pas pourquoi, j'ai opiné. Je lui ai demandé d'offrir au Saint-Sépulcre, pour le salut de mon âme, ce que j'avais de plus précieux : mon cheval et mes armes.

C'était ce matin, à l'aube. Ce soir, je vis le calvaire. Les volées de flèches des Sarrasins ont eu raison de ma volonté de tenir la tête haute. Je perds beaucoup de sang et la plupart de mes amis, là-bas parmi les assiégeants, me croient mort.

Je dis "mes amis", mais je sais maintenant que la guerre fait de l'homme un boucher sans état d'âme. Godefroy de Bouillon ne fait pas exception. Il a beau me regarder avec tristesse. Que vaut sa compassion ? A-t-il raison ou tort ? Ma vie est-elle vraiment en balance avec celles de milliers de pèlerins ? Il ne le sait pas plus que moi. Sa seule préoccupation est de tout rendre spectaculaire pour que l'armée, impressionnée, se lève une nouvelle fois au cri de "Dieu le veut !".

Nous avons conquis Jérusalem et toutes les forteresses qui se trouvaient sur notre route par le mensonge et l'intimidation. Cette croisade est une imposture ! Si les Turcs seldjoukides, les Arabes musulmans et les Fatimides avaient pu discerner quels étaient nos réels contingents, nos vraies capacités, s'ils avaient pu évaluer à sa juste valeur notre absence de stratégie, compris la comédie dans laquelle nous entraînait Godefroy de Bouillon, ils n'auraient pas perdu une once des rives du Bosphore jusqu'ici.

Ils ne sont pas plus lâches que nous !

Ils sont heureusement plus bêtes !

Godefroy s'avance. On dirait qu'il veut me parler. Pourtant, il doit me croire mort. Comment lui faire comprendre que je vis encore, malgré les flèches, malgré le sang qui macule mon visage. Je n'ai plus aucune force. Je ne peux pas bouger un membre. Et puis, je suis trop loin pour qu'il intercepte le plus petit signe.

Il s'approche encore. Je crois distinguer le mouvement de ses lèvres. Qu'il parle !

Mon Dieu ! Que fait-il ?

Il ajuste son arbalète.

Il vise. Il veut m'atteindre en plein front. Sans doute pour abréger mes souffrances.

Donc, il me sait vivant...

Il tend l'arc.

Je crois que ses lèvres prononcent mon nom. Et qu'il me demande pardon.

Godefroy ! Non !

Non...

La flèche s'est plantée dans mon cou. Je perds encore plus de sang.

Tout m'abandonne.

Mon esprit s'égare.

Je meurs...

Dieu... le... veut... »

Plusieurs semaines plus tard, un soir, Godefroy, à la lueur d'un cierge, recopiait un texte des assises du royaume de Jérusalem. Pour ce travail, il s'était réservé une cellule dans le couvent qui jouxte l'église Ecce Homo.

Un chevalier heurta l'huis.

— Je suis Gérard d'Avesnes ! annonça l'homme, dont le visage, marqué de cicatrices, était méconnaissable.

Depuis ce jour-là, Godefroy sut qu'il n'était pas seul à être protégé des aléas du destin.

— Pourquoi suis-je vivant ? lui demanda le miraculé.

— Nous sommes le choix que nous avons fait ! répondit Godefroy.

Il investit le chevalier d'Avesnes du château Saint-Abraham, à Hébron, un bien dont les revenus se montaient à cent marcs.

Mais on n'entendit plus jamais parler de leur amitié.

L'adieu

Noyant les rives, l'eau, nourrie des limons jaunes de l'hiver, s'écoulait lentement. Il avait immobilisé son cheval sur le gravier de la berge. Il posait les yeux sur chacun des hommes présents.

Baudouin descendit de son destrier et, le tenant par la bride, s'approcha de son frère.

Tancrède ne retint pas ses larmes.

Godefroy ne bougeait pas.

— Descends, je t'en prie..., supplia Baudouin.

Godefroy enjamba la selle, arqua le dos, le pied posé sur un étrier, et sauta sur la terre graveleuse des rives du Jourdain.

Baudouin l'étreignit vigoureusement.

— Si j'avais su..., dit-il.

— Si tu avais su quoi ?

— Ce que tu as enduré, depuis Antioche.

— Oui.

— Je serais venu conquérir Jérusalem avec toi.

— Ce n'est rien.

— Tu as bien mérité d'être le premier roi chrétien de Jérusalem.

— Je ne le suis pas.

— Pour moi tu l'es…

— Si tu le dis…

Baudouin recula de deux pas. Chacun les observait. Leurs regards se rencontrèrent.

— Adieu ? fit alors Baudouin.

— Adieu, répondit Godefroy.

Pour la toute première fois de sa vie, Baudouin laissait, sans vergogne et devant ses gens, couler les larmes sur ses joues.

— Je…, sanglotait-il. Je…

— Va ! trancha Godefroy.

Baudouin recula encore, les pieds déjà dans l'eau du Jourdain qui débordait de son cours habituel. Il remonta en selle et fit signe à Bohémond d'avancer.

— Je t'aime…, mon frère, dit-il avant de traverser la rivière.

Godefroy ne broncha pas. Il regardait Bohémond qui était lui aussi venu en Palestine pour rendre hommage à l'avoué du Saint-Sépulcre.

— Moi aussi, j'aurais voulu être là ! dit le maître d'Antioche descendu de son cheval.

— Dommage pour toi ! fit Godefroy.

Bohémond tenta de le prendre dans ses bras.

— Va-t-en ! fit Godefroy, calmement.

Bohémond s'arrêta net et regarda Tancrède qui baissait les yeux. Tournant le dos, il fit signe aux siens de le rejoindre et enfourcha son coursier pour franchir le gué.

Godefroy les accompagna du regard jusqu'à ce qu'ils fussent arrivés sur la route de Damas qui s'enfonçait là-haut dans la montagne.

— Viens, ne les regarde plus maintenant ! lui conseilla Hork.

Mais Godefroy s'obstinait.

— Je ne les reverrai jamais ! dit-il.

— Pourquoi dis-tu cela ? interrogea Tancrède.

— Ce n'est pas pour cela qu'il scrute l'horizon, répondit Hork.

— Pourquoi alors ?

— Pour se faire mal ! Il en a besoin.

Godefroy ne l'écoutait pas. Il venait d'entrevoir la silhouette discrète d'Anne Comnène qui venait de glisser entre les rochers pour régler son allure sur celle de Bohémond, et lui donner la main.

Il sut à cet instant qu'il était né pour cette croisade seulement et pour rien d'autre. Le mal qu'il ressentit ce jour-là fut plus lancinant, plus violent, plus insupportable que tous les maux qu'il avait pu endurer dans sa vie entière.

Il essaya de pleurer, mais les larmes ne venaient pas. Il aurait voulu pouvoir hurler, mais aucun son ne sortait de sa bouche.

« Cette fois, pensa-t-il, je suis vraiment mort. »

Cela faisait si mal qu'il souhaita que la mort fût autre chose. Cachant de ses mains son visage crispé par la douleur, il se laissa ensuite lécher la joue par son cheval.

— Que mange-t-on ce soir ? fit-il alors.

— Je... je ne sais pas..., dit Tancrède, étonné de cette question.

— Cela ne fait rien, réponds quelque chose...

— Je crois que j'ai encore un jambon d'Ardenne ! lança Hork, faussement joyeux, et convaincu qu'il ne restait plus un seul mets lorrain à Jérusalem.

L'avoué du Saint-Sépulcre se remit en selle.

Un peu de neige fondante tombait du ciel.

L'adieu

Le chant du vent.
Le silence.
Le désespoir.
Et cette rage ardente d'entendre encore battre son cœur…

La lépreuse

Depuis plusieurs semaines, il s'était cloîtré entre les murs sombres de l'hospice Ecce Homo, à deux pas de la porte de Josaphat. Il y passait ses jours à écrire. Il refusait un repas sur deux. De temps à autre, on venait l'interrompre pour lui signaler un départ, une arrivée.

Le processus était toujours le même : les adieux noyés de larmes des croisés qui retournaient en Occident, mais ne voulaient pas partir sans une dernière accolade ni sans la bénédiction de l'avoué du Saint-Sépulcre, que tous considéraient comme leur roi. Ou bien c'étaient les cris et ovations des pèlerins débarqués au port de Jaffa et venus en caravane jusqu'à Jérusalem. Arrivés au Saint-Sépulcre enfin libéré, ils voulaient voir, toucher, parler au Sauveur des Lieux Saints.

A deux ou trois reprises, il dut reprendre le heaume et l'épée pour mater quelque révolte dans les environs de Jérusalem. Mais si son arme blessait, elle ne tuait plus, conformément à son vœu.

On l'appela de nouveau à Arsouf, à Lattaquié et sur la terre de Suète, pour prêter main-forte à ses compagnons qui, tel Raymond de Saint-Gilles — qu'il n'aidait plus que par esprit chevaleresque —, tentaient de se constituer un fief. A chacun, Godefroy réclamait son légitime droit de suzeraineté. Il en était régulièrement spolié.

Nous étions en mai 1100 et la reconstruction de Jaffa venait de se terminer selon ses plans. De nombreux marchands venus d'Italie se disputaient les routes commerciales. Venise et Pise y connurent même un de leurs plus importants conflits de rivalité.

Hork avait disparu peu après le départ de Baudouin. Mais Godefroy n'avait cure de rencontrer qui que ce fût et même Tancrède, le dernier à lui rester fidèle, ne pouvait que l'entrapercevoir lors de rares sorties répressives contre les Fatimides.

Un soir, alors que Jérusalem éteignait ses feux, il éprouva le besoin de parler à quelqu'un. Il fit mander Hork.

La garde ducale avoua ne pas avoir vu le gaucher depuis des semaines. Les croisés ne pouvaient pourtant manquer de se rencontrer dans l'enceinte de Jérusalem. Mis à part les mille hommes qui se relayaient pour assurer les rondes sur les murailles et dans la cité, il ne restait que deux cents chevaliers, dont la plupart ne portaient le titre que par la générosité de l'avoué du Saint-Sépulcre qui les avait ainsi récompensés de leur fidélité.

Il savait que Hork aimait boire et fréquenter les ribaudes. Il n'y en avait guère à Jérusalem, mais le quartier des marchés, peu sûr et mal fréquenté la nuit, recélait quelques tripots et bordels.

Il s'y rendit.

L'heure était tardive, mais les jours s'allongeaient déjà. Une faible lueur rose colorait le mont des Oliviers. Godefroy s'engouffra dans les souks obscurs où couraient, çà et là, des ombres de chats, où l'on apercevait des glissades furtives de rats, mais où régnaient surtout des odeurs de crasse nauséabonde imprégnées des âcres relents du sang véhiculé par les eaux des égouts. Ceux-ci, gonflés par les pluies hivernales, n'en finissaient pas de rappeler le carnage plusieurs mois plus tard.

Il pénétra dans une impasse jalonnée de torches et croisa un lépreux qui lui tendit la main. Enfin, débouchant sur une cour sans issue, il se retrouva face à des dizaines de lépreux qui, à cette heure et en cet endroit, ne masquaient plus leurs plaies.

Vision apocalyptique où manchots et culs-de-jatte, moignons déformés et visages décomposés, dansaient sur les vagues lumineuses des torches. Une fille, qui n'avait plus qu'un bras, découvrit son ample poitrine déjà couverte de croûtes suppurantes.

Au bout de l'impasse, une taverne illuminait toute la place. Il y pénétra.

L'intérieur était sale, sans autre meuble qu'une table bancale. Le sol était jonché de corps repus de vins. Les puissants remugles de l'ivresse montaient aux narines parmi des miasmes putrides. Les pestilences du tord-boyaux lui interdirent toute inspiration. Il en ressortit aussitôt.

— C'est le gaucher que tu cherches ? demanda la lépreuse.

— Oui. Où est-il ?

— Demande à ton patriarche !

Elle éclata de rire.

Il la saisit par son bras unique et l'attira à lui, brutalement.

— Dis-moi où il est où je te brise ce bras ! hurla-t-il.

Elle lui cracha au visage.

— Maudit croisé ! J'ai la lèpre, chevalier de Dieu ! Tu m'as touchée ! Tu reviendras bientôt mourir parmi nous !

Il lui tordit le bras. Elle s'évanouit sous la douleur. Les autres, craintifs, s'étaient éloignés d'eux. Il la traîna jusqu'à un tonneau d'eau et y plongea son visage. Cela la ranima. Elle hurlait comme une possédée. Godefroy la saisit par la nuque.

— Il y a des chirurgiens dans ma maison. Ils te guériront si tu m'indiques où est Hork.

Elle gémit, mais le regard du croisé l'effrayait.

— En prison.

— Quoi ?

— Ton patriarche, l'évêque Malecorne, l'a fait emprisonner pour sorcellerie !

— Où ? Quelle prison ?

— Loin d'ici, mais personne ne sait... Sûrement pas à Jérusalem.

— Viens avec moi, mes mires te soigneront.

— Non.

— Viens, te dis-je !

— J'ai la lèpre. Je n'ai aucun espoir de vie. Et tes mires refuseront de soigner une lépreuse.

— Ils le feront.

— Je vais mourir. Que m'importent des soins...

— Fais ce que tu veux. Mais, si tu changes d'avis, viens me rejoindre à l'hospice Ecce Homo.

— Toi aussi, tu as la lèpre ! Elle est contagieuse ! Elle s'attrape au simple toucher.

— Que m'importe ! Je meurs de tant de maux qu'un de plus m'aiderait à y mettre un terme.

Elle s'arrêta de geindre pour le dévisager avec stupéfaction.

— Tu es bien désespéré !

— Oui.

Il lâcha la nuque de la ribaude et disparut dans la nuit.

La prison

Quatre à quatre, Godefroy dégringola les marches sous la tour de David. Nulle lumière du jour, nul air frais ne pénétrait jamais en cet endroit.

Il tirait le patriarche de Jérusalem, Arnoul Malecorne, par les cheveux, sous les regards ahuris des gardes, qui n'osaient intervenir.

— Pourquoi ? hurla-t-il à l'intention du patriarche.

— Lâche-moi d'abord !

— Non, je ne te lâcherai pas, ignoble fripouille !

— Je suis le légat de Rome ! Le patriarche de Jérusalem !

— Je me moque de Rome et de ses légats, pourquoi as-tu fait emprisonner mon ami ?

— Ton ami pactise avec Satan et use de sortilèges !

Ils parvinrent jusqu'à une grille rouillée, fermée d'une lourde chaîne cadenassée.

— Ouvre !

— Je n'ai pas les clés !

— Qui les a ?

— Elles n'existent plus. Je les ai fait disparaître.

Godefroy siffla un des hommes restés au haut des marches.

— Une hache, vite !

On lui apporta une masse de très grande taille. Il confia Malecorne à la garde du soldat qui ne savait trop qu'en faire. Puis, soulevant l'outil d'un coup de reins, il l'abattit sur la chaîne, à l'endroit du cadenas. Elle se brisa.

Godefroy poussa la grille et descendit une dizaine de marches dans une obscurité totale.

— Une torche ! cria-t-il.

Ses pieds écrasaient ossements, viscères décomposés et ordures indéfinissables. L'endroit était envahi de serpents, de scorpions et par mille insectes rampants et bruissants. Innombrables, les rats couraient partout.

Le gardien revint armé de la torche.

Dans un coin, Godefroy distingua alors de vagues formes humaines, tassées sur elles-mêmes ou affaissées contre un mur.

Il s'en approcha sans reconnaître Hork. A ce stade de l'agonie ou du trépas, aucun être n'était plus identifiable. Morts, déchiquetés par les rats, grouillant de vers, ces restes humains en décomposition ne pouvaient échapper à l'horreur.

Le soldat rendit la torche à Godefroy, puis s'enfuit en se signant.

— Hork, mon frère, où es-tu ? appela l'avoué du Saint-Sépulcre, la voix nouée d'émotion.

— Boui… llon…, entendit-il.

Derrière lui, pendu au mur par les pieds, la tête à deux doigts du sol, les bras en croix, le colosse se mourait.

Godefroy éleva la torche et réprima un cri. La lèpre et les rats n'avaient rien épargné.

— Des pinces, des tenailles, un marteau ! hurla-t-il au soldat qui hésitait à revenir dans cet antre d'épouvante.

— Depuis combien de temps es-tu là ? questionna Godefroy pour remplir le vide d'un silence plus lourd encore.

Mais il savait que son ami ne pouvait plus répondre. Deux hommes descendirent pour détacher le malheureux.

Revenu à la lumière, Godefroy ne s'étonna pas de la disparition du patriarche de Jérusalem.

On avait déposé Hork sur un brancard. Godefroy colla ses lèvres aux oreilles du moribond et lui souffla doucement :

— Ça va maintenant, mon ami ! Il est encore trop tôt pour que je rie. Tu survivras. J'y veille. Je t'aime...

Alors, seulement, il remarqua l'absence d'yeux dans les orbites du misérable.

— Je vais même t'aimer pour deux ! se jura-t-il.

Le dernier combat

Godefroy avait arrêté son cheval.

Hork fit volte-face.

— Que fais-tu ? lui demanda Godefroy.

— Je hume le vent...

— Pourquoi ?

— Parce que le vent me dit si c'est Dieu ou le diable qui te donne rendez-vous dans le Néguev...

— Ce sont les Fatimides, Hork, tu le sais.

— Tu as combattu ces fils de putains des dizaines de fois. Cette fois, ils t'appellent au fond de ce désert de sable et de pierres ! Pour quel combat ? Quels enjeux ? Ils se sont soumis, non ?

— Ce sont des musulmans, Hork...

— Où a lieu la rencontre ?

— A Timna.

Hork tressaillit. Il contenait difficilement sa peur.

— N'y allons pas, Godefroy... nous sommes deux cents, à peine...

— Cent douze, Hork, les cent douze croisés qui, seuls, ont accepté de rester avec moi à Jérusalem ! Cent douze fous de Dieu sur cent mille vaillants pèlerins qui hurlèrent « Dieu le veut ! » il y a plus de mille jours.

— Beaucoup sont morts !
— Oui, et ceux qui sont restés sont des morts-vivants !
— Godefroy, je n'y vois plus, ne va pas à Timna... je t'en supplie.
— Même si Rome t'a brûlé les yeux, Hork, tu n'y vois que plus clair ! C'est à force d'aveugler les hommes que le christianisme les oblige à devenir perspicaces ! Toi, tu es de ceux-là !
— Non, Godefroy, je suis un magicien des ténèbres. C'est pour cela qu'ils m'ont condamné.
— Ils t'ont condamné parce que tu en sais autant ou plus encore qu'eux sur les forces de l'au-delà...
— Justement, faisons demi-tour !
— Hork ! Sens ma force, ma détermination, c'est ma puissance.
— Je voudrais bien pouvoir encore te regarder Godefroy... Tu étais si bon acteur.
— Maintenant, ta vue est plus aiguisée que celle des voyants... et, tu le sais, c'est mon désespoir qui fait ma puissance ! Dieu, diable, Eglise ou armée, on ne peut lutter contre un homme qui n'a plus rien à perdre. Ils m'ont tous fait dépasser le seuil du supportable ! Rien ne peut plus m'arriver.
— Si, mourir...
— Délicieuse libération !
— Pour toi.
— Oui, et alors ?
— Mais pour moi...
— Hork, voilà ton problème ! Mais, je le reconnais, à cause de toi, c'est aussi le mien : nous nous aimons et Dieu sait que c'est le seul moyen de nous faire souffrir, voire de nous maintenir en vie.
— Il faut donc que l'un de nous meure...

— Ne t'inquiète pas, je suis déjà mort.

— Peut-être que si je l'étais vraiment moi-même, tu aurais encore une chance ?

— Sûrement pas !

Ils arrivèrent dans la soirée en vue d'un couloir faufilé entre de hautes montagnes blanches. La route suivait un défilé sculpté par l'érosion, mais dont les contours avaient été affinés par les diverses civilisations humaines.

— Les mines du roi Salomon ? interrogea Godefroy impressionné.

— Timna ! C'est ici, qu'avec une centaine d'hommes seulement, le roi Salomon vainquit le pharaon d'Egypte. Seuls contre des milliers de chars et de cavaliers !

— L'Histoire n'est qu'un éternel recommencement...

— Pour ceux qui sont du côté de l'Histoire...

Ils marchèrent un bon moment avant d'atteindre une sorte de plaine sablonneuse. De temps à autre, Godefroy se retournait sur ses cavaliers pour les encourager. Un seul regard suffisait à les ressouder dans une même union. Ils avaient peur certes, mais pas un d'entre eux n'avait déserté depuis Antioche. Pourtant, tous étaient convaincus d'aller à la mort.

Devant leurs yeux s'élevaient les colonnes gigantesques de Salomon. Vestige mythique d'un passé, témoignage du temps, ouvrage des dieux ?

Ils se figèrent, béats d'admiration.

Certains, descendus de cheval, s'étaient agenouillés et priaient.

— Non ! Pas ici ! cria Hork.

— Quoi, qu'y a-t-il, pourquoi pas ici ? demanda Godefroy.

— Ne priez pas ici ! Il ne faut pas attirer les forces du Bien à Timna !

— Hork ! Calme-toi ! Il n'y a pas un seul ennemi en vue.

— Ils sont là, pourtant.

— Non, te dis-je !

— Je les vois.

— Tes yeux ne voient plus.

— Tes yeux à toi, Godefroy, ne peuvent voir ce que je vois : des milliers d'Egyptiens, armés jusqu'aux dents, prêts à fondre sur nous...

— Tes rêves sont cauchemars, mais si tu veux être apaisé...

Godefroy fit signe à ses lieutenants.

— Toi, toi et toi, ordonna-t-il, partez en éclaireurs, jusqu'à cinq lieues à la ronde et ramenez-nous des nouvelles de nos ennemis avant la nuit. Si vous n'êtes pas rentrés à l'aube nous vous considérerons comme prisonniers des Fatimides.

Alors, descendant de cheval à son tour :

— Nous passerons la nuit ici. Je vais aller reconnaître ces colonnes et cette montagne rouge.

— Ne passe pas par le temple d'Hathor, dit Hork.

— Le... quoi ?

— Le temple d'Hathor. C'est là qu'ils sont embusqués.

— Ecoute Hork, j'ai toujours cru à tes visions et j'en ai tiré ma foi, mais ces fantômes que tu vois n'existent plus que dans la mémoire du monde et ne participent pas à notre combat temporel.

— Peut-être oui, peut-être pas ! De toute façon, je sais ce qu'il convient de faire...

— Dressez les tentes, vous autres, et toi, si tu veux, viens avec moi...

— Non... non... non..., martela le gaucher, effrayé.

— C'est la première fois que je te vois avoir peur, mon cher Hork.

— Oui. J'ai peur...

— Soit, j'irai seul.

Godefroy s'éloigna vers la montagne dont la pourpre éclatante contrastait avec le sable blond du désert. Il passa devant le temple de la déesse madianite Hathor dont quelques pierres seulement témoignaient encore de la splendeur d'antan. Il s'était attaché l'épée dans le dos et gravissait les premiers rochers de la colline escarpée.

Hork le sentit disparaître derrière un roc, et il siffla entre ses dents :

— Adieu...

Seul

Quand il redescendit de la montagne, il ne chercha point son ami. Maquillé de poudre de roche et ocré de sable, son visage était pourtant blême. Il se dirigea vers les feux, s'installa entre les soldats qui rompaient des pains au lard. Il ne mangea pas, prêtant à peine attention aux rapports des éclaireurs qui n'avaient rien vu à cinq lieues à la ronde.

Pas un Egyptien !

Il ne s'endormit pas tout de suite. Il fixait obstinément les colonnes, appelées ainsi car elles ressemblaient vraiment à des piliers de pierre dressés vers le ciel : « Les colonnes du roi Salomon. »

Au petit matin, le soleil pointa derrière la montagne, et il ouvrit les paupières. Il s'était assoupi fort tard, les yeux enflammés par la poussière et la fatigue.

Au fur et à mesure que les rayons perçaient la pénombre, les silhouettes des colonnes se profilaient à contre-jour. Godefroy de Bouillon se dirigea vers la montagne. Un emblème était suspendu aux colonnes. Il mesurait deux fois la taille d'un homme. Il reconnut le signe que lui avait décrit Baudouin lorsqu'il était entré dans la tente de Hork, sur la montagne Noire, et que le gaucher portait en pendentif, depuis toujours, discrètement, sous sa tunique. C'était un triangle équilatéral dont l'angle du sommet, fixé sur la colonne centrale, orientait deux segments vers les bases des deux autres colonnes latérales.

Un second triangle, inversé, croisait le premier. Le tout entouré d'un cercle.

La lumière du soleil soulignait la forme du signe cabalistique.

— L'anneau de Salomon ! reconnut Godefroy.

Il s'avança encore.

Au centre se devinait une silhouette.

Lorsqu'il se trouva assez près pour la distinguer, il tomba à genoux et se prit la tête dans les mains, se forçant, gorge nouée et une forte douleur dans la poitrine, à rire de toutes ses forces.

Les soldats qui l'avaient suivi, stupéfaits d'entendre rire aux éclats l'avoué du Saint-Sépulcre tombé à genoux, crurent à un accès de démence.

Devant eux, au centre de l'anneau de Salomon, le corps de Hork, pendu par les pieds, tête en bas, bras en croix, se balançait.

— Il s'est crucifié la tête en bas ! cria un garde.

— Le signe de Satan ! hurla un autre.

Depuis son retour de la montagne, Godefroy savait que son ami l'avait amené ici pour un dernier combat, non pas avec les Fatimides, mais avec les esprits qui hantaient l'univers secret du sorcier. Timna, lieu mythique où avait séjourné son maître Salomon, était tout choisi.

Avant de mourir, un ultime duel entre le Bien et le Mal qui avaient opéré en lui et par lui... Ce que Godefroy n'arrivait pas à comprendre, c'est pourquoi Hork avait souhaité se donner la mort maintenant...

Dieu le veut !

Le soleil brillait.

Un vent doux et chaud s'était levé. Il effaçait des mots écrits à la hâte dans le sable, au pied des colonnes :

Mon Godefroy, ainsi je te laisse une chance
de ne pas devenir l'otage de ton amour pour moi.

Fin

Une fois de plus, l'avoué du Saint-Sépulcre était de retour d'une campagne répressive contre les maîtres de Damas. Lors de représailles contre les autochtones, à Acre, des musulmans l'avaient vu recevoir une flèche en plein ventre. Mais il ne s'en plaignait à personne.

Il vint embrasser son ami Tancrède et puis s'en retourna à Jérusalem. Il choisit d'emprunter la *via Maris* qui longeait la côte méditerranéenne. Tard dans la soirée, il arriva à Césarée. Un très vif mal de crâne et une forte douleur à l'abdomen l'empêchèrent de manger à sa faim.

Venu à sa rencontre pour l'honorer, l'émir de Césarée le pria de passer un jour ou deux dans sa demeure. Les étendards de Bouillon ainsi que ceux d'Edesse flottaient sur les remparts de la ville. Godefroy ne s'en étonna guère : les blasons de Baudouin valaient bien ceux de Bouillon dans une Palestine où personne ne comprenait plus rien à la sainte guerre des chrétiens. Pourtant, il était impossible que le Boulonnais en eût laissé à Césarée alors qu'il n'avait pas participé au siège de la ville et qu'il n'y était jamais venu…

L'avoué du Saint-Sépulcre repartit le soir même, ayant

refusé les viandes, les vins, les échalotes et les aulx dont il était pourtant friand. Il accepta quelques fruits dont un cédrat, sorte de gros citron au goût de pamplemousse. Cela le rafraîchit, mais les douleurs se faisaient de plus en plus insistantes.

Arrivé à Jaffa, il fut saisi de convulsions sans plus pouvoir les maîtriser, sa fièvre était accablante !

Une délégation d'Italiens fraîchement arrivés de Pise voulaient le rencontrer, mais il ne put les accueillir. Il demanda à se faire rapidement conduire à Jérusalem.

On l'étendit sur son lit, dans sa cellule de l'hospice Ecce Homo. Le patriache Malecorne vint avec les derniers sacrements.

Avant de mourir, Godefroy perçut encore des voix :

— Comment cela s'est-il passé ?

— Bien.

— Et à Césarée ?

— Bien.

— Baudouin est averti.

— Oui.

— Combien de temps encore ?

— Une heure, au plus...

Alors, Godefroy de Bouillon essaya une dernière fois d'entrouvrir les yeux. Mais il n'en eut pas la force. Il huma un parfum, crut le reconnaître sans en être certain. On voulut lui ôter son épée. Ses mains étreignirent désespérément le pommeau...

Puis il laissa glisser la garde...

— Il est mort ! prononça une voix.

— Bien. Ce soir, ce sera la fête dans tout Jérusalem !

— Dans toute la Palestine, veux-tu dire !

— Et même dans toute la chrétienté !

— Il faut prévenir le nouveau pape, à Rome.

— Ne t'inquiète pas, Rome sait déjà !

— Et pour la succession ?

— Elle est assurée. Baudouin arrive d'Edesse…

— Chut !

— Tu crois qu'il nous entend encore ?

— Il n'a jamais rien entendu de ce que nous lui disions.

— Alors, qu'il sache au moins que c'est avec délices que nous l'avons assassiné.

— Avec délices ! insista l'autre voix.

La porte se referma sur le silence revenu.

Godefroy inspira l'air de Jérusalem une ultime fois.

Il vit la lumière blanche, s'engouffra dans le long tunnel, sentit des bras se tendre vers lui : Hork, Josfride, son père, une petite fille blonde aux yeux bleus, puis courut se réfugier dans les bras de Jeanne…

Sa peur se commua en douce quiétude.

L'amour l'investit.

Apaisé, il rendit son dernier souffle.

Une main calleuse lui caressait tendrement les cheveux…

ÉPILOGUE

Perceval li Galois, Lancelot et Tristans,
Alexandre et Artur, Godefroi li sachans,
De quoi cil menestrels font ces nobles romans.

Héritage

Je t'écris ces mots, à toi que je ne connais pas, et qui, au-delà du temps, des croyances et des lieux, sauras y lire la vérité...

Saladin relit cette phrase avec émotion. Il ne comprend pas pourquoi Richard Cœur de Lion lui a remis ce livre...

Nous sommes en l'an de grâce 1192, à Acre, à l'heure où Ayyubides et croisés signent leur compromis de paix.

Pas très loin de là, à Jérusalem, sans qu'on sache ni par qui ni comment, les cloches de chaque église se mettent à sonner simultanément...

... qui peut-être empêchera d'autres guerres sanguinaires, d'autres passions injustifiées. La vérité est un secret ignoré des dogmes de toutes les religions du monde. J'ai été un soldat du Christ, brandissant les armes du diable...

Marco Polo s'incline face contre terre devant l'empereur Kūbīlāy Khān et le remercie de ce cadeau inespéré. Il n'ose pas lui demander comment les Chinois ont pu détenir ce livre.

1298 s'inscrit en chiffres latins au calendrier grégorien. Dans une prison à Gênes, le Vénitien relate ses mémoires pour Rustichello de Pise.

… qui s'identifient parfois à celles de l'Eglise. Je ne reviendrai pas en Occident, non pas que ma volonté soit là, mais Rome décide encore de la vie ou de la mort de ses serviteurs en ce monde…

La tempête fait rage et tout ce que contient le vaisseau, hommes et bêtes, mobilier, objets de valeur, livres et rouleaux, tombe à la mer…

Mai 1500, au large du cap des Tempêtes, en Afrique du Sud, à bord de la caravelle de Bartolomeu Dias…

… mais je fais le vœu que ce livre, qui ne défiera que quelques années, traversera néanmoins le temps, porté par de généreuses et honnêtes mains d'écrivains qui, s'il le faut, et il le faudra, réécriront ce que les âges et les outrages auront effacé…

Richard Burbage tourne en rond pour calmer sa colère, dans ce grenier jonché de textes inachevés… Il attend cette pièce, *Hamlet,* depuis des mois. Son pied bute contre un grimoire. Shakespeare se lève et cache le recueil sous son lit.

Londres, Cheapside, Juillet 1600.

… Par la foi en l'amour et avec mon aide, cet ouvrage parviendra un jour entre les mains de celle ou de celui qui pourra, parce que les temps seront venus, le lire et le révéler…

La pierre de taille est partout. Elle parsème d'éclats les rues et l'esplanade du château de Bouillon.

Vauban, qui se repose dans une petite auberge de la rue du château fort, tente de déchiffrer les lettres raturées par des scribes malintentionnés.

Bouillon, an 1693.

... je ferai tout ce qui sera en mon pouvoir pour que soit connue cette histoire et je donnerai à chacun des missionnaires que Dieu suscitera les moyens de la divulguer, et, si une autre volonté, plus forte ou plus juste, s'y oppose momentanément, elle sera sauvegardée pour une autre époque...

L'Hôtel de la Poste est occupé par les soldats français. Là-haut, dans une chambre basse, Bonaparte tourne et retourne le recueil entre ses mains.

Bouillon, 1800.

... Je suis parti de Bouillon, je reviendrai à Bouillon... par ce livre, mon histoire renaîtra à Bouillon, près de mon château. Si la lettre meurt, mon histoire vivra par tout miracle qui perpétuera mon souvenir...

Jeanne ouvre de grands yeux sur la vie. Elle crie fort et sa maman lui donne le sein cinq fois par jour.

Dehors, il fait beau, et la Semois joue avec les rochers moussus et les algues vertes. Nous sommes le 8 février 1893. Jeanne vient de naître près de huit cents ans après la mort de Godefroy !

Le château de Bouillon attendra toujours le retour de Godefroy. Le livre s'est perdu.

Mais Jeanne aura de la mémoire.

Et une main qui caresse si bien les cheveux...

Dieu le veut !

Ce livre, même réécrit, narre ce que les scribes de Rome ne diront jamais. Pour cela, je voulais que tu le lises, toi, qui viens d'en hériter par un caprice du destin.

Transmets-le selon les usages de ton temps ! Sois fidèle et courageux ! Car ceux qui gouvernent les ferveurs seront toujours les mêmes !

Ma mort sera ta vie...

Déjà donques, merci...

Godefroy.

Cet ouvrage, grimoire pour certains, a traversé le temps, le mensonge, les compromissions et les indifférences. Il m'est parvenu par un chemin bien étrange. Immatériel et pourtant bien réel, il est devenu avec le temps comme un héritage auquel j'ai consacré vingt-cinq années.

Je n'y ai ajouté que mon émotion.

A vous d'y joindre la vôtre.

Et de croire ou non en l'histoire qu'il raconte.

Vous venez de le lire et votre appréciation en modifie déjà le contenu.

N'est-ce pas là, la seule vérité ?

Après...

Godefroy fut enseveli dans l'Église du Saint-Sépulcre, à Jérusalem. On cousit son corps dans un cuir de bœuf. Il fut enveloppé d'une étoffe précieuse. On le déposa, le 23 juillet 1100, dans un sarcophage rectangulaire qu'on posa à même le sol dans la chapelle d'Adam, sous le lieu du calvaire qui servait de vestibule au Golgotha. Dans la première moitié du XIIe siècle, on érigea un mausolée splendide dans une chapelle sculptée en forme de prisme triangulaire allongé, porté par quatre fines colonnes torses. Une croix pattée en ornait les deux tympans. On pouvait y lire :

ICI REPOSE L'ILLUSTRE GODEFROY DE BOUILLON,
QUI CONQUIT TOUT CE PAYS À LA RELIGION CHRÉTIENNE.
QUE SON ÂME REPOSE AVEC LE CHRIST.
AMEN.

Du 11 au 12 octobre 1808, l'incendie qui ravagea la basilique du Saint-Sépulcre laissa cependant intact le tombeau de Godefroy de Bouillon. En mars 1809 le clergé grec obtint du sultan ottoman Mahmud II un firman l'autorisant à procéder à la restauration de l'édifice.

Elle fut confiée à un certain Comninos, architecte de Mytilène, notoirement incompétent. Il se livra en un temps record à une « restauration goujate » et s'empressa de faire raser « tout vestige compromettant », en l'occurrence les témoins les plus précieux de la présence latine en Orient.

Les popes grecs contemporains, qui se baissent pour ramasser les dollars ou les shekels réclamés à l'entrée du Tombeau du Christ, sont les successeurs spirituels de cet imbécile.

C'est à Bethléem que, le 25 décembre 1100, cinq mois après la mort de Godefroy, Baudouin d'Edesse, son frère, se fit couronner roi de Jérusalem.

A sa mort, le 2 avril 1118, Eustache, qui était retourné en Normandie, sera appelé à lui succéder. Mais bien avant d'arriver à Jérusalem, il apprendra qu'il a été trompé par un cousin des Boulogne, Baudouin de Bourcq, qui fut couronné Baudouin II roi de Jérusalem avec l'assentiment de Rome. Eustache repartit pour la Normandie, revêtit la bure de moine, et mourut en 1125 dans le dénuement volontaire et dans la prière.

Ide, qui avait vécu jusqu'au 13 avril 1113, apprit l'avènement et le décès de Godefroy.

La fille d'Eustache, Mathilde, épousa Etienne de Blois, qui avait déserté la croisade peu après le siège d'Antioche. Il devint roi d'Angleterre et elle fut reine. Leur fils, prénommé Eustache, mourut à vingt ans. En 1153, Etienne de Blois dut se résoudre, puisqu'il n'avait pas d'autre héritier, à désigner son successeur en la personne du fils de sa terrible rivale, Mathilde, que l'on appelait « l'emperesse », veuve de l'empereur de Germanie, Henri V.

Il devint roi d'Angleterre sous le nom d'Henri II Plantagenêt, épousa Aliénor d'Aquitaine, mère de Richard Cœur de Lion.

Avec l'avènement des Plantagenêts, les descendants d'Eustache de Boulogne, apparentés à Godefroy de Bouillon, perdaient définitivement la couronne d'Angleterre.

Jérusalem restera chrétienne une centaine d'années seulement. Puis se succédèrent durant un nouveau siècle reprises et pertes de places fortes en Palestine avec de nouveaux pèlerins croisés.

Huit croisades furent organisées sous la tutelle de l'Eglise romaine, dont certaines pour reconquérir la Ville sainte, d'autres pour des intérêts moins honorables. La dernière se termina par le massacre des croisés de Saint-Jean-d'Acre le 28 mai 1291.

Quelques autres pèlerinages, dont la croisade des enfants ou celle des gueux ne peuvent être répertoriés car ils n'ont pas abouti et ne répondaient pas à un appel de Rome. Bien qu'ils l'aient souvent revendiqué, aucun ordre idéologique ou de chevalerie ne relève de l'obédience de Godefroy de Bouillon.

Il ne fut ni belge ni français. La Belgique n'existait pas encore, constituée de cette population hétérogène qu'on lui connaît aujourd'hui (très éloignée de la définition de Jules César), la France n'englobait pas encore la Normandie.

La Basse-Lotharingie revint à l'Empire germain. Et Bouillon resta la propriété des princes évêques de Liège, avant de connaître d'autres propriétaires et plus encore de turbulences.

Anne Comnène épousa Nicéphore Bryenne et tenta

une insurrection avortée contre son frère Jean, héritier du trône de Byzance. Ses écrits, *Alexiade*, sont de nos jours encore une des plus précieuses sources pour analyser et comprendre l'histoire de la croisade franque.

Sur une peinture très ancienne, représentant un arbre généalogique originaire de Malte, Godefroy de Bouillon est marié et père d'une petite fille. Mais la petite Malina ne devait jamais exister dans les livres d'Histoire.

A-t-elle été le fruit d'un rêve d'union entre Byzance et le maître de Jérusalem ? Fut-elle réellement une des nombreuses victimes du cauchemar chrétien ? Peu d'historiens accordent crédit à cette naissance. Certaines bibliothèques, des plus anciennes et des plus réputées, n'ouvrent d'ailleurs toujours pas leurs portes.

Car l'obscurantisme est à l'Histoire ce que le mensonge est à la religion…

L'acier de vos armes, chevaliers, sera mangé par la rouille, les tours hautaines de vos châteaux s'effondreront et leurs ruines elles-mêmes disparaîtront.

Seuls quelques noms surnageront au-dessus de cet océan d'oubli.

Quelques noms, parmi lesquels celui de cet homme, qui fut juste, loyal et bon.

SIRIUS

Les hommes de la Croix

Adalbéron de Metz, Adhémar de Monteil, Arnoul d'Audenarde, Aubry de Grantmesnil, Baudouin de Boulogne, Baudouin de Bourcq, Baudouin II de Hainaut, Baudouin de Stavelot, Boël de Chartres, Bohémond de Tarente, Clairambaud de Vendeuil, Conon de Montaigu, Donon de Cons, Dreux de Nesles, Elvire de Castille, Engilbert de Tournai, Enguerrand Candavène de Saint-Pol, Erembault de Bruges, Etienne de Blois, Eudes de Bayeux, Eustache III de Boulogne, Evrard de Puisaye, Evrard le Veneur, Fulbert de Bouillon, Garnier de Grez, Gaston de Béarn, Gaudeman Carpinel, Gauthier de Nivelles, Gauthier de Saint-Valéry, Geoffroy d'Esch, Geoffroy de Rossigno, Gérard de Roussillon, Gérard de Saint-Trond, Gilborde de Fleurus, Godefroy, le chambellan de Godefroy de Bouillon, et Matthieu, l'un de ses écuyers, Godvère de Toény, Guigier l'Allemand, Guillaume de Montpellier, Guillaume Ricou, Guillaume de Sabran, Guillaume d'Urgel, Guy de Trusselle, Guynemer, Guy Trousseau de Montlhéry, Henri d'Esch, Herebrand de Bouillon, Herluin, Hermann de Cannes, Hugues Candanève de Saint-Pol, Hugues de Vermandois, Lambert de Montaigu, Lambert le Pauvre de Clermont, Liétaud de Tournai, Pierre Barthélemy, Pierre de Dampierre, Pierre de Narbonne, Pierre de Stenay, Pierre de Toul, Pierre l'Ermite, Raimbaud de Simiane, Rainaud, Ralph de Gaël, Rambaud d'Orange, Raoul de Beaugency, Raoul de Mouzon, Raymond d'Aguilers, Raymond du Forez, Raymond Pilet, Raymond IV de Saint-Gilles, Renaud de Toul, Richard de Salerne, son frère Rainolf et son neveu Richard, Richard le Pèlerin, Robert Courteheuse, Robert II de Flandre, Robert de Paris, Robert de Rouen, Roger de Barneville, Roger de Foix, Rotrou du Perche, Sven de Danemark, Swen Godwinson, Théodore de Dixmude, Thomas de Marle, Tancrède de Hauteville, Wirie le Flamand, Wicker l'Allemand, Yves de Grantmesnil, les évêques d'Apt, de Lodève et d'Orange, furent parmi les chevaliers, barons, clercs, pèlerins ou écuyers qui prirent la croix aux côtés de Godefroy de Bouillon entre 1096 et 1100.

In memoriam...

Et, en 1999,
merci à Meziane, Natacha, Nefer, Valérie et Wanda...

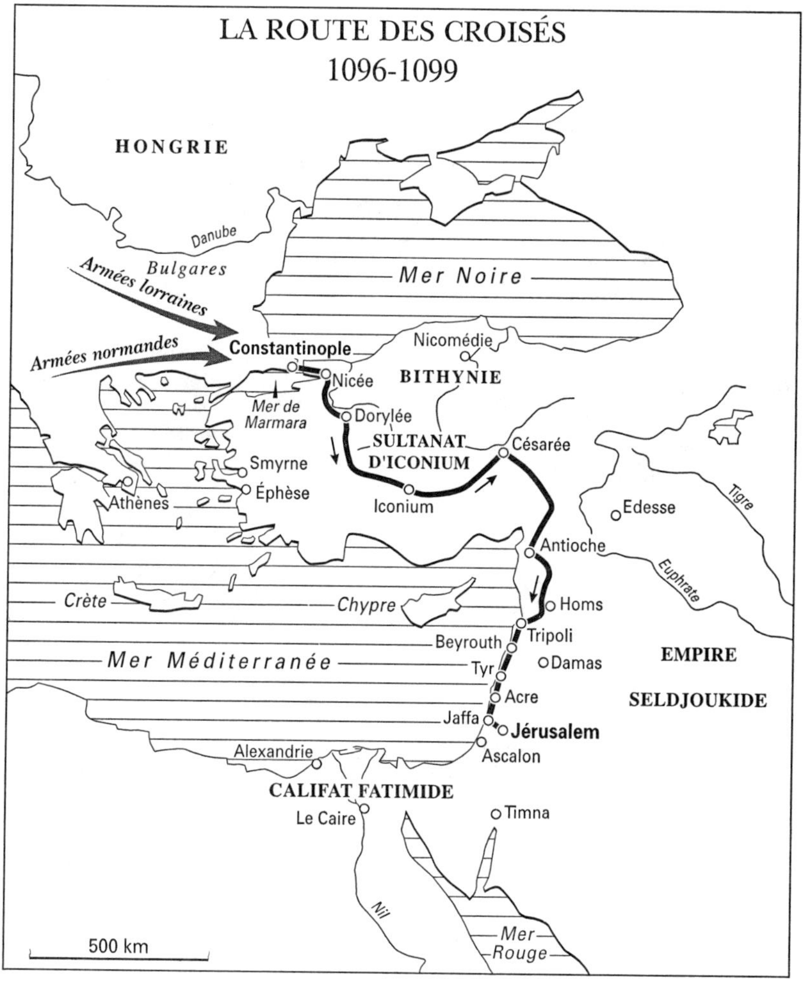
LA ROUTE DES CROISÉS
1096-1099
HONGRIE
Danube
Bulgares
Armées lorraines
Armées normandes
Mer Noire
Constantinople
Nicomédie
Nicée
BITHYNIE
Mer de
Marmara
Dorylée
SULTANAT
D'ICONIUM
Césarée
Smyrne
Éphèse
Athènes
Iconium
Edesse
Tigre
Antioche
Euphrate
Crète
Chypre
Homs
Tripoli
Beyrouth
Mer Méditerranée
Tyr
Damas
EMPIRE
SELDJOUKIDE
Acre
Jaffa
Jérusalem
Alexandrie
Ascalon
CALIFAT FATIMIDE
Le Caire
Timna
Nil
Mer
Rouge
500 km

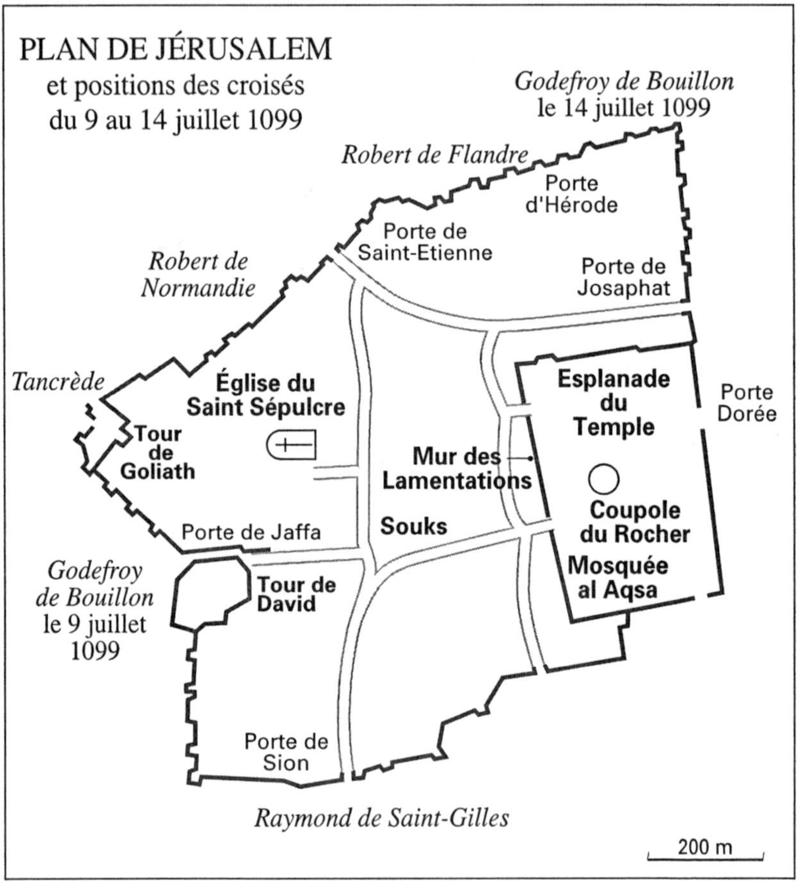
PLAN DE JÉRUSALEM
et positions des croisés
du 9 au 14 juillet 1099
Godefroy de Bouillon
le 14 juillet 1099
Robert de Flandre
Porte
d'Hérode
Porte de
Saint-Etienne
Robert de
Normandie
Porte de
Josaphat
Tancrède
Église du
Saint Sépulcre
Esplanade
du
Temple
Porte
Dorée
Tour
de
Goliath
Mur des
Lamentations
Coupole
du Rocher
Souks
Porte de Jaffa
Mosquée
al Aqsa
Godefroy
de Bouillon
le 9 juillet
1099
Tour de
David
Porte de
Sion
Raymond de Saint-Gilles
200 m

Chronologie

1060 Naissance de Godefroy IV de Boulogne, dit « Godefroy de Bouillon ».

1066 Bataille de Hastings, à laquelle participe Eustache II de Boulogne, père de Eustache, Godefroy et Baudouin (issus de son mariage avec Ide d'Ardenne).

1073 Election du pape Grégoire VII.

1075 Querelles des Investitures — *Dictatus papae.*

1076 A la mort de son oncle Godefroy le Bossu, Godefroy de Bouillon hérite du marquisat d'Anvers. Henri IV de Germanie, son suzerain, est excommunié.

1083 Godefroy de Bouillon participe au siège de Rome sous les ordres de Henri IV de Germanie.

1085 Mort du pape Grégoire VII.

1086 Election du pape Victor III.

1087 Godefroy de Bouillon reconnu duc de Basse-Lotharingie.
Mort du pape Victor III.

1088 Election du pape Urbain II.

1095 Conciles de Plaisance et de Clermont.
Urbain II et Pierre l'Ermite prêchent la croisade.

1096 Massacre des communautés juives en Occident. Godefroy de Bouillon vend ses biens et prend la croix. Départ de la « croisade des gueux » au printemps. Le 15 août : les armées du Nord partent de Bouillon, le 23 décembre : elles sont devant Constantinople, le

29 décembre : elles prennent leurs quartiers dans les faubourgs de la ville.

1097 Différends entre les Grecs et les croisés. Arrivée de Bohémond de Tarente, de Raymond de Saint-Gilles, de Robert Courteheuse et d'Etienne de Blois.
Godefroy prête hommage au Basileus.
Passage des troupes en Asie.
Du 14 mai au 19 juin : siège de Nicée.
Le 1er juillet : victoire à Dorylée.
Septembre : épisode de l'ours.
Le 21 octobre : début du siège d'Antioche.

1098 Baudouin conquiert Edesse.
Le 3 juin : chute d'Antioche.
Le 4 juin : Kerboga met le siège devant la ville.
Découverte de la « Sainte Lance ».
Kerboga bat en retraite, Bohémond s'installe à Antioche. Godefroy séjourne à Turbessel.
Dissensions entre les barons.

1099 Reprise de la croisade.
Le 13 mai : Godefroy de Bouillon marche sur Jérusalem, le 23 mai : il est devant Tyr, le 7 juin : début du siège de Jérusalem, le 9 juillet : Godefroy prend position devant les remparts au nord-est, le 14 juillet : assaut général, le 15 juillet : Jérusalem tombe, massacres, le 22 juillet : Godefroy est élu « avoué du Saint-Sépulcre », le 29 juillet : mort d'Urbain II, le 1er août : Arnoul Malecorne est élu patriarche de Jérusalem, le 21 décembre : Bohémond et Baudouin viennent saluer l'avoué du Saint-Sépulcre.

1100 Godefroy fait reconstruire Jaffa.
Nombreuses campagnes reprises.
Le 18 juillet : Godefroy de Bouillon meurt à Jérusalem.
Le 23 juillet . son corps est inhumé dans la basilique du Saint-Sépulcre.
Le 25 décembre : Baudouin est sacré roi de Jérusalem dans l'église de Bethléem.

1106 Le 7 août . mort de Henri IV de Germanie.

1113 Le 13 avril : mort de Ide d'Ardenne.
1118 Le 2 avril : mort à El-Arich de Baudouin Ier, roi de Jérusalem.
1125 Eustache III de Boulogne meurt au prieuré de Rumilly.

Petit lexique des mots anciens

ADOUBER : armer chevalier.

ALLEU(X) : propriété(s) libre(s).

ALMA MATER : mère nourricière, désignant certaines grandes écoles.

AMAZONE(S) : femmes guerrières d'Asie mineure, cavalières.

AUTOCRATOR : titre donné, chez les Grecs et à Byzance, aux empereurs jouissant d'une autorité absolue.

BAILLER : accorder.

BARDER : couvrir, recouvrir, entourer.

BASILEUS : d'origine grecque, désigne les souverains très puissants dans l'Antiquité.

BESANT(S) : monnaie byzantine d'or ou d'argent au temps des croisades.

BURE : grossière étoffe de laine brune.

CARREAU : trait d'arbalète.

CENTAURE : excellent cavalier faisant corps avec sa monture.

COTTE (DE MAILLES) : tunique, armure défensive à mailles métalliques.

COUR DE MERCURE : désigne les places dédiées au commerce (Mercure était le dieu romain du commerce et des voleurs).

COURSIER : grand et beau cheval de bataille.

DESTRIER : cheval de bataille (aussi mené de la main droite par un écuyer).
DIES IRAE : jour de colère (associé au Jugement Dernier).

FIEF : terre concédée par un seigneur à son vassal.
FRANC-ALLEU : terre affranchie.
FRANCS : peuples germaniques sur les rives du Rhin, en Belgique et en Hollande.
FOURBIR : astiquer, nettoyer.

GRIMOIRE : texte ancien, parfois obscur ou indéchiffrable.

HAMPE : manche de bois auquel on fixait un fer de lance, une croix ou un drapeau.
HEAUME : casque de guerrier (au XIe siècle, il ne couvrait que le crâne et le nez).
HÉRÉSIE : doctrine contraire à l'orthodoxie dans une religion établie.

LIEUE : mesure de distance (environ quatre kilomètres).
LOTHARINGIE : ancien nom de la Lorraine, et beaucoup plus étendue (la Basse-Lotharingie était le duché de Godefroy de Bouillon).

MAINT(E)(S) : plusieurs, grande quantité, grand nombre.
MANDER : appeler, convoquer.
MARC : ancien poids servant à peser les métaux précieux. Monnaie d'or ou d'argent à valeur variable.
MÉDERSA : collège religieux musulman.
MÉNESTREL : musicien et chanteur ambulant.
MIRE : médecin.
MOULT : beaucoup, très, multitude.

NAVE : gros navire méditerranéen à voiles au Moyen Age.
NEF : navire à voiles au Moyen Age.

OCCIRE : tuer.
ORDALIE : épreuve (du feu), jugement de Dieu, tournoi.

ORE(S) : maintenant, à cette heure.
OST : armée.

PARJURER (SE) : violer son serment, faire un faux serment.
PREUX : brave, courageux, hardi.

RIBAUD(E): débauché(e).
ROMAN : langue latine, relatif aux civilisations conquises par Rome.
ROUMI : nom arabe désignant les romains, les chrétiens.

SARRASINS : musulmans riverains de la Méditerrannée.
SERF : paysan, vilain, manant.
SICLE : poids et monnaie depuis l'Antiquité.
SIMONI(E) (AQUE): commerce impie des choses saintes (par ex : investitures sans l'assentiment des cardinaux).
SUZERAIN : seigneur souverain dont dépend un autre seigneur et dont le fief est la propriété.

TROUVÈRE : poète lyrique de langue d'oïl (nord), le troubadour est occitan (sud).

VASSAL : personne qui a prêté hommage à un seigneur.

Bibliographie et sources

ALBERT D'AIX : *Liber christianae expeditionis pro ereptione, emundatione, restitutione sancta Hiersolymitanae ecclesiae,* « Recueil des historiens des croisades », Académie des inscriptions et belles-lettres, Paris, 1841-1906.

ALPHANDÉRY P. : *La Chrétienté et l'idée de la croisade,* Paris, 1954.

ANONYME : *Gesta Francorum et Aliorum Hierosolomitanorum,* éd. Louis Bréhier, Paris 1924.

AUBE P. : *Godefroy de Bouillon,* Fayard, 1985.

BAIGENT M., LEIGHT R., LINCOLN H. : *L'Enigme sacrée,* Pygmalion, 1983, *Le Message,* Pygmalion, 1987.

BRUNON : *Chronique de Saint-Hubert (Cantatorium),* Hanquet, 1906.

CAHEN C. : *La Syrie du Nord à l'époque des croisades et la principauté franque d'Antioche,* Institut français de Damas, bibliothèque orientale, Paris, 1940.

CHALANDON F. : *Essai sur le règne d'Alexis Comnène,* Paris, 1907 ; *Histoire de la première croisade jusqu'à l'élection de Godefroy de Bouillon,* Société de l'école des Chartes, Paris, 1925.

COLLIN DE PLANCY J. : *Godefroid de Bouillon, chroniques et légendes du temps des deux premières croisades 1095-1180,* Société des Beaux-Arts, Bruxelles, 1842.

COMNÈNE ANNE : *Alexiade,* éd. L. LEIB, Paris, 1967, 4 vol.

DAXHELET M.-J. : *Sacré Godfroy de Bouillon*, Didier Hatier, 1992.
DORCHY H. : « Godefroid de Bouillon, duc de Basse-Lotharingie », *Revue belge de philologie et d'histoire*, n° 26, 1948.

FOUCHER DE CHARTRES : *Gesta Francorum Jerusalemi Peregrinantium, Gesta Francorum Jerusalem expugnantium*, « Recueil des historiens des croisades », Académie des inscriptions et belles-lettres, Paris, 1841-1906, *Gesta Francorum et aliorum Hierosolomitanorum* (Histoire anonyme de la première croisade), Louis Bréhier, Paris, 1924.

GABRIELI F. : *Chroniques arabes des croisades*, Paris, 1977.
GUIBERT DE NOGENT : *Gesta Dei per Francos*, « Recueil des historiens des croisades », Académie des inscriptions et belles-lettres, Paris, 1841-1906.
GUILLAUME DE TYR : *Historia rerum in partibus transmarinis gestarum*, « Recueil des historiens des croisades », Académie des inscriptions et belles-lettres, Paris, 1841-1906.
GROUSSET R. : *L'Epopée des croisades*, Plon, 1939, Perrin, 1995 ; *Histoire des croisades et du royaume franc de Jérusalem*, Plon, 1934 (rééd. Perrin, 1991, 3 vol.) ; *Les Croisades*, Presses Universitaires de France — Nouvelles Editions, collection « Quadrige », Paris, 1994.

HEERS J. : *Libérer Jérusalem — La première croisade 1095-1107*, Perrin, 1995.

LA CHANSON D'ANTIOCHE, Paulin, Paris, 1948, 2 vol.
LOBET M. : *Godefroy de Bouillon — Essai de biographie antilégendaire*, Bruxelles, 1943.

MAILHARD DE LA COUTURE G. : *Godefroy de Bouillon et la première croisade*, Desclée de Brouwer, 1927.
MATTHIEU D'EDESSE : *Chronique*, « Recueil des historiens des croisades », Académie des inscriptions et belles-lettres, Paris, 1841-1906.

PERNOUD R. : *Les Hommes de la croisade*, Fayard/Tallandier, 1982 ; *Les Croisés*, Hachette, 1959 ; *Lumière du Moyen Age*, Grasset, 1946.

ROUSSET P. : *Histoire des croisades, Les origines et les caractères de la première croisade,* Payot, 1957.

SIVAN E. : *L'Islam et la croisade. Idéologie et propagande dans les réactions musulmanes aux croisades,* Paris, 1968.
SIRIUS : *Godefroid de Bouillon,* Dupuis, 1946.

THIBAUX J.-M. : *Les Ames brûlantes,* Olivier Orban, 1983.

WITZEL H.-J. : *Le Problème de l'auteur des Gesta Francorum,* Le Moyen Age, 1955.

La composition de cet ouvrage
*a été réalisée par l'**Imprimerie Bussière,***
l'impression et le brochage ont été effectués
sur presse Cameron dans les ateliers
*de **Bussière Camedan Imprimeries***
à Saint-Amand-Montrond (Cher),
pour le compte des Éditions Albin Michel.

Achevé d'imprimer en septembre 1999.
N° d'édition : 18372. N° d'impression : 992673/1.
Dépôt légal : octobre 1999.